Agatha Christie®

NÊMESIS

Tradução de RODRIGO BREUNIG

www.lpm.com.br
L&PM POCKET

Coleção **L&PM** POCKET, vol. 499

Texto de acordo com a nova ortografia.
Título original: *Nemesis*

Primeira edição na Coleção **L&PM** POCKET: setembro de 2015
Esta reimpressão: março de 2022

Tradução: Rodrigo Breunig
Capa: designedbydavid.co.uk © HarperCollins/Agatha Christie Ltd. 2008
Revisão final: L&PM Editores

CIP-Brasil. Catalogação na publicação
Sindicato Nacional dos Editores de Livros, RJ.

N479c

Christie, Agatha, 1890-1976
Nêmesis / Agatha Christie; tradução Rodrigo Breunig. – Porto Alegre, RS: L&PM, 2022.
304 p. ; 18 cm. (Coleção L&PM POCKET, v. 499)

Tradução de: *Nemesis*
ISBN 978-85-254-3267-4

1. Ficção inglesa. I. Breunig, Rodrigo. II. Título. III. Série.

15-21863 CDD: 823
CDU: 821.111-3

Rua Comendador Coruja, 314, loja 9 – Floresta – 90220-180
Porto Alegre – RS – Brasil / Fone: 51.3225.5777 – Fax: 51.3221.5380

PEDIDOS & DEPTO. COMERCIAL: vendas@lpm.com.br
FALE CONOSCO: info@lpm.com.br
www.lpm.com.br

Impresso no Brasil
Verão de 2022

Agatha Christie

(1890-1976)

Agatha Christie é a autora mais publicada de todos os tempos, superada apenas por Shakespeare e pela Bíblia. Em uma carreira que durou mais de cinquenta anos, escreveu 66 romances de mistério, 163 contos, dezenove peças, uma série de poemas, dois livros autobiográficos, além de seis romances sob o pseudônimo de Mary Westmacott. Dois dos personagens que criou, o engenhoso detetive belga Hercule Poirot e a irrepreensível e implacável Miss Jane Marple, tornaram-se mundialmente famosos. Os livros da autora venderam mais de dois bilhões de exemplares em inglês, e sua obra foi traduzida para mais de cinquenta línguas. Grande parte da sua produção literária foi adaptada com sucesso para o teatro, o cinema e a tevê. *A ratoeira*, de sua autoria, é a peça que mais tempo ficou em cartaz, desde sua estreia, em Londres, em 1952. A autora colecionou diversos prêmios ainda em vida, e sua obra conquistou uma imensa legião de fãs. Ela é a única escritora de mistério a alcançar também fama internacional como dramaturga e foi a primeira pessoa a ser homenageada com o Grandmaster Award, em 1954, concedido pela prestigiosa associação Mystery Writers of America. Em 1971, recebeu o título de Dama da Ordem do Império Britânico.

Agatha Mary Clarissa Miller nasceu em 15 de setembro de 1890 em Torquay, Inglaterra. Seu pai, Frederick, era um americano extrovertido que trabalhava como corretor da Bolsa, e sua mãe, Clara, era uma inglesa tímida. Agatha, a caçula de três irmãos, estudou basicamente em casa, com tutores. Também teve aulas de canto e piano, mas devido ao temperamento introvertido não seguiu carreira artística. O pai de Agatha morreu quando ela tinha onze anos, o que a aproximou da mãe, com quem fez várias viagens. A paixão por conhecer o mundo acompanharia a escritora até o final da vida.

Em 1912, Agatha conheceu Archibald Christie, seu primeiro marido, um aviador. Eles se casaram na véspera do Natal de 1914 e tiveram uma única filha, Rosalind, em 1919. A carreira literária de Agatha – uma fã dos livros de suspense do escritor inglês Graham Greene – começou depois que sua irmã a desafiou a escrever um romance. Passaram-se alguns anos até que o primeiro livro da escritora fosse publicado. *O misterioso caso de Styles* (1920), escrito próximo ao fim da Primeira Guerra Mundial, teve uma boa acolhida da crítica. Nesse romance aconteceu a primeira aparição de Hercule Poirot, o detetive que estava destinado a se tornar o personagem mais popular da ficção policial desde Sherlock Holmes. Protagonista de 33 romances e mais de cinquenta contos da autora, o detetive belga foi o único personagem a ter o obituário publicado pelo *The New York Times*.

Em 1926, dois acontecimentos marcaram a vida de Agatha Christie: a sua mãe morreu, e Archie a deixou por outra mulher. É dessa época também um dos fatos mais nebulosos da biografia da autora: logo depois da separação, ela ficou desaparecida durante onze dias. Entre as hipóteses figuram um surto de amnésia, um choque nervoso e até uma grande jogada publicitária. Também em 1926, a autora escreveu sua obra-prima, *O assassinato de Roger Ackroyd*. Este foi seu primeiro livro a ser adaptado para o teatro – sob o nome *Álibi* – e a fazer um estrondoso sucesso nos teatros ingleses. Em 1927, Miss Marple estreou como personagem no conto “O Clube das Terças-Feiras”.

Em uma de suas viagens ao Oriente Médio, Agatha conheceu o arqueólogo Max Mallowan, com quem se casou em 1930. A escritora passou a acompanhar o marido em expedições arqueológicas e nessas viagens colheu material para seus livros, muitas vezes ambientados em cenários exóticos. Após uma carreira de sucesso, Agatha Christie morreu em 12 de janeiro de 1976.

Para Dauphne Honeybone

Sumário

Capítulo 1

Abertura

Durante a tarde, era costume de Miss Jane Marple desdobrar seu segundo jornal. Dois jornais eram entregues em sua casa todas as manhãs. O primeiro, Miss Marple lia enquanto bebericava seu chá de manhã cedo, isto é, se fosse entregue a tempo. O menino que entregava os jornais era notavelmente errático em sua gestão do tempo. Com frequência, também, havia um novato ou então um menino atuando temporariamente como substituto do primeiro. E cada um tinha suas próprias ideias quanto à rota geográfica que deveria seguir na entrega. Talvez isso quebrasse a monotonia. Mas os assinantes que estavam acostumados a ler seus jornais bem cedo, de modo que pudessem abocanhar os itens mais picantes nas notícias do dia antes de rumar até o ônibus, trem ou outros meios de transporte para o trabalho, ficavam aborrecidos quando os jornais chegavam atrasados, embora as senhoras de meia-idade e as idosas que residiam pacatamente em St. Mary Mead muitas vezes preferissem ler o jornal escoradas em sua mesa do café.

Hoje, Miss Marple absorvera a primeira página e alguns outros itens do jornal que ela tinha apelidado de "Diário Sortido", sendo esta uma alusão levemente satírica ao fato de que seu jornal, o *Daily Newsgiver*, devido a uma troca de proprietário, para seu grande aborrecimento e também de outros amigos, agora oferecia artigos sobre alfaiataria masculina, moda feminina, musas do momento, competições para crianças e cartas queixosas de mulheres, e conseguira com bastante sucesso tirar quaisquer notícias reais de qualquer parte do jornal exceto da primeira página, ou enfiá-las em algum canto obscuro, onde era impossível encontrá-las. Miss Marple, sendo antiquada, preferia que seus jornais *fossem* jornais e dessem notícias.

À tarde, tendo terminado seu almoço e depois de se conceder o deleite de uma soneca de vinte minutos numa poltrona ereta, comprada especialmente para atender as demandas de suas costas reumáticas, ela abriu o *Times*, que ainda se prestava a uma leitura mais agradável. Não que o *Times* fosse o que costumava ser. O enlouquecedor com o *Times* era que você não conseguia *encontrar* mais nada. Em vez de avançar a partir da primeira página e saber onde o resto todo estava, de modo que pudesse pular facilmente até quaisquer artigos especiais sobre os assuntos que achava interessantes, agora ocorriam interrupções extraordinárias nesse programa consagrado pelo tempo. Duas páginas eram subitamente dedicadas a viajar em Capri, com ilustrações. O esporte aparecia com bem mais destaque do que jamais tivera nos velhos tempos. Notícias da corte e obituários eram um pouco mais fiéis à rotina. Os nascimentos, casamentos e mortes que certa vez tinham ocupado em primeiro lugar a atenção de Miss Marple, devido a sua posição de destaque, haviam migrado para uma parte diferente do jornal, embora nos últimos tempos, Miss Marple notava, tivessem ido parar de maneira quase permanente na última página.

Miss Marple concentrava sua atenção, de início, nas principais notícias da primeira página. Não se demorava muito tempo nelas, porque equivaliam ao que já lera de manhã, embora possivelmente redigidas de forma um pouquinho mais digna. Descia seu olhar pelo índice das matérias. Artigos, comentários, ciência, esporte; depois, seguindo seu método costumeiro, virava o jornal e dava uma rápida olhada nos nascimentos, casamentos e mortes, e após isso optava por abrir a página reservada à correspondência, onde quase sempre encontrava algo para desfrutar; dali passava à Circular da Corte, em cuja página também podiam ser encontradas as notícias dos leilões do dia. Um pequeno artigo de Ciência era muitas vezes colocado ali, mas ela optava por não lê-lo, pois raramente captava-lhe o sentido.

Tendo virado o jornal, como de costume, para conferir os nascimentos, casamentos e mortes, Miss Marple pensou consigo mesma, como tantas vezes antes: "É triste mesmo, mas hoje em dia nos interessamos apenas pelas *mortes*!".

As pessoas ganhavam bebês, mas pessoas que ganhavam bebês não eram suscetíveis de sequer ser conhecidas pelo nome por Miss Marple. Se houvesse uma coluna tratando de bebês apresentando-os como netos, poderia existir alguma chance de um reconhecimento prazeroso. Ela poderia pensar consigo: "Ora essa, Mary Prendergast teve a *terceira* neta!"; embora inclusive isso pudesse ser, talvez, um pouco remoto.

Miss Marple correu os olhos pelos casamentos, também sem uma inspeção muito rigorosa, porque a maioria das filhas ou filhos de seus velhos amigos havia se casado já fazia alguns anos. Chegou à coluna das mortes e, a esta, concedeu sua atenção mais séria. Concedeu o suficiente, na verdade, para ter certeza de que não perderia um nome. Alloway, Angopastro, Arden, Barton, Bedshaw, Burgoweisser... (minha nossa, que nome *alemão*, mas ele parecia ter vivido em Leeds). Carpenter, Camperdown, Clegg. Clegg? Seria essa uma dos Clegg que ela conhecia? Não, não parecia ser. Janet Clegg. Algum lugar em Yorkshire. McDonald, McKenzie,

Nicholson. Nicholson? Não. Mais uma vez, não era uma Nicholson que ela conhecesse. Ogg, Ormerod, essa devia ser uma das tias, ela pensou. Sim, provavelmente era isso. Linda Ormerod. Não, ela não a conhecera. Quantril? Minha nossa, essa devia ser Elizabeth Quantril. Oitenta e cinco. Bem, ora essa! Ela pensava que Elizabeth Quantril tivesse morrido alguns anos antes.

Imagine ela ter vivido tanto tempo! Tinha sido sempre tão delicada, também... Ninguém havia esperado que *ela* fosse ter cabelos brancos. Race, Radley, Rafiel. Rafiel? Algo se agitou. Esse nome era familiar. Rafiel. Belford Park, Maidstone. Belford Park, Maidstone. Não, ela não conseguia se lembrar desse endereço. Sem flores. Jason Rafiel. Ah, pois bem, um nome incomum. Miss Marple supôs que tivesse apenas o escutado em algum lugar. Ross-Perkins. Ora, essa poderia ser – não, não era. Ryland? Emily Ryland. Não. Não, ela nunca conhecera uma Emily Ryland. *Profundamente amada por seu marido e filhos.* Ah, muito bonito ou muito triste. Dependendo de como quiser encarar.

Miss Marple largou seu jornal, observando as palavras cruzadas à toa, enquanto tentava se lembrar, intrigada, de por que o nome Rafiel lhe era familiar.

– Vou lembrar – Miss Marple disse, sabendo por longa experiência de que modo a memória dos velhos funcionava. – Vou lembrar, não tenho dúvida.

Ela olhou pela janela na direção do jardim, desviou seu olhar e tentou tirar o jardim da mente. O local tinha representado uma fonte de grande prazer e também de grande trabalho para Miss Marple durante vários e vários anos. E agora, devido à implicância dos médicos, trabalhar no jardim lhe era proibido. A certa altura, Miss Marple tentara lutar contra tal proibição, mas havia chegado à conclusão de que era melhor, afinal de contas, fazer como lhe recomendavam. Dispusera sua poltrona num ângulo a partir do qual não seria fácil contemplar o jardim, a menos que desejasse definitiva e claramente olhar alguma coisa em particular. Suspirou, pegou a sacola do tricô e tirou um casaquinho de lã infantil que se encaminhava para uma conclusão. A parte de trás estava pronta, bem como a da frente. Agora ela teria de continuar com as mangas. As mangas eram sempre chatas. Duas mangas, ambas iguais. Sim, muito chato. Uma lã cor-de-rosa muito bonita, no entanto. Lã cor-de-rosa. Mas espere um minuto, onde é que isso se encaixava? Sim... sim, isso se encaixava com aquele nome que ela acabara de ler no jornal. Lã cor-de-rosa. Um mar azul. O mar do Caribe. Uma praia de areia. A luz do sol. Ela mesma tricotando e, ora, claro, o sr. Rafiel. Aquela viagem que havia feito ao Caribe. A ilha de St. Honoré. Um mimo de seu sobrinho Raymond. E se lembrou de Joan, sua sobrinha por decorrência, esposa de Raymond, dizendo:

– Não vá se envolver em mais assassinatos, tia Jane. Não é bom para você.

Bem, ela não tivera *qualquer* intenção de se envolver num assassinato, mas simplesmente aconteceu. Era isso. Tudo por causa de um major idoso com um olho de vidro que insistira em lhe contar certas histórias muito longas e chatas. Pobre major... como era o nome *dele* mesmo? Agora ela não lembrava. O sr. Rafiel e sua secretária, a senhora... sra. Walters, sim, Esther Walters, e seu ajudante massagista, Jackson. Tudo lhe voltou. Pois bem, pois bem. Pobre sr. Rafiel. Então o sr. Rafiel estava morto. Ele sabia que iria morrer dentro de não muito tempo. Praticamente lhe dissera isso. Parecia que havia sobrevivido mais tempo do que os médicos pensavam. Era um homem forte, um homem obstinado – um homem muito rico.

Miss Marple permaneceu imersa em pensamentos, com as agulhas de tricô trabalhando de modo regular, mas com a mente, de fato, longe do tricô. Seus pensamentos se ocupavam do falecido sr. Rafiel, recordando possíveis lembranças a respeito dele. Não era um homem fácil de esquecer, na verdade. Ela conseguia muito bem evocar mentalmente sua aparência. Sim, uma personalidade bem definida, um homem difícil, um homem irritadiço, escandalosamente grosseiro às vezes. Ninguém nunca se ressentia de sua grosseria, no entanto. Ela se lembrava disso também. As pessoas não se ressentiam de sua grosseria porque ele era muito rico. Sim, ele havia sido muito rico. Tinha sua secretária consigo e um ajudante, um massagista profissional. Não conseguia se virar muito bem sem ajuda.

Aquele enfermeiro-ajudante revelara ter um caráter bastante duvidoso, Miss Marple pensou. O sr. Rafiel tinha sido muito rude com ele algumas vezes. Ele nunca parecera se importar. E isso, mais uma vez, é claro, porque o sr. Rafiel era riquíssimo.

– Ninguém mais lhe pagaria metade do que eu pago – o sr. Rafiel dissera –, e ele sabe disso. Ele é bom em seu trabalho, no entanto.

Miss Marple se perguntou se... Jackson? Johnson?... continuara com o sr. Rafiel. Continuara no que devia ter sido – mais um ano? Um ano e três ou quatro meses. Julgou que provavelmente não. O sr. Rafiel era uma pessoa que gostava de mudança. Cansava-se das pessoas, cansava-se de suas manias, cansava-se de seus rostos, cansava-se de suas vozes.

Miss Marple entendia isso. Sentia o mesmo às vezes. Aquela sua acompanhante, aquela mulher boa, atenciosa e enlouquecedora com sua voz arrulhante.

– Ah – disse Miss Marple –, que mudança para melhor, desde que...

Ah, minha nossa, agora ela esquecera o nome *dela*... senhorita... srta. Bishop? Não, não era srta. Bishop, claro que não. Por que ela pensara no nome Bishop? Minha nossa, como era difícil...

Sua mente voltou ao sr. Rafiel e a... não, não era Johnson, tinha sido um Jackson, Arthur Jackson.

– Minha nossa – Miss Marple disse de novo –, eu sempre me atrapalho com *todos* os nomes. E, claro, era na srta. *Knight* que eu estava pensando. Não na srta. *Bishop*. Por que penso nela como srta. Bishop?

A resposta lhe ocorreu. Xadrez, é claro. Uma peça de xadrez. Knight, cavalo. Bishop, bispo.

– Vou chamá-la de srta. Castle quando pensar nela de novo, acho, ou srta. Rook.* Se bem que, na verdade, ela é o tipo de pessoa que jamais iria trapacear alguém. Não, não mesmo. E, agora, qual era o nome daquela simpática secretária do sr. Rafiel? Ah, sim, Esther Walters. Isso mesmo. Eu gostaria de saber o que aconteceu com Esther Walters... Ela tinha recebido uma herança? Provavelmente receberia uma herança agora.

O sr. Rafiel, ela lembrou, dissera-lhe algo sobre isso, ou ela tinha – ah, nossa, como as coisas ficavam confusas quando tentava se lembrar com um mínimo de exatidão... Esther Walters. Tinha sido um golpe duro para ela, aquele negócio no Caribe, mas ela já o teria superado. Era viúva, não? Miss Marple esperava que Esther Walters tivesse se casado novamente, com algum homem querido, gentil, confiável. Parecia ligeiramente improvável. Esther Walters, ela pensou, tinha um temperamento bem inclinado a gostar do tipo de homem errado para casar.

---

* *Rook*, em inglês, significa tanto "torre" quanto "trapacear". (N.T.)

Miss Marple voltou a pensar no sr. Rafiel. Sem flores, estava escrito. Não que ela mesma sequer sonhasse em enviar flores. Ele poderia ter comprado todos os viveiros da Inglaterra, se tivesse desejado. E, de qualquer maneira, os dois não haviam construído essa espécie de relação. Não tinham sido amigos, nem criado laços de afeto. Haviam sido... Qual era a palavra que ela queria?... Aliados. Sim, haviam sido aliados por um tempo muito breve. Um tempo emocionante. E ele tinha sido um aliado que valeu a pena ter. Miss Marple tivera certeza disso. Tivera certeza disso correndo numa escura noite tropical no Caribe, indo ao encontro dele. Sim, ela se lembrava de ter usado aquele xale-echarpe cor-de-rosa – como é mesmo que costumavam chamá-lo em sua juventude? Um *fascinator*. Aquele belo xale-echarpe cor-de-rosa de lã que ela colocara em volta da cabeça, e o sr. Rafiel olhara para ela e rira, e depois, quando ela dissera – Miss Marple sorriu com a lembrança – uma palavra que tinha usado e ele rira, mas ele terminou não rindo. Não, o sr. Rafiel fizera o que ela lhe pedira e, portanto – "Ah", Miss Marple suspirou, tudo tinha sido, ela precisava admitir, bem emocionante. E ela nunca contara nada para seu sobrinho ou à querida Joan a respeito, porque, afinal de contas, era o que haviam lhe dito para não fazer, não era? Miss Marple assentiu com um aceno de cabeça. Em seguida, baixinho, murmurou:

– Pobre sr. Rafiel, espero que não tenha sofrido.

Provavelmente não. Provavelmente recebera sedativos caros, facilitando o fim. Ele havia sofrido muito durante aquelas semanas no Caribe. Quase sempre sentindo dor. Um homem valente.

Um homem valente. Miss Marple lamentava que ele estivesse morto, pois achava que, embora fosse um idoso inválido e doente, o mundo havia perdido algo com sua partida. Ela não fazia ideia de como ele poderia ter sido nos negócios. Implacável, pensou, e rude, e dominador e agressivo. Um grande devorador. Mas... mas um bom amigo, pensou. E, em algum lugar no seu íntimo, uma espécie de profunda bondade que ele tomava o máximo cuidado de jamais mostrar na superfície. Um homem que ela admirava e respeitava. Bem, lamentava seu falecimento e esperava que ele não tivesse sofrido demais, e que sua morte tivesse sido fácil. E agora o sr. Rafiel seria cremado, sem dúvida, e depositado em alguma bela e enorme cripta de mármore. Miss Marple nem mesmo sabia se ele tinha sido casado. Ele nunca mencionara uma esposa, nunca mencionara filhos. Um homem solitário? Ou será que sua vida tinha sido tão atarefada que ele não precisava se sentir solitário? Ela ficou especulando.

Miss Marple ficou ali sentada por um longo tempo naquela tarde, especulando sobre o sr. Rafiel. Nunca lhe passara pela cabeça vê-lo de novo depois de voltar à Inglaterra, e de fato nunca mais o vira. No entanto, de certa maneira esquisita, poderia ter sentido a qualquer momento que estava em contato com ele. Se o sr. Rafiel tivesse se aproximado dela, ou tivesse sugerido que se encontrassem de novo, sentindo talvez um vínculo por causa de uma vida que havia sido salva por ação dos dois, ou de algum outro vínculo. Um vínculo...

– Com toda certeza – Miss Marple falou, horrorizada com a ideia que havia surgido em sua mente –, não pode haver um vínculo de *implacabilidade* entre nós, pode?

Seria ela, Jane Marple – poderia ela ser –, implacável em alguma situação?

– Ora – Miss Marple disse consigo –, é extraordinário, eu nunca tinha pensado nisso antes. Acredito que eu *poderia* ser implacável...

A porta se abriu e uma cabeça morena e encaracolada apareceu. Era Cherry, a bem-vinda sucessora da srta. Bishop – srta. Knight.

– A senhorita falou alguma coisa? – Cherry perguntou.

– Eu estava falando sozinha – Miss Marple respondeu. – Só estava imaginando se eu poderia ser implacável em alguma situação.

– O quê, a senhorita? – Cherry retrucou. – Nunca! A senhorita é a bondade em pessoa.

– Mesmo assim – disse Miss Marple –, acredito que eu poderia ser implacável se houvesse uma justa causa.

– O que a senhorita chamaria de justa causa?

– Numa questão de justiça – Miss Marple disse.

– A senhorita de fato pegou pesado com o pequeno Gary Hopkins, devo dizer – Cherry falou. – Quando o apanhou torturando o gato dele naquele dia. Nunca imaginei que a senhorita tivesse a fibra de ir pra cima de alguém daquele jeito! Ele ficou apavorado mesmo. Ele nunca esqueceu.

– Espero que ele não tenha torturado mais nenhum gato.

– Bem, ele se certificou que a senhorita não estava por perto, caso tenha feito isso – disse Cherry. – Na verdade, não tenho nem um pouco de certeza se outros meninos não estão com medo. Vendo a senhorita com sua lã e as coisas bonitas que tricota e tudo mais, qualquer um pensaria que é mansa como um cordeirinho. Mas tem vezes que eu poderia dizer que a senhorita se comportaria como um leão, se fosse incitada.

Miss Marple parecia estar um pouco em dúvida. Não conseguia se ver direito no papel em que Cherry lhe impunha agora. Será que ela alguma vez... Ela fez uma pausa na reflexão, recordando diversos momentos;

houvera uma intensa irritação com a srta. Bishop – Knight. (Realmente, ela *não* devia esquecer nomes dessa maneira.) Mas sua irritação se revelara em comentários mais ou menos irônicos. Os leões, presumivelmente, não usavam ironia. Não havia nada de irônico num leão. O leão saltava. Rugia. Usava suas garras, presumivelmente dava grandes mordidas em sua presa.

– Realmente – disse Miss Marple –, não creio que eu jamais tenha me comportado *desse* jeito.

Caminhando devagar por seu jardim naquele anoitecer, com os habituais sentimentos de vexação crescendo em seu íntimo, Miss Marple considerou mais uma vez o assunto. A visão de um arbusto de boca-de-leão, era possível, havia reavivado a questão em sua mente. Ora, ela tinha *dito* ao velho George várias e várias vezes que só queria antirrinos cor de enxofre, *não* aquele tom púrpura um tanto feioso que os jardineiros sempre pareciam adorar.

– Amarelo-enxofre – Miss Marple disse em voz alta.

Alguém do outro lado da grade que defrontava a estradinha passando por sua casa virou a cabeça e falou:

– Perdão? Falou alguma coisa?

– Eu estava falando sozinha, receio – Miss Marple retrucou, virando-se para olhar por cima da grade.

Tratava-se de alguém que ela não conhecia, e ela conhecia a maioria das pessoas em St. Mary Mead. Conhecia-as pelo menos de vista, se não pessoalmente. Era uma mulher corpulenta, usando uma saia de tweed – surrada mas resistente – e bons sapatos de campo. Trajava um pulôver esmeralda e um xale de lã tricotado.

– Receio que isso aconteça na minha idade – Miss Marple acrescentou.

– Este seu jardim é muito bonito – disse a outra mulher.

– Não está particularmente bonito agora – Miss Marple falou. – Quando eu mesma podia cuidar dele...

– Ah, eu sei. Entendo perfeitamente o seu sentimento. Deve estar dependendo de um desses... tenho vários nomes para eles, na maioria muito grosseiros... sujeitos idosos que afirmam saber tudo de jardinagem. Às vezes sabem, às vezes não sabem coisa nenhuma. Eles aparecem, tomam inúmeras xícaras de chá e arrancam uma ou outra erva daninha, bem de leve. São até simpáticos, alguns deles, mas, mesmo assim, isso acaba dando nos nervos.

Ela acrescentou:

– Eu mesma sou uma jardineira muito empenhada.

– Mora por aqui? – Miss Marple perguntou com algum interesse.

– Bem, estou alojada com uma mulher chamada sra. Hastings. Creio que já ouvi a sra. Hastings falando da senhorita. Miss Marple, não é?

– Isso mesmo.

– Eu vim como uma espécie de acompanhante-jardineira. Meu nome é Bartlett, a propósito. Srta. Bartlett. Não há realmente muito a fazer por lá – disse a srta. Bartlett. – Ela faz questão de plantas anuais e coisas assim. Nada que você possa realmente abocanhar.

Ela abriu a boca e mostrou os dentes ao fazer este último comentário.

– Claro, faço alguns trabalhos esporádicos também. Compras, sabe, e coisas desse tipo. De qualquer forma, se a senhorita precisar de algum serviço aqui, eu poderia lhe conceder uma ou duas horas. Eu diria que consigo ser melhor do que qualquer camarada que a senhorita tiver agora.

– Isso seria fácil – disse Miss Marple. – Gosto mais de flores. Não tenho grande apreço por legumes.

– Eu lido com os legumes para a sra. Hastings. Chato, mas necessário. Bem, vou seguir no meu rumo.

Seus olhos percorreram Miss Marple dos pés à cabeça, como que memorizando-a, e então ela fez um aceno jovial com a cabeça e se foi caminhando.

Sra. Hastings? Miss Marple não conseguia se lembrar do nome de nenhuma sra. Hastings. Certamente a sra. Hastings não era uma velha amiga. Ela com certeza nunca tinha sido uma parceira de jardinagem. Ah, claro, eram provavelmente aquelas casas recém-construídas no fim de Gibraltar Road. Diversas famílias haviam se mudado no ano anterior. Miss Marple suspirou, contemplou outra vez os antirrinos, aborrecida, viu várias ervas daninhas que ansiava por arrancar, um ou dois rebentos exuberantes que gostaria de atacar com suas tesouras de poda e, por fim, suspirando e energicamente resistindo à tentação, fez um desvio pela estradinha e voltou para casa. Sua mente retornou ao sr. Rafiel. Os dois haviam sido, ele e ela – qual era o título daquele livro que costumavam citar tanto em sua juventude? *Navios que passam à noite.* Pensando bem, era bastante apropriado, de fato. Navios que passam à noite... Tinha sido à noite que ela o procurara para pedir – não, para exigir – ajuda. Para insistir, dizer que não podiam perder sequer um minuto. E ele concordara e colocara tudo em prática no mesmo instante! Talvez ela *tivesse* sido bem leonina naquela ocasião? Não. Não, isso era totalmente errado. Não tinha sido raiva o que ela sentira. Tinha sido insistência em algo que era absolutamente imperativo, que precisava ser colocado em andamento de imediato. E ele compreendera.

Pobre sr. Rafiel. O navio que havia passado à noite era um navio interessante. Quando você já tivesse se acostumado com sua grosseria, ele não poderia ter sido um homem bastante agradável? Não! Miss Marple balançou a cabeça. O sr. Rafiel nunca poderia ter sido um homem agradável. Bem, ela precisava tirar o sr. Rafiel da cabeça.

Navios que passam à noite, e falam entre si de passagem;
Só um sinal exibido e uma voz distante na escuridão.

Ela provavelmente nunca mais pensaria no sr. Rafiel. Talvez desse uma olhada para ver se havia um obituário dele no *Times*. Mas achava que não era muito provável. Ele não era uma personalidade muito conhecida, pensou. Não era famoso. Tinha sido apenas muito rico. Claro, muitas pessoas de fato ganhavam obituários no jornal só porque eram muito ricas; contudo, no seu entender, possivelmente a riqueza do sr. Rafiel não era desse tipo. O homem não havia sido uma figura destacada em qualquer grande indústria, não havia sido um grande gênio financeiro, ou um banqueiro notável. Apenas acumulara, pela vida toda, enormes quantias de dinheiro...

Capítulo 2

Codinome Nêmesis

I

Foi mais ou menos uma semana depois da morte do sr. Rafiel que Miss Marple pegou uma carta em sua bandeja do café da manhã e a contemplou por um momento antes de abri-la. As outras duas cartas que haviam chegado pelo correio naquela manhã eram contas, ou, talvez, apenas recibos de contas. Qualquer que fosse o caso, não tinham qualquer interesse em particular. Esta carta podia ter.

Um carimbo postal de Londres, endereço datilografado, um envelope longo, de boa qualidade. Miss Marple abriu-o cuidadosamente com a espátula que mantinha sempre à mão em sua bandeja. Estava encabeçado com: Sr. Broadribb e sr. Schuster, advogados e notários públicos, com endereço em Bloomsbury. A mensagem lhe pedia, em adequada linguagem cortês e legal, para visitá-los num dia da semana seguinte, no escritório, a fim de discutir uma proposta que poderia lhe ser vantajosa. A quinta-feira, dia 24, era sugerida. Se essa data não fosse conveniente, devia avisá-los de uma data provável em que estivesse em Londres num futuro próximo. Acrescentavam que eram os advogados do falecido sr. Rafiel, com quem, segundo entendiam, ela travara conhecimento.

Miss Marple franziu o cenho com uma leve perplexidade. Levantou-se um pouco mais devagar do que o habitual, pensando na carta que recebera. Foi acompanhada escada abaixo por Cherry, que era meticulosa em rondar o corredor para se certificar de que Miss Marple não acabasse se acidentando ao descer sozinha a escada, que era de um tipo antiquado, fazendo uma curva acentuada no meio de seu percurso.

– Você é ótima cuidando de mim, Cherry – Miss Marple disse.

– É meu dever – Cherry retrucou em seu modo peculiar de falar. – Pessoas boas estão em falta.

– Bem, obrigada pelo elogio – Miss Marple falou, firmando seu pé com segurança no térreo.

– Não tem nenhum problema, tem? – Cherry perguntou. – A senhorita parece meio alterada, se entende o que eu quero dizer.

– Não, não há nenhum problema – Miss Marple respondeu. – Recebi uma carta bastante incomum de uma firma de advocacia.

– Ninguém está processando a senhorita por causa de qualquer coisa, está? – perguntou Cherry, que tinha inclinação por encarar cartas de advogados como invariavelmente associadas a algum desastre do tipo.

– Ah, não, acho que não – Miss Marple falou. – Nada desse tipo. Eles só me pediram para visitá-los na semana que vem em Londres.

– Talvez alguém tenha lhe deixado uma fortuna – Cherry disse, esperançosa.

– Isso, creio eu, é *muito* improvável – Miss Marple retrucou.

– Bem, a gente nunca sabe – disse Cherry.

Acomodando-se em sua poltrona e tirando seu tricô da sacola bordada, Miss Marple considerou a possibilidade de o sr. Rafiel ter lhe deixado uma fortuna. Isso parecia ser ainda mais improvável do que quando

Cherry havia feito a insinuação. O sr. Rafiel, ela pensou, não era esse tipo de homem.

Não lhe era possível ir na data sugerida. Ela iria comparecer a uma reunião do Instituto de Mulheres para discutir a arrecadação de uma soma com o propósito de construir algumas pequenas salas adicionais. Mas escreveu-lhes propondo um dia na semana seguinte. Sua carta foi respondida no devido tempo, e confirmou-se em definitivo o encontro. Ela ficou se perguntando como seriam os senhores Broadribb e Schuster. A carta tinha sido assinada por J.R. Broadribb, que era, aparentemente, o sócio majoritário. Era possível, Miss Marple pensou, que o sr. Rafiel *pudesse* ter lhe deixado alguma pequena lembrança ou suvenir em seu testamento. Talvez algum livro sobre flores raras que estivesse em sua biblioteca e que, em seu entender, seria do agrado de uma senhora idosa e amante da jardinagem. Ou quem sabe um broche de camafeu que tivesse pertencido a uma tia-avó. Ela se divertiu com essas especulações fantasiosas. Eram apenas ideias fantasiosas, pensou, porque, qualquer que fosse o caso, seria meramente uma questão de os executores – se aqueles advogados fossem os executores – lhe encaminharem por correio qualquer objeto do tipo. Não teriam desejado marcar uma conversa.

– Ah, bem – disse Miss Marple –, saberei na próxima terça-feira.

II

– Eu me pergunto como será ela – o sr. Broadribb falou para o sr. Schuster, olhando ao mesmo tempo para o relógio.

– Ela deve chegar dentro de quinze minutos – falou o sr. Schuster. – Será que vai ser pontual?

– Ah, eu diria que sim. Ela é idosa, pelo que sei, bem mais escrupulosa do que os jovens desmiolados de hoje em dia.

– Gorda ou magra, eu me pergunto... – especulou o sr. Schuster.

O sr. Broadribb sacudiu a cabeça.

– Rafiel não chegou a lhe descrever a mulher? – o sr. Schuster perguntou.

– Ele era extremamente cauteloso em tudo que dizia sobre ela.

– O negócio todo me parece ser muito esquisito – disse Schuster. – Se apenas soubéssemos um pouco mais sobre o que significava tudo aquilo...

– Poderia ser – Broadribb falou, pensativo – algo relacionado a Michael.

– O quê? Depois de todos esses anos? Não poderia ser. Como foi que essa ideia entrou na sua cabeça? Por acaso ele mencionou...

– Não, ele não mencionou nada. Não me deu nenhuma pista em absoluto do que tinha em mente. Apenas me deu instruções.

– Você acha que ele estava ficando um pouco excêntrico e tudo mais no final?

– Nem um pouco. Mentalmente ele se mostrava tão brilhante como sempre. A saúde frágil nunca afetou seu cérebro de qualquer maneira. Nos dois últimos meses de vida, ganhou uma soma extra de duzentas mil libras. Simples assim.

– Ele tinha um *dom* – o sr. Schuster falou com a devida reverência. – Certamente, ele sempre teve um dom.

– Uma grande inteligência financeira – disse o sr. Broadribb, também no adequado tom de reverência. – Não há muitos como ele, o que é uma pena.

Uma campainha soou na mesa. O sr. Schuster pegou o fone. Uma voz feminina disse:

– Miss Jane Marple está aqui para falar com o sr. Broadribb, tem hora marcada.

O sr. Schuster olhou para seu sócio, levantando uma sobrancelha para obter um sinal afirmativo ou negativo. O sr. Broadribb assentiu com um aceno.

– Pode trazê-la – disse Schuster.

E acrescentou:

– Agora vamos ver.

Miss Marple entrou numa sala na qual um cavalheiro de meia-idade se levantou para cumprimentá-la, corpo magro e delgado e um rosto comprido, bastante melancólico. Esse, aparentemente, era o sr. Broadribb, cuja aparência contrariava um pouco seu nome.* Com ele estava um cavalheiro de meia-idade um pouco mais jovem, de proporções definitivamente mais amplas. Este tinha cabelo preto, pequenos olhos penetrantes e uma tendência para o queixo duplo.

– Meu sócio, o sr. Schuster – apresentou o sr. Broadribb.

– Espero que não tenha sofrido demais com as escadas – disse o sr. Schuster.

"Não dou menos de setenta anos... quem sabe mais para os oitenta", ele pensava em seu íntimo.

– Sempre fico um pouco sem fôlego subindo escadas.

– Este é um edifício antigo – o sr. Broadribb se desculpou. – Sem elevador. Ah, bem, nós somos uma firma com reputação de longa data e não vamos atrás de muitas das parafernálias modernas que os nossos clientes talvez esperem de nós.

– Esta sala tem proporções muito agradáveis – Miss Marple comentou com polidez.

---

* *Broad rib*: "Costela larga". (N.T.)

Ela aceitou a cadeira que o sr. Broadribb lhe empurrou. O sr. Schuster, de forma mais ou menos discreta, saiu da sala.

– Espero que a cadeira esteja confortável – disse o sr. Broadribb. – Vou puxar ligeiramente aquela cortina, pode ser? Talvez o sol incomode um pouco os seus olhos.

– Obrigada – Miss Marple respondeu com gratidão.

Ela ficou imóvel em seu assento, empertigada como era seu hábito. Estava usando um conjunto leve de tweed, um colar de pérolas e um pequeno barrete de veludo. O sr. Broadribb dizia consigo mesmo: "A Dama Provinciana. Uma boa figura. Velhinha fofa. Pode ser caduca... pode não ser. Um olhar bastante sagaz. Onde será que Rafiel topou com ela? Uma tia de alguém, talvez, lá do interior?". Enquanto tais pensamentos passavam por sua mente, ele fazia os típicos comentários introdutórios relacionados ao tempo, os efeitos desafortunados das últimas geadas no início do ano e outras observações assemelhadas que julgou convenientes.

Miss Marple deu as respostas necessárias e aguardou placidamente que se abrissem as preliminares da reunião.

– A senhorita deve estar se perguntando qual é o motivo disso tudo – falou o sr. Broadribb, mexendo em alguns documentos a sua frente e lhe concedendo um sorriso apropriado. – Deve ter ouvido falar, sem dúvida, da morte do sr. Rafiel, ou talvez tenha lido a respeito no jornal.

– Eu li a respeito no jornal – disse Miss Marple.

– Ele era, pelo que sei, um amigo seu.

– Eu o conheci pouco mais de um ano atrás – disse Miss Marple. – Nas Índias Ocidentais – acrescentou.

– Ah. Eu me lembro. Ele foi até lá, acredito, por causa da saúde. A viagem lhe fez algum bem, talvez, mas ele já era um homem muito doente, bastante incapacitado, como a senhorita sabe.

– Sim – disse Miss Marple.

– A senhorita o conhecia bem?

– Não – Miss Marple respondeu –, eu não diria isso. Fomos hóspedes ao mesmo tempo num hotel. Tivemos conversas ocasionais. Nunca mais o vi depois do meu regresso à Inglaterra. Vivo muito tranquilamente no campo, veja bem, e creio que ele estava completamente absorvido pelos negócios.

– Ele continuou trabalhando em seus negócios até... bem, eu quase poderia dizer que até o dia de sua morte – afirmou Broadribb. – Uma mente financeira excepcional.

– Tenho certeza de que era – falou Miss Marple. – Percebi bem depressa que ele era... bem, uma figura absolutamente notável.

– Não sei se a senhorita faz alguma ideia... se em algum momento o sr. Rafiel lhe deu alguma ideia quanto ao teor desta proposta que fui instruído a lhe apresentar.

– Não consigo imaginar – Miss Marple disse – que possível espécie de proposta ele pode ter desejado que me fosse apresentada. Parece muitíssimo improvável.

– Ele a tinha em alta estima.

– Gentileza dele, mas dificilmente se justifica – disse Miss Marple. – Sou uma pessoa muito simples.

– Como a senhorita sem dúvida deve imaginar, o sr. Rafiel morreu riquíssimo. As orientações de seu testamento são, de um modo geral, razoavelmente simples. Ele já estabelecera disposições de sua fortuna algum tempo antes de morrer. Fundos e outros arranjos beneficiários.

– Esse é, acredito, um procedimento muito comum hoje em dia – Miss Marple retrucou –, embora eu mesma não seja nem um pouco conhecedora de questões financeiras.

– O propósito deste encontro – disse o sr. Broadribb – tem a ver com a instrução que recebi de lhe informar que uma soma de dinheiro foi reservada para ser transferida integralmente à senhorita no final de um ano, mas com a condição de que aceite certa proposição, de cujo teor a deixarei inteirada.

Ele pegou da mesa logo à frente um envelope comprido. Estava selado. Deslizou-o pela mesa até ela.

– Seria melhor, creio eu, que a senhorita lesse pessoalmente o conteúdo. Não há pressa. Leia com calma.

Miss Marple leu com calma. Ela se valeu de um pequeno abridor de cartas que o sr. Broadribb lhe entregou, cortou o envelope, tirou o que havia nele, uma única folha datilografada, e a leu. Dobrou-a de novo, então a releu e olhou para o sr. Broadribb.

– Isto não é nem um pouco claro. Não há nenhuma espécie de elucidação mais objetiva?

– Até onde me diz respeito, não. Meu dever era lhe entregar este envelope e informá-la quanto ao valor do legado. A soma em questão é de vinte mil libras, livre de imposto.

Miss Marple ficou olhando para ele. A surpresa a deixava sem palavras. O sr. Broadribb não disse mais nada naquele momento. Estava observando-a com atenção. Não havia dúvida quanto à surpresa da dama. Tratava-se, obviamente, da última coisa que Miss Marple esperava ouvir. O sr. Broadribb tentou adivinhar quais seriam suas primeiras palavras. A senhora olhava para ele com a franqueza, com a gravidade que uma de suas próprias tias poderia ter expressado. Quando falou, ela o fez quase em tom de acusação.

– É uma grande soma de dinheiro – disse Miss Marple.

– Não tão grande quanto costumava ser – falou o sr. Broadribb (contendo-se a tempo de acrescentar: "Mera ninharia hoje em dia").

– Devo admitir – disse Miss Marple – que estou atônita. Francamente, mais do que atônita.

Ela pegou o documento e o leu mais uma vez com cuidado.

– Deduzo que o senhor deve conhecer os termos deste texto... – falou.

– Sim. Ele me foi ditado pessoalmente pelo sr. Rafiel.

– Ele não lhe deu qualquer explicação a respeito?

– Não, não deu.

– O senhor deve ter sugerido, suponho, que seria melhor se ele desse... – disse Miss Marple, havia uma leve acidez em sua voz agora.

O sr. Broadribb esboçou um sorriso.

– A senhorita está absolutamente certa. Foi o que fiz. Afirmei que a senhorita poderia ter dificuldade para... ah, para entender exatamente aonde ele queria chegar.

– É impressionante – Miss Marple comentou.

– Não há necessidade, é claro – continuou o sr. Broadribb –, de a senhorita me dar uma resposta agora.

– Não – disse Miss Marple –, eu teria de refletir sobre o assunto.

– Trata-se, como a senhorita salientou, de uma quantia bastante substancial.

– Eu sou velha – Miss Marple retrucou. – Idosa, costumamos dizer, mas "velha" é uma palavra melhor. Definitivamente velha. É ao mesmo tempo possível e, de fato, provável que eu acabe não vivendo mais um ano para ganhar esse dinheiro, na hipótese um tanto duvidosa de que eu *faça* por merecê-lo...

– Dinheiro não é algo de se desprezar em qualquer idade – falou o sr. Broadribb.

– Eu poderia beneficiar certas instituições de caridade com as quais tenho envolvimento – Miss Marple disse –, e sempre existem pessoas. Pessoas pelas quais a gente gostaria de fazer alguma coisinha, mas nossos próprios recursos não o permitem. Além disso, não vou fingir que não existem prazeres e desejos... extravagâncias que não temos condições de cometer ou bancar. Acho que o sr. Rafiel sabia muito bem que ganhar condições de fazer isso, de uma maneira bastante inesperada, proporcionaria um grande prazer a uma pessoa idosa.

– Sim, de fato – disse o sr. Broadribb. – Um cruzeiro no exterior, talvez? Uma dessas excelentes *excursões* que são organizadas hoje em dia. Teatros, concertos, a oportunidade de reabastecer a adega...

– Minhas preferências seriam um pouco mais moderadas do que isso – Miss Marple retrucou. – Perdizes – ela falou, pensativa –, é muito difícil conseguir perdizes hoje em dia, e elas são muito caras. Eu apreciaria uma perdiz... uma perdiz inteira... só para mim, apreciaria muito. Uma caixa de *marrons glacés* é uma extravagância cara que eu não consigo satisfazer com frequência. Possivelmente uma visita à ópera. Isso exige um carro para me levar a Covent Garden e voltar, e a despesa de uma noite num hotel. Mas não devo me estender em conversa fiada. Vou levar isto aqui comigo e refletir a respeito. Realmente, que diabo fez com que o sr. Rafiel... O senhor não tem nenhuma ideia do *motivo* de ele ter sugerido esta proposição em particular, e do motivo pelo qual ele pensaria que eu poderia lhe ser útil de alguma maneira? Ele devia saber que já se passara mais de um ano, quase dois anos desde que me vira pela última vez, e que eu poderia ter ficado bem mais fraca do que fiquei e bem mais incapaz de fazer uso dos pequenos talentos que eu pudesse ter. Ele estava assumindo um risco. Existem outras pessoas, por certo, bem mais qualificadas para empreender uma investigação dessa natureza...

– Falando com franqueza, seria de se pensar que sim – falou o sr. Broadribb –, mas ele escolheu *a senhorita*, Miss Marple. Perdoe-me se for curiosidade indevida, mas a senhorita já teve... ah, como posso dizer... alguma conexão com crimes ou com a investigação de crimes?

– Estritamente falando, eu diria que não – Miss Marple respondeu. – Isto é, nada profissional. Nunca fui uma oficial de justiça e muito menos atuei como magistrada ou tive qualquer espécie de ligação com uma agência de detetives. Para lhe explicar, sr. Broadribb, algo que, creio eu, é mais do que justo da minha parte, e que o sr. Rafiel deveria ter feito, para dar alguma espécie de explicação, tudo que posso dizer é que, durante a nossa estadia nas Índias Ocidentais, nós dois, o sr. Rafiel e eu, tivemos certa ligação com um crime que ocorreu lá. Um assassinato bastante improvável e desconcertante.

– E a senhorita e o sr. Rafiel o solucionaram?

– Eu não usaria exatamente essa palavra – disse Miss Marple. – O sr. Rafiel, pela força de sua personalidade, e eu, juntando uma ou duas indicações óbvias que chegaram ao meu conhecimento, fomos bem-sucedidos na prevenção de um segundo assassinato bem quando estava prestes a ocorrer. Eu não conseguiria ter agido sozinha, eu era fraca demais fisicamente. O sr. Rafiel não conseguiria ter agido sozinho, ele era um homem incapacitado. No entanto, agimos como aliados.

– Só mais uma pergunta que eu gostaria de lhe fazer, Miss Marple. Por acaso a palavra "Nêmesis" significa algo para a senhorita?

– *Nêmesis* – Miss Marple repetiu, não era uma pergunta. Um sorriso suave e inesperado surgiu em seu rosto. – Sim – ela disse –, de fato significa algo para mim. Significava algo para mim e significava algo para o sr. Rafiel. Eu mencionei a palavra para ele, e ele achou muito engraçado quando me descrevi com esse nome.

Qualquer que tivesse sido a expectativa do sr. Broadribb, ele não havia esperado isso. O advogado contemplou Miss Marple com uma dose da mesma surpresa perplexa que o sr. Rafiel certa vez sentira em um quarto junto ao mar do Caribe. Uma velhinha simpática e muito inteligente. Mas, realmente... Nêmesis!

– O senhor sente o mesmo, tenho certeza – falou Miss Marple.

Ela se botou de pé.

– Se o senhor encontrar ou receber quaisquer instruções adicionais nesta questão, queira me informar, sr. Broadribb. Parece-me extraordinário que não exista *algo* desse tipo. Isto aqui me deixa totalmente no escuro, de fato, quanto ao que o sr. Rafiel está me pedindo para fazer ou tentar fazer.

– A senhorita não conhece a família dele, seus amigos, seus...

– Não. Como eu lhe falei. Ele era um companheiro de viagem num lugar no exterior. Tivemos uma espécie de associação, como aliados, numa questão muito intrigante. É só.

Prestes a ir até a porta, ela se virou de súbito e perguntou:

– Ele tinha uma secretária, a sra. Esther Walters. Seria infringir a etiqueta eu perguntar se o sr. Rafiel lhe deixou cinquenta mil libras?

– Seus legados vão aparecer na imprensa – o sr. Broadribb respondeu. – Posso responder à sua pergunta de modo afirmativo... o nome da sra. Walters é agora sra. Anderson, a propósito. Ela se casou novamente.

– Fico feliz em saber. Ela era viúva com uma filha, e uma secretária muito apropriada, ao que aparece. Entendia o sr. Rafiel muito bem. Uma mulher simpática. Fico feliz que ela tenha se beneficiado.

Naquela noite, Miss Marple, sentada em sua poltrona de espaldar reto, com os pés esticados na direção da lareira, onde um pequeno fogo ardia devido à repentina onda de frio que, como de hábito, sempre pode atacar a Inglaterra a qualquer momento por vontade própria, tirou mais uma vez do envelope comprido o documento entregue a ela naquela manhã. E o leu ainda num estado de incredulidade parcial, murmurando as palavras aqui e ali, em voz baixa, como que para reforçá-las em sua mente:

"Para Miss Jane Marple,
residente no vilarejo de St. Mary Mead.
Isto será entregue à senhorita depois da minha morte pelos bons préstimos do meu advogado, James Broadribb. Ele é o homem que eu emprego para lidar com questões legais que venham a cair no domínio de meus assuntos particulares, não em minhas atividades empresariais. Ele é um advogado valoroso e confiável. Como a maioria da raça humana, é suscetível ao pecado da curiosidade. Não deixei satisfeita a curiosidade dele. Em alguns aspectos, este assunto vai ficar entre a senhorita e eu. Nosso codinome, minha cara dama, é Nêmesis. Imagino que a senhorita não terá esquecido em que lugar e em que circunstâncias mencionou essa palavra pela primeira vez para mim. No decorrer das minhas atividades empresariais, durante o que já é agora uma vida bastante longa,

aprendi o tipo de homem a quem pretendo empregar. Ele precisa ter um dom. Um dom para o trabalho específico que eu desejo que ele faça. Não é conhecimento, não é experiência. A única palavra que pode descrevê-lo é dom. Um talento natural para fazer determinada coisa.

A senhorita, minha querida, se é que posso chamá-la assim, tem um dom natural para a justiça, e isso a levou a desenvolver um dom natural para o crime. Quero que a senhorita investigue um determinado crime. Mandei que certa quantia fosse reservada de modo que, se aceitar este pedido e, como provável resultado de sua investigação, esse crime for elucidado, o dinheiro será seu de forma integral. Estabeleci um período de um ano para que cumpra essa missão. A senhorita não é jovem, mas é, se assim posso dizer, durona. Acredito poder confiar num destino razoável para mantê-la viva por pelo menos um ano.

Creio que o trabalho implicado não lhe será desagradável. A senhorita tem um talento natural, eu diria, para a investigação. Os valores necessários para o que posso descrever como capital de giro para fazer essa investigação lhe serão transferidos, durante esse período, sempre que necessário. Faço-lhe esta proposta como uma alternativa ao que possa ser sua vida no presente momento.

Eu a vislumbro sentada numa poltrona, uma poltrona que é agradável e confortável para qualquer tipo ou forma de reumatismo do qual a senhorita possa estar sofrendo. Todas as pessoas da sua idade, segundo considero, são propensas a sofrer de alguma forma de reumatismo. Se essa moléstia afetar seus joelhos ou suas costas, não lhe será fácil sair muito por aí, e a senhorita irá passar seu tempo principalmente tricotando. Eu a vejo, como a vi certa vez, à noite, quando despertei do meu sono perturbado por sua urgência, numa nuvem de lã cor-de-rosa.

Eu a vislumbro tricotando mais casacos, cachecóis e inúmeras outras coisas cujos nomes não sei. Se preferir continuar tricotando, a decisão é sua. Se preferir servir à causa da justiça, espero que a senhorita possa pelo menos se interessar.

Que a justiça corra como as águas.
E a retidão, como um riacho perpétuo.

Amós."

Capítulo 3

Miss Marple age

I

Miss Marple leu a carta três vezes; então a deixou de lado e franziu de leve o cenho, enquanto considerava a carta e suas implicações.

O primeiro pensamento que lhe ocorreu era que lhe restava uma surpreendente falta de informações definidas. Será que alguma informação adicional lhe seria repassada pelo sr. Broadribb? Com certeza quase absoluta, sentia que não haveria nada disso. Isso não seria condizente com o plano do sr. Rafiel. No entanto, de que maneira neste mundo o sr. Rafiel poderia esperar dela que fizesse qualquer coisa, que seguisse qualquer linha de ação num assunto sobre o qual ela não sabia nada? Era intrigante. Após mais alguns minutos de consideração, decidiu que a intenção do sr. Rafiel era mesmo ser intrigante. Seus pensamentos se concentraram nele, recuaram ao breve período no qual o conhecera. Sua incapacidade, seu temperamento difícil, seus lampejos de brilhantismo, seu humor ocasional. Ele se divertia, Miss Marple pensou, provocando as pessoas. Andara se divertindo, ela sentiu, e aquela carta deixava isso mais do que claro, em confundir a curiosidade natural do sr. Broadribb.

Não havia nada na carta que o sr. Rafiel escrevera que lhe desse a menor pista quanto à razão de ser da história toda. Aquilo não lhe ajudava em nenhuma medida. O sr. Rafiel, ela pensou, sem sombra de dúvida não pretendera ajudar nem um pouco. Ele acalentara – como podia expressar? – outras ideias. Mesmo assim, ela não podia começar do nada sem o mínimo de informação. Aquilo quase podia ser descrito como um passatempo de palavras cruzadas com indicações em branco. Seria *preciso* haver indicações. Ela *teria* de saber o que desejavam dela, para onde queriam que fosse, se ela deveria solucionar algum problema sentada em sua poltrona e deixando de lado suas agulhas de tricô a fim de se concentrar melhor. Ou será que o sr. Rafiel pretendera fazê-la pegar um avião ou navio rumo às Índias Ocidentais ou à América do Sul ou a outra região especialmente designada? Ela precisaria descobrir por si mesma o que deveria fazer, ou então precisaria receber instruções definidas. O sr. Rafiel poderia ter pensado que ela teria engenhosidade suficiente para adivinhar as coisas, fazer perguntas, descobrir tudo dessa maneira? Não, ela não conseguia acreditar *nisso*.

– Se ele de fato pensa isso – Miss Marple falou em voz alta –, ele está gagá. Quero dizer, estava gagá antes de morrer.

Mas não achava que o sr. Rafiel tivesse ficado gagá.

– Hei de receber instruções – disse Miss Marple. – Mas que instruções, e quando?

Foi só então que lhe ocorreu de súbito que, sem se dar conta do fato, ela definitivamente aceitara o mandato. Falou em voz alta de novo, dirigindo-se à atmosfera.

– Acredito na vida eterna – disse Miss Marple. – Não sei exatamente onde o senhor está, sr. Rafiel, mas não tenho dúvida de que está *em algum lugar*... Farei o meu melhor para cumprir a sua vontade.

II

Somente três dias depois que Miss Marple escreveu ao sr. Broadribb. Era uma carta muito sucinta, atendo-se estritamente ao essencial.

"Caro sr. Broadribb,
Considerei a sugestão que o senhor me apresentou e estou lhe informando que decidi aceitar a proposta feita a mim pelo falecido sr. Rafiel. Farei o meu melhor para respeitar seus desejos, embora não tenha nenhuma certeza de que terei sucesso. Na verdade, mal consigo ver como me será possível ser bem-sucedida. Não recebi nenhuma instrução direta na carta do sr. Rafiel, e não fui "inteirada"– creio que o termo é esse – de modo algum. Se o senhor dispuser de qualquer comunicação adicional que tenha reservado para mim contendo instruções definidas, ficarei contente se puder enviá-las, mas imagino que, como não o fez, não é o caso.
Presumo que o sr. Rafiel estivesse com boa disposição e saúde mental quando morreu. Creio estar justificada em perguntar se houve recentemente, em sua vida, qualquer assunto criminal no qual pudesse estar interessado, seja no exercício de sua atividade profissional ou em suas relações pessoais. Por acaso ele lhe expressou, alguma vez, alguma irritação ou insatisfação com certa denegação de justiça que o tenha deixado fortemente incomodado? Se sim, creio que eu estaria justificada em lhe pedir que me inteirasse a respeito. Algum parente ou conhecido do sr. Rafiel passou por alguma dificuldade nos últimos tempos, foi vítima de algum procedimento injusto ou algo que possa ser considerado como tal?

Tenho certeza de que o senhor irá entender minhas razões para fazer essas perguntas. Com efeito, o próprio sr. Rafiel deve ter esperado de mim tal atitude."

III

O sr. Broadribb mostrou a carta ao sr. Schuster, que se recostou na cadeira e assobiou.

– Ela vai encarar a missão, é? Velhinha esportiva – comentou.

Então acrescentou:

– Suponho que ela deva saber de alguma coisa sobre esse negócio todo, não?

– Aparentemente não – respondeu o sr. Broadribb.

– Seria bom se nós soubéssemos – disse o sr. Schuster. – Ele era um velho esquisitão.

– Um homem difícil – comentou o sr. Broadribb.

– Eu não faço a menor ideia – falou o sr. Schuster. – Você faz?

– Não, não faço – disse o sr. Broadribb. – Ele não queria que eu soubesse de nada, acho – acrescentou.

– Bem, ele tornou as coisas bem mais difíceis fazendo isso. Não me parece haver a menor chance de que uma velhota do interior consiga interpretar o raciocínio de um homem morto e descobrir que fantasia tinha se apoderado dele. Você não acha que ele podia estar querendo passar a perna nela? Aprontando alguma? Uma espécie de piada, sabe... Talvez ele pensasse que ela se julgasse uma grande fera em solucionar problemas do vilarejo, mas agora ia lhe dar uma dura lição...

– Não – disse o sr. Broadribb –, não penso assim. O sr. Rafiel não era esse tipo de homem.

– Ele era um demônio brincalhão às vezes – falou o sr. Schuster.

– Sim, mas não... Acho que ele estava sendo sério nessa questão. *Alguma coisa* o preocupava. Na verdade, tenho certeza absoluta de que alguma coisa o preocupava.

– E ele não lhe contou o que era, ou lhe deu uma mínima ideia?

– Não, nada.

– Então como é possível que ele espere... – Schuster se interrompeu.

– Ele não pode realmente ter esperado que algo saísse disso – disse o sr. Broadribb. – Quer dizer, ela vai começar por onde?

– Uma pegadinha, se você quer saber a minha opinião.

– Vinte mil libras é muito dinheiro.

– Sim, mas e se ele soubesse que ela iria fracassar?

– Não – retrucou o sr. Broadribb. – Ele não teria sido tão antidesportivo assim. Ele deve ter pensado que Miss Marple tinha chance de fazer ou descobrir seja lá o que isso for.

– E nós fazemos o quê?

– Esperamos – disse o sr. Broadribb. – Esperamos para ver o que acontece a seguir. Afinal de contas, é preciso haver algum desdobramento.

– Você tem algumas instruções seladas em algum lugar, hein?

– Meu caro Schuster – falou o sr. Broadribb, – o sr. Rafiel tinha confiança implícita na minha discrição e na minha conduta ética como advogado. Essas instruções seladas devem ser abertas apenas sob determinadas circunstâncias, e nenhuma das quais surgiram até agora.

– E nunca surgirão – disse o sr. Schuster.

Isso encerrou o assunto.

IV

O sr. Broadribb e o sr. Schuster eram afortunados, visto que levavam uma vida profissional plena. Miss Marple não contava com a mesma sorte. Ela tricotava, e refletia, e também saía para caminhadas, ocasionalmente admoestada por Cherry em função dessas saídas.

– A senhorita sabe o que o médico falou. Não deve fazer exercício demais.

– Eu caminho bem devagar – Miss Marple disse –, e não estou fazendo nada. Isto é, cavando, ou tirando ervas daninhas, eu só... bem, eu só coloco um pé na frente do outro e fico especulando certas coisas.

– Que coisas? – Cherry perguntou com algum interesse.

– Bem que eu gostaria de saber – Miss Marple respondeu antes de pedir a Cherry que lhe trouxesse outra echarpe, pois havia um vento frio.

– O que está deixando ela alvoroçada? Isso é o que eu gostaria de saber – Cherry falou para seu marido, dispondo diante dele um prato chinês com arroz e um preparado de rins.

– Jantar chinês – ela disse.

Seu marido fez um gesto de aprovação com a cabeça.

– Você está cozinhando melhor a cada dia que passa – ele falou.

– Estou preocupada com ela – Cherry disse. – Estou preocupada porque ela está meio preocupada. Ela recebeu uma carta e isso a deixou toda agitada.

– O que ela precisa é parar quieta no lugar – disse o marido de Cherry. – Ficar quieta, relaxar, pegar alguns livros novos na biblioteca, chamar uma ou outra amiga para visitá-la.

– Ela está tramando alguma coisa – Cherry falou. – Um tipo de plano. Tramando um jeito de enfrentar alguma coisa, é assim que me parece.

Ela interrompeu a conversa nesse estágio e levou a bandeja do café e a colocou ao lado de Miss Marple.

– Você conhece uma mulher que mora numa casa nova por aqui chamada sra. Hastings? – Miss Marple perguntou. – E outra chamada srta. Bartlett, se não estou enganada, que mora com ela...

– O quê... a senhorita se refere à casa que foi toda reformada e pintada no fim do vilarejo? Não faz muito tempo que estão lá. Não sei qual é o nome delas. A senhorita quer saber o quê? Elas não são muito interessantes. Eu, pelo menos, não diria que são.

– São parentes? – Miss Marple perguntou.

– Não. Só amigas, eu acho.

– Eu gostaria de saber por que... – Miss Marple falou e se interrompeu.

– Gostaria de saber por que o quê?

– Nada – disse Miss Marple. – Limpe a escrivaninha pequena, por favor, e me alcance a caneta e o papel de carta. Vou escrever uma carta.

– Para quem? – Cherry retrucou com sua típica curiosidade.

– Para a irmã de um clérigo – Miss Marple respondeu. – Seu nome é cônego Prescott.

– Esse é aquele que a senhorita conheceu no exterior, nas Índias Ocidentais, não é? A senhorita me mostrou a foto dele no seu álbum.

– Sim.

– Não está se sentindo mal, está? Querendo escrever para um clérigo e tudo mais...

– Estou me sentindo extremamente bem – Miss Marple falou –, e estou ansiosa para me ocupar de um assunto. É bem possível que a srta. Prescott possa me ajudar.

"Cara srta. Prescott", Miss Marple escreveu, *"espero que não tenha se esquecido de mim. Conheci a senhorita e seu irmão nas Índias Ocidentais, caso se lembre, em St. Honoré. Espero que o querido cônego esteja bem e não tenha sofrido muito com sua asma no clima frio do último inverno.*
Estou escrevendo para lhe perguntar se existe a possibilidade de a senhorita me passar o endereço da sra. Walters – Esther Walters –, de quem deve se lembrar daqueles dias no Caribe. Ela era secretária do sr. Rafiel. E chegou a me dar seu endereço na ocasião, mas infelizmente o perdi. Fiquei ansiosa para escrever à sra. Walters pois obtive uma informação hortícola sobre a qual ela me consultou, mas que não tive como lhe responder na ocasião. Eu soube de maneira indireta, um dia desses, que ela se casara de novo, mas não creio que minha informante estivesse muito certa quanto aos fatos. Talvez a senhorita saiba mais sobre ela do que eu.
Espero que isso não lhe represente um incômodo excessivo.
Com um abraço afetuoso ao seu irmão e votos de felicidade para a senhorita,

Meus melhores cumprimentos,
Jane Marple."

Miss Marple se sentiu melhor quando despachou a missiva.

– Pelo menos – disse –, comecei a *fazer* alguma coisa. Não que isso me dê grande esperança, mas, mesmo assim, poderia me ajudar.

A srta. Prescott respondeu à carta logo que a recebeu. Era uma mulher da máxima eficiência. Escreveu uma carta agradável e anexou o endereço em questão.

"Não tomei conhecimento de nada diretamente a respeito de Esther Walters", afirmava, *"mas, como a senhorita, ouvi algo de uma amiga que vira um anúncio sobre seu novo casamento. Seu nome agora é, acredito, sra. Alderson ou Anderson. Seu endereço é Winslow Lodge, perto de Alton, Hants. Meu irmão envia seus melhores cumprimentos à senhorita. É triste que vivamos tão afastadas. Nós, no norte da Inglaterra, e a senhorita, ao sul de Londres. Espero que possamos nos encontrar em alguma oportunidade no futuro.*

Com meus melhores votos,
Joan Prescott."

– Winslow Lodge, Alton – Miss Marple disse, anotando o endereço. – Não muito longe daqui, na verdade. Não. Não muito longe. Eu poderia... Não sei qual seria o melhor método... possivelmente um dos táxis da Inch. Um pouco extravagante, mas, se algo resultar disso, poderia ser cobrado como despesa muito legitimamente. Pois bem, devo escrever para ela de antemão ou devo deixar ao acaso? Acho que seria melhor, realmente, deixar ao acaso. Pobre Esther. Ela dificilmente se lembraria de mim com alguma afeição ou benevolência.

Miss Marple se perdeu num raciocínio que surgiu em seus pensamentos. Era bem possível que suas ações no Caribe tivessem salvado Esther Walters de ser assassinada num futuro não muito distante. De todo modo, essa era a crença de Miss Marple, mas provavelmente Esther Walters não acreditara em tal coisa.

– Uma mulher boa – Miss Marple falou, proferindo as palavras em voz alta num tom suave –, uma mulher muito boa. Do tipo que muito facilmente se casaria com um mau caráter. Na verdade, o tipo de mulher que se casaria com um assassino, se lhe dessem um pingo de chance. Ainda considero – Miss Marple continuou, pensativa, baixando a voz ainda mais – que provavelmente salvei sua vida. Na verdade, tenho quase certeza disso, mas acho que ela não concordaria com esse ponto de vista. Ela provavelmente não gosta de mim nem um pouco. O que torna mais difícil usá-la como fonte de informação. Mesmo assim, não custa tentar. É melhor do que ficar aqui sentada, esperando, esperando, esperando.

Será que o sr. Rafiel quisera zombar dela quando escrevera aquela carta? Ele não era sempre um homem particularmente gentil – podia ser muito indiferente aos sentimentos das pessoas.

– De qualquer forma – Miss Marple disse, conferindo o relógio e decidindo que se deitaria cedo –, quando pensamos nas coisas pouco antes de pegar no sono, é bem frequente que as ideias apareçam. Pode funcionar desse jeito.

V

– Dormiu bem? – Cherry perguntou enquanto colocava uma bandeja de chá na mesa ao lado de Miss Marple.

– Tive um sonho curioso – Miss Marple retrucou.

– Pesadelo?

– Não, não, nada desse tipo. Eu estava conversando com alguém, não era alguém que eu conhecesse muito bem. Só conversando. Aí, quando olhei, vi que não era com essa pessoa em absoluto que eu estava conversando. Era outra pessoa. Muito esquisito.

– Meio confuso – Cherry falou proveitosamente.

– Mas me fez recordar alguma coisa – Miss Marple disse –, ou melhor, alguém que conheci certa vez. Chame um Inch para mim, pode ser? Para chegar aqui por volta de onze e meia.

A Inch fazia parte do passado de Miss Marple. Originalmente proprietário de um táxi, o sr. Inch morrera e tinha sido sucedido por seu filho, o "jovem Inch", então com 44 anos, que transformara o negócio familiar numa garagem e adquirira dois carros velhos. Quando faleceu, a garagem adquiriu novos proprietários. Desde então o lugar se chamara Pip Veículos, Táxis James e Locação de carros Arthur – os moradores antigos ainda se referiam a Inch.

– Não está indo a Londres, está?

– Não, não estou indo a Londres. Talvez eu almoce em Haslemere.

– Ora, o que a senhorita está aprontando agora? – Cherry perguntou, olhando para ela com suspeita.

– Tentando encontrar alguém por acidente e fazer isso parecer totalmente natural – Miss Marple falou. – Não é de fato muito fácil, mas espero conseguir me sair bem.

Às onze e meia, o táxi a esperava. Miss Marple deu instruções a Cherry.

– Ligue para este número, pode ser, Cherry? Pergunte se a sra. Anderson está em casa. Se a sra. Anderson responder ou se for chamada ao telefone, diga que o sr. Broadribb quer falar com ela. Você – disse Miss Marple – é a secretária do sr. Broadribb. Se ela tiver saído, descubra a que horas volta.

– E se ela estiver em casa e falar comigo?

– Pergunte que dia lhe seria conveniente para encontrar o sr. Broadribb em seu escritório em Londres na semana que vem. Quando ela responder, faça uma anotação e desligue.

– As coisas que a senhorita pensa! Por que tudo isso? Por que quer que *eu* faça isso?

– A memória é uma coisa curiosa – Miss Marple retrucou. – Às vezes a gente se lembra de uma voz, mesmo que a não a tenha escutado por mais de um ano.

– Bem, a sra. Não sei das quantas não vai ter escutado a minha nunca, certo?

– Não – disse Miss Marple. – É por isso que *você* vai fazer a ligação.

Cherry cumpriu sua instrução. A sra. Anderson havia saído para fazer compras, ela ouviu, mas estaria de volta para o almoço e durante toda a tarde.

– Bem, isso deixa tudo mais fácil – Miss Marple disse. – Inch está aqui? Ah, sim. Bom dia, Edward – falou ao atual motorista dos táxis de Arthur, cujo nome era na verdade George. – Pois bem, é para este lugar que eu quero que você vá. Não deverá levar, creio, mais do que uma hora e meia.

A expedição partiu.

Capítulo 4

Esther Walters

Esther Anderson saiu do supermercado e se dirigiu ao ponto no qual estacionara seu carro. Estacionar ficava mais difícil a cada dia que passava, pensou. Esbarrou com alguém, uma mulher idosa mancando um pouco que caminhava em sua direção. Pediu desculpas, e a outra mulher soltou uma exclamação:

– Ora, vejam só, é... com certeza... é a sra. Walters, não é? Esther Walters? Imagino que não deve se lembrar de mim. Jane Marple. Nos conhecemos no hotel em St. Honoré, ah... faz bastante tempo. Um ano e meio.

– Miss Marple? É mesmo, claro. Imagine só, encontrar a senhorita!

– É ótimo ver a senhora. Vou almoçar com amigas aqui perto, mas preciso passar por Alton depois, na volta. Estará em casa hoje à tarde? Eu gostaria tanto de ter uma boa conversa com a senhora... É tão bom encontrar uma velha amiga...

– Sim, claro. Quando quiser, depois das três horas.

O encontro ficou confirmado.

– A velha Jane Marple – Esther Anderson falou, sorrindo consigo. – Imagine só ela aparecer. Achei que já tivesse morrido há muito tempo.

Miss Marple tocou a campainha de Winslow Lodge precisamente às 3h30. Esther abriu a porta para ela e a conduziu para dentro.

Miss Marple sentou-se na cadeira indicada, vibrando um pouco da maneira inquieta que adotava quando estava ligeiramente afobada. Ou, de todo modo, quando devia parecer ligeiramente afobada. Neste caso, era enganoso, uma vez que as coisas tinham acontecido exatamente como ela esperava que aconteceriam.

– É tão bom ver a senhora – falou para Esther. – Tão maravilhoso vê-la de novo. Sabe, eu penso mesmo que as coisas são tão absolutamente esquisitas neste mundo. A gente espera encontrar uma pessoa de novo e tem plena certeza de que vai encontrar. E aí o tempo passa e de repente é tudo uma surpresa tão grande...

– E aí – disse Esther – a gente comenta que é um mundo pequeno, não é mesmo?

– Sim, é verdade, e acho que há um pouco de sentido nisso. Quero dizer, o mundo parece mesmo ser vasto, e as Índias Ocidentais são tão distantes da Inglaterra... Bem, isto é, é claro que eu poderia tê-la encontrado em qualquer lugar. Em Londres ou na Harrods. Ou numa estação de trem ou num ônibus. As possibilidades são inúmeras.

– Sim, existem várias possibilidades – Esther falou. – Eu certamente não teria esperado encontrá-la justo aqui, porque esta não é realmente a sua região, certo?

– Não, não é. Não que a senhora esteja realmente tão longe assim de St. Mary Mead, onde eu moro. Na verdade, acho que são apenas uns 40 quilômetros. Mas 40 quilômetros, no interior, quando a gente não tem um carro... e é claro que eu não tenho condições de ter um carro, e de todo modo, quero dizer, não sei dirigir... então não adiantaria muito, por isso a gente realmente acaba vendo os vizinhos na rota de ônibus, ou então pega um táxi no vilarejo.

– A senhorita está com uma aparência magnífica – Esther disse.

– Eu ia justamente dizer que *a senhora* estava com uma aparência magnífica, minha querida. Eu não fazia ideia de que a senhora morava nesta região.

– Moro aqui faz bem pouco tempo. Desde o meu casamento, na verdade.

– Ah, eu não sabia. Que interessante. Creio que deve ter me passado despercebido. Eu confiro sempre os anúncios de casamentos.

– Estou casada faz quatro ou cinco meses – Esther disse. – Meu nome é Anderson agora.

– Sra. Anderson – Miss Marple falou. – Sim. Preciso tentar me lembrar disso. E o seu marido?

Seria pouco natural, ela pensou, não perguntar sobre o marido. Senhoras idosas eram notoriamente curiosas.

– Ele é engenheiro – Esther afirmou. – Dirige a filial da Time and Motion. Ele é... – ela hesitou – um pouco mais jovem do que eu.

– Bem melhor – Miss Marple retrucou de pronto. – Ah, bem melhor, minha querida. Nos dias de hoje, os homens envelhecem muito mais rápido do que as mulheres. Sei que não se costumava dizer isso, mas, com efeito, é verdade. Quero dizer, eles levam as coisas mais a sério. Acho que talvez se preocupem e trabalhem demais. E aí ficam com pressão alta ou pressão baixa ou às vezes um pequeno problema cardíaco. Eles são um tanto propensos a úlceras gástricas também. Não creio que *nós* nos preocupemos muito, sabe, acho que somos o sexo mais resistente.

– Talvez sejamos – Esther falou.

Ela sorriu agora para Miss Marple, e Miss Marple se sentiu tranquilizada. Na última vez em que a vira, Esther parecera sentir ódio por ela, e provavelmente a odiara naquele momento. Mas agora, bem, agora talvez ela pudesse até se sentir ligeiramente grata. Poderia ter percebido que ela mesma podia inclusive se encontrar hoje sob uma laje de pedra, num respeitável cemitério, em vez de levar uma vida presumivelmente feliz com o sr. Anderson.

– A senhora parece estar ótima – ela disse –, e muito alegre.

– A senhorita também, Miss Marple.

– Bem, é claro, eu estou um tanto mais velha agora. E a gente enfrenta tantas enfermidades... Quero dizer, nada que desespere, nada desse tipo, mas, isto é, a gente tem sempre algum tipo de reumatismo ou algum tipo de dor e incômodo em algum lugar. Nossos pés não são o que gostaríamos que fossem. E há geralmente as costas ou um ombro ou as mãos doendo. Ah, minha nossa, a gente nem deveria ficar falando sobre essas coisas. Que casa ótima a senhora tem.

– Sim, estamos aqui não faz muito tempo. Nós nos mudamos cerca de quatro meses atrás.

Miss Marple olhou em volta. Tinha pensado mesmo que era esse o caso. Pensara também que, quando haviam se mudado, haviam se mudado num estilo grandioso. A mobília era cara, era confortável, confortável beirando a magnificência. Boas cortinas, boas capas, nenhum gosto artístico especial ostentado, mas ela nem teria esperado isso. Acreditava saber a razão daquela aparência próspera. Achava que tudo aquilo tinha sido propiciado por força do considerável legado do falecido sr. Rafiel para Esther. Miss Marple estava contente por pensar que o sr. Rafiel não mudara de ideia.

– Creio que a senhorita deve ter visto a nota de falecimento do sr. Rafiel – Esther disse, falando quase como se soubesse o que se passava na mente de Miss Marple.

– Sim. Sim, de fato eu vi. Foi cerca de um mês atrás, não? Fiquei tão triste... Muito angustiada, realmente, se bem que, ora, acho que era de se esperar, ele mesmo quase admitia isso, não é? Ele deu a entender várias vezes que não iria durar muito tempo. Acho que o sr. Rafiel foi um homem bem valente diante de tudo, a senhora não acha?

– Sim, ele era um homem muito valente e muito bondoso, de fato – Esther disse. – O sr. Rafiel me falou, sabe, quando comecei a trabalhar para ele, que ia me pagar um salário excelente, mas que eu teria de economizar, porque não devia esperar dele nada mais. Bem, eu certamente não esperava receber mais *nada* dele. Ele era um homem de manter a palavra, não era? Porém, aparentemente, mudou de ideia.

– Sim – Miss Marple retrucou. – Sim. Fico muito contente com isso. Achei, talvez... não que ele, é claro, tivesse dito qualquer coisa... mas fiquei imaginando.

– Ele me deixou um legado enorme – Esther disse. – Uma soma de dinheiro surpreendentemente alta, que me caiu como uma grande surpresa. Eu mal consegui acreditar num primeiro momento.

– Acho que ele queria que fosse uma surpresa para a senhora. Acho que talvez ele fosse esse tipo de homem – Miss Marple falou.

Ela acrescentou:

– Ele deixou alguma coisa para... ah, como era o nome dele? O assistente, o enfermeiro assistente?

– Ah, a senhora se refere a Jackson? Não, ele não deixou nada para Jackson, mas acredito que lhe deu alguns belos presentes no último ano.

– A senhora voltou a ver Jackson alguma vez?

– Não, creio que nunca mais o encontrei depois daquele período nas ilhas. Jackson não ficou com o sr. Rafiel quando eles voltaram à Inglaterra. Acho que foi trabalhar para um lorde alguma coisa que mora em Jersey ou Guernsey.

– Eu gostaria de ter voltado a encontrar o sr. Rafiel – Miss Marple disse. – Parece esquisito, depois de termos todos nos envolvido tanto. Ele e a senhora e eu e alguns outros. E aí, depois, quando eu já tinha voltado para casa, seis meses haviam se passado... me ocorreu certo dia o quanto nós tínhamos nos unido estreitamente na perturbação que enfrentamos, e que, apesar disso, eu realmente sabia muito pouco sobre o sr. Rafiel. Eu estava pensando justamente nisso outro dia, depois de ler a nota sobre sua morte no jornal. Eu gostaria de poder saber um pouco mais. Onde ele nasceu, sabe, e seus parentes. Como eram eles. Se ele tinha filhos, ou sobrinhos ou primos ou alguma família. Gostaria muito de saber.

Esther Anderson esboçou um leve sorriso. Ficou olhando para Miss Marple, e sua expressão parecia dizer: "Sim, tenho certeza de que a senhorita sempre deseja saber todas as coisas desse tipo sobre todas as pessoas que conhece". Mas disse apenas:

– Não, realmente havia só uma coisa que todo mundo *de fato* sabia sobre ele.

– Que ele era muito rico – Miss Marple retrucou de imediato. – É o que a senhora quer dizer, não? Quando sabemos que alguém é muito rico, de alguma forma, bem, não perguntamos mais nada. Isto é, não ficamos perguntando para *saber* algo mais. Falamos "Ele é muito rico" ou falamos "Ele é podre de rico", e a nossa voz fica um pouco mais baixinha, porque é tão impressionante, não é mesmo, quando conhecemos uma pessoa que é incrivelmente rica...

Esther riu de leve.

– O sr. Rafiel não era casado, era? – Miss Marple perguntou. – Ele nunca mencionou uma esposa.

– Ele perdeu a esposa muitos anos atrás. Bem pouco tempo após o casamento, acredito. Creio que ela era bem mais jovem do que ele... Acho que morreu de câncer. Muito triste.

– Ele tinha filhos?

– Ah, sim, duas filhas e um filho. Uma filha é casada e vive nos Estados Unidos. A outra filha morreu jovem, acredito. Encontrei a americana certa vez. Não era nem um pouco parecida com o pai. Uma jovem que parecia bastante calada, deprimida.

Ela acrescentou:

– O sr. Rafiel nunca falava sobre o filho. Penso, inclusive, que tinha ocorrido algum problema ali. Um escândalo ou algo desse tipo. Creio que ele morreu alguns anos atrás. De qualquer maneira, seu pai nunca o mencionou.

– Minha nossa. Isso é muito triste.

– Acho que isso aconteceu muito tempo atrás. Acredito que ele partiu para um lugar ou outro no exterior e nunca mais voltou... morreu por lá, onde quer que fosse.

– O sr. Rafiel ficou muito transtornado?

– Nunca se sabia, com ele – Esther respondeu. – Ele era o tipo de homem que sempre decidia estancar suas perdas. Se seu filho acabou por se mostrar uma decepção, um fardo em vez de uma bênção, acho que ele simplesmente deve ter dado de ombros para o negócio todo. Fazendo o que fosse necessário, talvez, no sentido de lhe mandar dinheiro para o sustento, mas nunca mais voltando a pensar nele.

– A gente fica pensando – Miss Marple disse. – Ele nunca falava do filho ou comentava qualquer coisa?

– Se a senhorita recordar, ele era um homem que nunca comentava grande coisa sobre sentimentos pessoais ou sua própria vida.

– Não. Não, claro que não. Mas achei que, talvez, com a senhora tendo sido... bem, sua secretária por tantos anos, que talvez ele pudesse ter segredado quaisquer problemas à senhora.

– Ele não era um homem de segredar problemas – Esther falou. Se é que tinha algum, algo de que eu duvido muito. Ele era casado com seus negócios, poderíamos dizer. Era pai de seus negócios, e seus negócios eram a única espécie de filho ou filha com que ele se importava, creio eu. Adorava tudo aquilo, investimentos, ganhar dinheiro. Golpes empresariais...

– Não diga que um homem é feliz até ele estar morto – Miss Marple murmurou, repetindo as palavras como se pronunciasse uma espécie de lema, o que de fato parecia ser nos dias atuais, ou pelo menos é o que ela teria dito. – Então não havia nada que lhe desse uma preocupação especial antes de sua morte?

– Não. Por que razão a senhorita pensaria isso? – Esther perguntou em tom de surpresa.

– Bem, eu não cheguei a pensar isso – Miss Marple respondeu –, eu só fiquei imaginando, porque as coisas de fato preocupam mais as pessoas quando elas estão... eu não diria ficando velhas... porque ele não era realmente velho, mas, quero dizer, as coisas são mais preocupantes quando você está acamado e não pode mais agir tanto como agia no passado e precisa levar as coisas com calma. Aí as preocupações simplesmente entram na sua cabeça e se fazem *sentir*.

– Sim, eu sei o que a senhorita quer dizer – Esther retrucou. – Mas não creio que o sr. Rafiel fosse assim. De todo modo – acrescentou –, deixei de ser secretária dele faz um bom tempo. Dois ou três meses depois de conhecer Edmund.

– Ah, sim. O seu marido. O sr. Rafiel deve ter ficado muito aborrecido por perdê-la.

– Ah, acho que não – Esther falou despreocupadamente. – O sr. Rafiel não era uma pessoa de se deixar aborrecer com esse tipo de coisa. Ele imediatamente arranjava outra secretária, e foi o que fez. E aí, se ela não lhe servisse, livrava-se dela com um generoso pagamento especial e arranjava outra, até encontrar alguém que lhe agradasse. Foi sempre um homem tremendamente sensato.

– Sim. Sim, posso imaginar. Se bem que ele podia perder a paciência com muita facilidade.

– Ah, ele adorava perder a paciência – Esther disse. – Isso lhe dava um pouco de drama, acho.

– Drama – Miss Marple repetiu, pensativa. – A senhora acha... muitas vezes eu me perguntei... a senhora acha que o sr. Rafiel tinha algum interesse em particular por criminologia? Por estudar o assunto, eu quero dizer... Ele... bem, eu não sei...

– Por causa do que aconteceu no Caribe, é isso? – a voz de Esther havia ficado subitamente áspera.

Miss Marple ficou em dúvida quanto a prosseguir; no entanto, precisava de um jeito ou de outro tentar obter alguma informação proveitosa.

– Bem, não, não por causa disso, mas depois, talvez, ele tenha se questionado sobre a psicologia dessas coisas. Ou tenha se interessado por casos nos quais a justiça não tivesse sido aplicada direito, ou... ah, bem...

Ela parecia mais incoerente a cada minuto que passava.

– Por que motivo ele teria um mínimo interesse por qualquer coisa desse tipo? E vamos parar de falar sobre aquela história horrível em St. Honoré.

– Ah, não, acho que a senhora tem *toda* razão. Lamento muito, garanto. Eu só estava pensando em algumas das coisas que o sr. Rafiel *dizia* de vez em quando. Fraseados esquisitos, às vezes, e eu só ficava me perguntando se ele tinha quaisquer teorias, sabe... sobre as causas dos crimes.

– Seus interesses eram sempre inteiramente financeiros – Esther falou, abrupta. – Uma fraude realmente astuta de natureza criminal poderia tê-lo interessado, nada mais.

Ela ainda encarava Miss Marple com frieza.

– Sinto muito – Miss Marple se desculpou. – Eu... eu não deveria ter falado sobre assuntos aflitivos que felizmente pertencem ao passado. E preciso tomar o meu rumo – acrescentou. – Tenho que pegar meu trem, e vou chegar bem a tempo. Ah, minha nossa, o que foi que eu fiz com a minha bolsa... ah, sim, aqui está.

Ela recolheu a bolsa, o guarda-chuva e outros pertences, azafamando-se até que a tensão tivesse se abrandado um pouco. Enquanto saía pela porta, virou-se para Esther, que insistia para ela ficar e tomar uma xícara de chá.

– Não, obrigada, minha querida. Estou tão apertada de tempo... Fico muito satisfeita de ter visto a senhora de novo, e ofereço minhas melhores congratulações e votos de uma vida muito feliz. Suponho que a senhora não irá assumir nenhum novo emprego, certo?

– Ah, algumas pessoas fazem isso. Acham interessante, segundo dizem. Ficam entediadas quando não têm nada para fazer. Mas acho que gosto bastante de levar uma vida ociosa. Vou desfrutar do meu legado, também, que o sr. Rafiel me deixou. Foi muito bondoso da parte dele, e acho que ele desejaria que eu... bem, que eu desfrutasse dele mesmo se eu o gastasse de um jeito que ele consideraria, talvez, um tanto bobo, feminino! Roupas caras e um novo corte de cabelo e tudo mais. Ele teria considerado coisas assim muito bobas.

Esther acrescentou de súbito:

– Eu gostava dele, sabe. Sim, eu gostava muito dele. Acho que era porque ele era uma espécie de desafio para mim. Era difícil conviver com ele, e, portanto, eu gostava de administrar a situação.

– E administrar o sr. Rafiel?

– Bem, não exatamente administrá-lo, mas, talvez, um pouco mais do que ele devia pensar.

Miss Marple seguiu seu caminho pela estrada. Olhou para trás por um momento e acenou com a mão. Esther Anderson ainda estava parada na soleira da porta, e acenou de volta, jovial.

– Achei que pudesse ter algo a ver com ela ou com algo de que ela soubesse – Miss Marple disse consigo. – Creio que estou errada. Não. Não me parece que ela esteja envolvida nesse negócio, seja lá o que for, *em qualquer medida.* Ah, minha nossa, receio que o sr. Rafiel deve ter esperado de mim que eu fosse bem mais *astuta* do que estou sendo. Ele deve ter esperado, acho, que eu juntasse as peças... mas que peças? E o que devo fazer a seguir, eu me pergunto. – ela sacudiu a cabeça.

Ela precisava repensar tudo com muito cuidado. Aquele negócio tinha sido, por assim dizer, deixado para ela. Para que ela recusasse, aceitasse, entendesse o que era aquela história toda? Ou para que *não* entendesse nada, mas seguisse em frente na esperança de que alguma espécie de orientação pudesse lhe ser concedida. Ocasionalmente, fechava os olhos e tentava visualizar o rosto do sr. Rafiel. Sentado no jardim do hotel nas Índias Ocidentais, com seu traje tropical; seu rosto corrugado e mal-humorado, seus lampejos ocasionais de humor. O que ela realmente queria saber era o que se passara em sua mente quando ele criou aquele esquema, quando se pôs a prepará-lo. Para fisgá-la de modo que aceitasse, para convencê-la de modo que aceitasse... bem, talvez se devesse dizer: para intimidá-la de modo que aceitasse. A terceira opção era a mais provável, conhecendo-se o sr. Rafiel. No entanto, considere-se que ele desejara que algo fosse feito e a escolhera, decidira-se por ela para fazê-lo. Por quê? Porque ela lhe viera de súbito à mente? Mas por que motivo ela teria lhe surgido na mente?

Miss Marple pensou em retrospecto no sr. Rafiel e nas coisas que haviam ocorrido em St. Honoré. Será que o problema ponderado por ele na época de sua morte fizera seus pensamentos retrocederem àquela visita às Índias Ocidentais? Estaria esse problema ligado de algum modo a alguém que estivera lá, que participara ou tinha sido um espectador, e seria isso o que lhe trouxera Miss Marple à mente? Existiria algum elo ou alguma conexão? Se não, por que motivo ele teria pensado nela de súbito? Que atributo ela tinha que poderia torná-la útil ao sr. Rafiel, de qualquer maneira que fosse? Ela era uma pessoa idosa, um tanto atrapalhada, bastante comum, fisicamente não muito forte, mentalmente nem de longe tão alerta quanto costumava ser. Quais tinham sido suas qualificações, se é que havia alguma? Ela não conseguia pensar em nenhuma. Seria possível que tivesse sido uma *brincadeira* de parte do sr. Rafiel? Mesmo que o sr. Rafiel estivesse à beira da morte, poderia ter desejado pregar alguma espécie de peça que agradasse a seu peculiar senso de humor.

Miss Marple não podia negar que o sr. Rafiel poderia muito possivelmente ter desejado pregar uma peça, mesmo estando em seu leito de morte. Certo humor irônico dele poderia ser saciado.

– Devo – Miss Marple disse a si mesma com firmeza –, *devo* ter alguma qualificação para algo.

Afinal de contas, visto que o sr. Rafiel já não se encontrava neste mundo, ele não tinha como desfrutar de sua brincadeira em primeira mão. Que qualificações ela *de fato* tinha?

– Que qualidades eu tenho que poderiam ser úteis a uma pessoa para *qualquer coisa*? – Miss Marple perguntou.

Considerou a si mesma com a devida humildade. Ela era curiosa, fazia perguntas, tinha a idade e a aparência típicas de alguém de quem podem ser esperadas perguntas. Esse era um ponto, um ponto possível. Você podia designar um detetive particular para sair fazendo perguntas, ou algum investigador psicológico, mas era verdade que você poderia, com muito mais facilidade, designar uma senhora idosa com o hábito de bisbilhotar e ser curiosa, de falar demais, de querer saber mais sobre as coisas, e isso pareceria perfeitamente natural.

– Uma velhota – Miss Marple disse consigo. – Sim, consigo entender que sou bastante reconhecível como uma velhota. Existem tantas velhotas, e são todas tão parecidas... E, claro, sim, eu sou muito comum. Uma idosa comum e bastante atrapalhada. E isso, claro, é uma ótima *camuflagem*. Minha nossa, será que a minha linha de raciocínio está certa? Eu sei, às vezes, *como são* as pessoas. Quero dizer, sei como são as pessoas porque elas me lembram certas pessoas que conheci. Então eu deduzo alguns de seus defeitos e algumas de suas virtudes. Sei que tipo de gente elas são. Tenho isso.

Ela pensou de novo em St. Honoré e no Golden Palm Hotel. Já fizera uma tentativa de investigar as possibilidades de um elo com sua visita a Esther Walters. Isso tinha sido definitivamente improdutivo, Miss Marple decidiu. Não parecia existir nenhum outro elo a partir daquele ponto. Nada que pudesse se vincular com o pedido dele de que Miss Marple se ocupasse com algo de cuja natureza ela ainda não fazia nenhuma ideia!

– Minha nossa – Miss Marple falou –, que homem irritante o senhor é, sr. Rafiel!

Ela falava em voz alta, e havia uma nítida censura em seu tom.

Mais tarde, contudo, enquanto se deitava na cama e colocava sua agradável bolsa de água quente na parte mais dolorosa de suas costas reumáticas, falou de novo no que poderia ser tomado com um meio pedido de desculpas.

– Fiz o melhor que pude – disse.

Falava em voz alta como se estivesse se dirigindo a alguém que poderia tranquilamente estar ali no quarto. É verdade que ele poderia estar em qualquer lugar, mas mesmo assim poderia existir alguma comunicação telepática ou telefônica, e, se assim fosse, ela ia falar com firmeza, indo direto ao ponto.

– Fiz tudo que pude. O melhor de acordo com as minhas limitações, e agora preciso deixar tudo com *o senhor.*

Com isso ela se acomodou mais confortavelmente, estendeu a mão, apagou a luz e tratou de dormir.

Capítulo 5

Instruções do além

I

Foi cerca de três ou quatro dias depois que uma mensagem chegou na segunda leva do correio. Miss Marple pegou a carta, fez o que costumava fazer, virou-a, conferiu o selo, conferiu a caligrafia, constatou que não era uma conta e abriu-a. Estava datilografada.

> *"Cara Miss Marple,*
> *No momento em que ler esta carta, estarei morto e também enterrado. Não cremado, fico feliz em pensar. Sempre me pareceu improvável que você pudesse conseguir se levantar da sua bela urna de bronze cheia de cinzas para assombrar alguém, se assim quisesse! Considerando-se que a ideia de levantar do túmulo e assombrar alguém é perfeitamente possível. Hei de querer fazer isso? Quem sabe. Posso até querer me comunicar com a senhorita.*
> *A essa altura, meus advogados já terão se comunicado com a senhorita e terão lhe apresentado certa proposição. Espero que tenha aceitado. Se ainda não aceitou, não sinta o menor remorso. A escolha será sua.*
> *Esta carta lhe terá alcançado, se meus advogados fizeram o que foram orientados a fazer, e se os correios desempenharam o dever que se espera deles, no dia 11. Daqui a dois dias a senhorita receberá uma mensagem de uma agência de viagens em Londres. Espero que a proposta não lhe seja desagradável. Não preciso dizer mais nada. Quero que a senhorita tenha*

uma mente aberta. Cuide-se. Creio que vai conseguir fazer isso. A senhorita é uma pessoa muito perspicaz. Desejo-lhe toda sorte do mundo, e que seu anjo da guarda esteja ao seu lado, protegendo-a. A senhorita poderá precisar de um.

Seu amigo afetuoso,
J.B. Rafiel."

– Dois dias! – Miss Marple exclamou.

Ela encontrou dificuldade para passar o tempo. Os correios cumpriram seu dever, e o mesmo se deu com as Ilustres Casas e Jardins da Grã-Bretanha.

"Cara Miss Jane Marple,
De acordo com instruções passadas a nós pelo falecido sr. Rafiel, enviamos-lhe informações sobre a nossa Excursão Nº 37 das Ilustres Casas e Jardins da Grã-Bretanha, que parte de Londres na próxima quinta-feira, dia 17.
Se lhe for possível vir ao nosso escritório em Londres, a sra. Sandbourne, que irá acompanhar a excursão, ficará muito feliz em lhe dar todas as informações e responder a todas as perguntas.
Nossas excursões se estendem por um período de duas a três semanas. Esta excursão em particular, segundo pensa o sr. Rafiel, lhe será particularmente aceitável, pois visitará uma parte da Inglaterra que, até onde ele sabe, a senhorita não visitou ainda, e passará por alguns cenários e jardins realmente muito atraentes. Ele providenciou para que a senhorita possa ter a melhor acomodação e todos os luxos disponíveis que podemos oferecer.
A senhorita poderia nos comunicar, por favor, que dia lhe seria conveniente para visitar nosso escritório em Berkeley Street?"

Miss Marple dobrou a carta, colocou-a em sua bolsa, anotou o número do telefone, pensou em algumas amigas de seu grupo de conhecidos, ligou para duas – uma das quais já fizera excursões com as Ilustres Casas e Jardins e as recomendou com entusiasmo, a outra não estivera pessoalmente numa excursão, mas tinha amigos que haviam viajado com aquela firma em particular e comentavam que tudo era muito bem feito, embora fosse um tanto caro, e sem ser muito desgastante para os idosos. Então ligou para o número da Berkeley Street e afirmou que os visitaria na próxima terça-feira.

No dia seguinte, falou com Cherry sobre o assunto.

– Pode ser que eu me ausente, Cherry – ela disse. – Numa excursão.

– Uma excursão? – Cherry repetiu. – Uma dessas excursões de viagem? A senhorita quer dizer um pacote de viagem pelo exterior?

– Não pelo exterior. Neste país – Miss Marple disse. – Visitando principalmente prédios e jardins históricos.

– A senhorita acha que não tem problema fazer isso na sua idade? Essas coisas podem ser muito cansativas, sabe. Você precisa caminhar quilômetros às vezes.

– Minha saúde está realmente ótima – falou Miss Marple –, e eu sempre ouvi dizer que, nessas excursões, eles tomam o cuidado de oferecer intervalos de descanso para pessoas que não forem particularmente fortes.

– Bem, trate de se cuidar, só isso – disse Cherry. – Não vamos querer que a senhorita desabe com um ataque do coração, mesmo que esteja olhando uma fonte particularmente suntuosa ou algo assim. A senhorita está meio velha, sabe, pra fazer esse tipo de coisa. Perdão por eu falar isso, parece rude, mas não gosto de pensar na senhorita desmaiando porque se esforçou demais ou qualquer coisa desse tipo.

– Eu sei me cuidar – Miss Marple retrucou com alguma dignidade.

– Tudo bem, mas só tome cuidado – Cherry pediu.

Miss Marple arrumou uma mala de viagem, foi para Londres, reservou um quarto num hotel modesto ("Ah, o Hotel Bertram", pensou consigo, "*esse* era um hotel maravilhoso! Ah, minha nossa, eu preciso esquecer todas essas coisas, o St. George é um lugar muito agradável.") Na hora marcada, apresentou-se em Berkeley Street e foi introduzida no escritório, onde uma mulher simpática com cerca de 35 anos se levantou para recebê-la, explicou que seu nome era sra. Sandbourne e que seria a pessoa encarregada por aquela excursão em particular.

– Devo entender – Miss Marple disse – que essa viagem está, no meu caso... – ela hesitou.

A sra. Sandbourne, captando um ligeiro embaraço, falou:

– Ah, sim, talvez eu devesse ter explicado melhor na carta que lhe mandamos. O sr. Rafiel pagou todas as despesas.

– A senhora *sabe* que ele morreu? – Miss Marple perguntou.

– Claro, mas o arranjo foi feito antes da morte dele. Ele mencionou que estava mal de saúde, mas queria garantir um mimo para uma amiga muito antiga que não tivera oportunidade de viajar tanto quanto gostaria.

II

Dois dias depois, Miss Marple, carregando sua pequena bolsa de viagem, tendo confiado sua nova e elegante mala para o motorista, estava embarcada num ônibus muitíssimo confortável e luxuoso que saía de Londres por rota noroeste; estudava a lista de passageiros, afixada no interior de uma charmosa brochura que dava os detalhes do itinerário diário do ônibus e várias informações quanto a hotéis e refeições, lugares que seriam vistos e ocasionais alternativas em dias nos quais, embora o fato não fosse enfatizado, ficava subentendido que uma opção de itinerário era voltada aos jovens e ativos e a outra opção seria particularmente adequada para os idosos, os que sentiam dores nos pés, sofriam de artrite ou reumatismo e iriam preferir ficar sentados, descansando, e *não* caminhar longas distâncias ou enfrentar subidas demais. Estava tudo muito bem organizado, com muito tato.

Miss Marple leu a lista de passageiros e examinou seus companheiros de viagem. Não houve dificuldade nesse exame, porque os outros viajantes estavam fazendo, por sua vez, basicamente a mesma coisa. Examinavam-na também, entre outros, mas, até onde Miss Marple conseguia notar, ninguém se mostrava especialmente interessado por ela.

Sra. Riseley-Porter
Srta. Joanna Crawford
Coronel e sra. Walker
Sr. e sra. H.T. Butler
Srta. Elizabeth Temple
Professor Wanstead
Sr. Richard Jameson
Srta. Lumley
Srta. Bentham
Sr. Casper
Srta. Cooke
Srta. Barrow
Sr. Emlyn Price
Srta. Jane Marple

Havia quatro senhoras idosas. Miss Marple prestou atenção nelas primeiro, por assim dizer, para eliminá-las de uma vez. Duas estavam viajando juntas. Miss Marple lhes atribuiu cerca de setenta anos. Poderiam ser consideradas, aproximadamente, como suas contemporâneas. Uma delas era sem sombra de dúvida do tipo que fica se queixando, daquelas pessoas que exigem ocupar assentos na frente do ônibus, ou então fazem questão de ocupá-los na parte de trás do ônibus. Que desejam se sentar no lado ensolarado, ou só suportam se sentar no lado com sombra. Que desejam mais ar fresco ou menos ar fresco. Têm consigo mantas e echarpes de malha e uma bela variedade de guias de viagem. São ligeiramente incapacitadas, sofrendo com frequência de dores nos pés ou nas costas ou nos joelhos, mas, mesmo assim, são aquelas típicas pessoas que a idade e as moléstias não podiam impedir de desfrutar a vida enquanto ainda a tinham. Velhotas, mas definitivamente *não* eram velhotas caseiras. Miss Marple fez um registro no caderninho que carregava.

Quinze passageiros, sem incluir ela mesma, ou a sra. Sandbourne. E, uma vez que ela tinha sido enviada naquela excursão de ônibus, no mínimo um daqueles quinze passageiros devia ter certa importância em algum sentido. Fosse como fonte de informação ou alguém envolvido com a justiça ou um caso judicial – ou até mesmo poderia ser um assassino. Um assassino que já poderia ter matado, ou que poderia estar se preparando para matar. Tudo era possível, Miss Marple pensou, com o sr. Rafiel! De qualquer maneira, ela precisava fazer anotações a respeito daquelas pessoas.

Na página da direita de seu caderno, anotaria quem poderia ser digno de atenção do ponto de vista do sr. Rafiel, e, na esquerda, anotaria ou riscaria os nomes que só seriam de algum interesse caso pudessem render informações úteis para ela. Informações, era possível, que nem eles sabiam deter. Ou melhor, informações que, mesmo que as detivessem, eles não imaginavam que poderiam ser de algum modo úteis a ela, ou ao sr. Rafiel, ou à lei ou à Justiça com um "J" maiúsculo. Na parte de trás do caderninho, poderia fazer naquela noite uma ou outra anotação caso alguém a tivesse feito recordar personagens que conhecera no passado, em St. Mary Mead e outros lugares. Quaisquer semelhanças poderiam sinalizar um caminho útil. Isso já ocorrera em outras ocasiões.

As outras duas senhoras idosas eram viajantes aparentemente separadas. Ambas tinham cerca de sessenta anos. Uma era uma mulher bem conservada, bem-vestida, de óbvia importância social em sua própria avaliação, mas provavelmente também na avaliação de outras pessoas. Sua voz era alta e ditatorial. Parecia ter a reboque uma sobrinha, uma jovem com cerca de dezoito ou dezenove anos que a tratava como tia Geraldine. A sobrinha, Miss Marple observou, era obviamente bastante acostumada a enfrentar a prepotência da tia. Era uma jovem qualificada, além de ser atraente.

No outro lado do corredor, Miss Marple via um homem grande com ombros quadrados e um corpo de aspecto desajeitado, como se tivesse sido montado com tijolos maciços, de forma descuidada, por uma criança ambiciosa. Seu rosto dava uma impressão de que a natureza o tivesse planejado para ser redondo, mas o rosto se rebelara contra isso e decidira obter um efeito quadrado desenvolvendo uma mandíbula poderosa. Tinha uma cabeça repleta de cabelos grisalhos e enormes sobrancelhas espessas que se moviam para cima e para baixo de modo a reforçar o que estivesse dizendo.

Seus comentários pareciam sair sobretudo numa série de latidos, como se ele fosse um cão pastor falante. Compartilhava seu assento com um estrangeiro alto e moreno, que se mexia com inquietação e gesticulava livremente. Este falava um inglês muitíssimo peculiar, fazendo comentários ocasionais em francês e alemão. O homem volumoso parecia ser bastante capaz de responder a essas investidas em língua estrangeira e passava obsequiosamente para o francês ou o alemão. Dando uma rápida olhada nos dois de novo, Miss Marple decidiu que as sobrancelhas espessas deviam pertencer ao professor Wanstead, e que o estrangeiro excitável era o sr. Caspar.

Ela tentou imaginar o que os dois estariam discutindo com tanta animação, mas ficou desconcertada com a rapidez da pronúncia do sr. Caspar.

O assento na frente deles estava ocupado por uma das mulheres de mais ou menos sessenta anos, uma mulher alta, possivelmente com mais de sessenta anos, mas uma mulher que teria se destacado na multidão em qualquer lugar. Era ainda uma mulher muito bonita, com cabelos de um cinza-escuro enrolados num coque alto acima da cabeça, recuados de uma bela testa. Tinha a voz baixa, clara e incisiva. Uma personalidade, Miss Marple pensou. Alguém! Sim, ela era decididamente alguém. "Ela me traz à mente", pensou consigo, "Dame Emily Waldron". Dame Emily Waldron tinha sido a diretora de uma faculdade de Oxford e uma cientista notável, e Miss Marple, tendo certa vez a conhecido em companhia de seu sobrinho, nunca se esquecera completamente dela.

Miss Marple retomou seu levantamento dos passageiros. Havia dois casais, um deles americano – uma esposa amável e falante de meia-idade e um marido placidamente aquiescente. Eram obviamente viajantes e turistas dedicados. Havia também um casal de meia--idade inglês que Miss Marple anotou sem hesitação como um militar aposentado e sua esposa. Assinalou-os na lista como coronel e sra. Walker.

No assento atrás dela havia um homem alto e magro de cerca de trinta anos, com um vocabulário extremamente técnico, claramente um arquiteto. Havia também duas senhoras de meia-idade que viajam juntas um tanto mais adiante no ônibus. Discutiam a brochura e decidiam o que a excursão lhes prometia em matéria de atrações. Uma era morena e magra, e a outra, loura e robusta, e o rosto desta última parecia ser vagamente familiar para Miss Marple. Ela se perguntou onde a teria visto ou encontrado antes. No entanto, não conseguia lembrar a ocasião. Possivelmente alguém que conhecera numa festa ou encontrara no assento da frente num trem. Não havia nada de muito especial a respeito dela para recordar.

Só lhe restava mais um passageiro para avaliar, e este era um jovem, com prováveis dezenove ou vinte anos. Usava roupas adequadas para sua idade e sexo, jeans pretos justos e um suéter roxo de gola alta; sua cabeça tinha uma cabeleira farta e descomunal, indomável e preta. Estava olhando com ar interessado a sobrinha da mulher autoritária, e a sobrinha da mulher autoritária, Miss Marple pensou, também estava olhando com algum interesse para ele. Apesar da preponderância de velhotas e mulheres de meia-idade, havia pelo menos dois *jovens* entre os passageiros.

Eles pararam para almoçar num agradável hotel à beira do rio, e os passeios turísticos da tarde foram consagrados a Blenheim. Miss Marple já visitara Blenheim duas vezes antes, portanto poupou seus pés, limitando a quantidade de visitações aos ambientes fechados e passando razoavelmente logo para o desfrute dos jardins e da vista magnífica.

No momento em que chegaram ao hotel no qual passariam a noite, os passageiros já estavam começando a conhecer uns aos outros. A eficiente sra. Sandbourne, ainda enérgica, sem se deixar cansar por suas funções no gerenciamento dos passeios, fazia sua parte muito bem – criando pequenos grupos, adicionando a um ou outro qualquer pessoa que parecesse ser deixada de fora, murmurando:

– Vocês *precisam* pedir ao coronel Walker que lhes descreva seu jardim. Uma coleção tão maravilhosa de fúcsias que ele tem...

Com pequenas frases assim, a sra. Sandbourne agrupava as pessoas.

Miss Marple tinha condições, agora, de atribuir nomes a todos os passageiros. As sobrancelhas espessas revelaram pertencer ao professor Wanstead, como ela imaginara, e o estrangeiro era o sr. Caspar. A mulher autoritária era a sra. Riseley-Porter, e sua sobrinha se chamava Joanna Crawford. O jovem cabeludo era Emlyn Price, e ele e Joanna Crawford pareciam estar tentando descobrir o quanto tinham em comum nas opiniões firmadas sobre coisas da vida, em tópicos como economia, arte, desgostos em geral e política.

As duas velhotas mais idosas foram promovidas naturalmente, na estima de Miss Marple, a velhotas de alma gêmea. Discutiam com animação artrite, reumatismo, dietas, novos médicos, remédios prescritos e panaceias, reminiscências acerca de tratamentos da carochinha que haviam tido sucesso quando tudo mais falhara. Discutiam as muitas excursões das quais haviam participado em lugares estrangeiros na Europa, hotéis, agências de viagem e, por fim, o condado de Somerset, onde a srta. Lumley e a srta. Bentham moravam e onde mal se podia crer na dificuldade de conseguir um jardineiro decente.

As duas senhoras de meia-idade viajando juntas revelaram ser a srta. Cooke e a srta. Barrow. Miss Marple ainda sentia que uma dessas duas, a loura, srta. Cooke, lhe era vagamente familiar, mas ainda não conseguia se lembrar de onde a tinha visto antes. Provavelmente era apenas uma impressão enganosa. Também podia ser apenas impressão, mas não conseguia deixar de sentir que a srta. Barrow e a srta. Cooke pareciam estar evitando-a. Pareciam ávidas por se afastar quando ela se aproximava. Isso, é claro, poderia ser mera imaginação sua.

Quinze pessoas, uma das quais, no mínimo, devia ter importância em alguma medida. Numa conversação casual, naquela noite, Miss Marple introduziu o nome do sr. Rafiel a fim de perceber se alguém reagia de alguma maneira. Ninguém reagiu.

A mulher bonita foi identificada como srta. Elizabeth Temple, diretora aposentada de uma famosa escola para meninas. Aos olhos de Miss Marple, ninguém tinha o aspecto de um assassino em potencial, talvez com exceção do sr. Caspar, e isso era provavelmente um preconceito por ele ser estrangeiro. O jovem magro se chamava Richard Jameson, um arquiteto.

– Talvez eu me saia melhor amanhã – Miss Marple disse consigo.

III

Miss Marple foi se deitar definitivamente exausta. Fazer passeios turísticos era prazeroso, mas desgastante, e tentar analisar quinze ou dezesseis pessoas ao mesmo tempo e especular, nessa análise, qual delas poderia estar relacionada com um assassinato era mais desgastante ainda. Havia naquilo um toque de surrealismo que não podia, Miss Marple pensava, ser levado a sério. Todas aquelas pessoas pareciam ser perfeitamente simpáticas, o tipo de gente que sai em cruzeiros e excursões e tudo mais. Entretanto, ela deu mais uma olhada rápida e superficial na lista de passageiros, fazendo alguns breves registros em seu caderninho.

A sra. Riseley-Porter? *Nenhuma* relação com crime. Social e autocentrada demais.

A sobrinha, Joanna Crawford? O mesmo? Mas muito eficiente.

A sra. Riseley-Porter, no entanto, talvez tivesse alguma espécie de informação que, segundo Miss Marple poderia constatar, viesse a se conectar com algo. Ela precisava manter um relacionamento agradável com a sra. Riseley-Porter.

A srta. Elizabeth Temple? Uma personalidade. Interessante. Não lembrava Miss Marple de qualquer assassina que ela tivesse conhecido.

– Na verdade – Miss Marple falou consigo –, ela realmente irradia integridade. *Se* tivesse cometido um assassinato, seria um assassinato muito popular. Talvez por algum motivo nobre, ou por algum motivo que ela considerasse nobre?

Mas isso tampouco era satisfatório. A srta. Temple, ela pensou, sempre saberia o que estava fazendo e por que razão estava fazendo aquilo, e não teria quaisquer ideias tolas quanto à nobreza quando apenas o mal existia.

– Mesmo assim – Miss Marple disse –, ela é *alguém*, e poderia... poderia *muito bem* ser uma pessoa que o sr. Rafiel desejasse colocar em contato comigo por algum motivo.

Ela anotou esses pensamentos no lado direito de seu caderninho.

Mudou seu ponto de vista. Estava considerando um possível assassino... E o que dizer de uma vítima em potencial? Quem seria uma possível vítima? Ninguém era muito provável. Talvez a sra. Riseley-Porter pudesse se qualificar... rica... um tanto desagradável. A sobrinha eficiente poderia ser herdeira. Ela e o anarquista Emlyn Price poderiam se unir na causa do anticapitalismo. Não era uma ideia muito plausível, mas nenhum outro assassinato viável parecia se oferecer.

O professor Wanstead? Um homem interessante, ela tinha certeza. Amável, também. Ele era cientista ou médico? Miss Marple ainda não tinha certeza, mas o classificou no lado da ciência. Ela mesma não sabia nada de ciência, mas a suposição não parecia nem um pouco improvável.

O sr. e a sra. Butler? Ela os riscou. Americanos simpáticos. Sem relação com qualquer pessoa nas Índias Ocidentais ou qualquer pessoa que ela tivesse conhecido. Não, ela não achava que os Butler pudessem ser relevantes.

Richard Jameson? Esse era o arquiteto magro. Miss Marple não conseguia vislumbrar de que modo a arquitetura poderia entrar na história, embora isso fosse possível, segundo supunha. Um esconderijo de padre, talvez? Uma das casas que o grupo ia visitar poderia ter um esconderijo de padre contendo um esqueleto. E o sr. Jameson, sendo um arquiteto, saberia precisamente onde ficava o esconderijo de padre. Ele poderia ajudá-la a descobri-lo, ou ela poderia ajudá-lo a descobri-lo, e então os dois encontrariam um corpo.

– Ah, francamente – disse Miss Marple –, quanta bobagem eu estou falando e pensando.

A srta. Cooke e a srta. Barrow? Uma dupla perfeitamente comum. No entanto, ela certamente já vira uma das duas antes. Pelo menos já tinha visto a srta. Cooke antes. Ah, bem, a lembrança lhe ocorreria, ela supunha.

O coronel e a sra. Walker? Gente simpática. Aposentados do Exército. Tendo servido no exterior, principalmente. Bons para conversar, mas Miss Marple não achava que houvesse algo para ela ali.

A srta. Bentham e a srta. Lumley? As velhotas. Não tinham como ser criminosas, mas, sendo velhotas, elas podiam saber várias fofocas, ou ter alguma informação, ou poderiam fazer algum comentário iluminador mesmo que fosse relacionado a reumatismo, artrite ou panaceias populares.

O sr. Caspar? Possivelmente um personagem perigoso. Muito excitável. Ela o manteria na lista por enquanto.

Emlyn Price? Um estudante, era de se presumir. Estudantes costumavam ser muito violentos. Será que o sr. Rafiel a mandara no rastro de um estudante? Bem, isso dependeria, talvez, do que o aluno fizera ou desejava fazer ou faria. Um anarquista fervoroso, talvez.

– Ah, minha nossa – Miss Marple disse, sentindo-se exausta de súbito –, eu *preciso* ir para a cama.

Seus pés doíam, suas costas doíam e suas reações mentais não estavam, pensou ela, na melhor forma. Ela dormiu de imediato. Seu sono foi animado por diversos sonhos.

Num deles, as sobrancelhas espessas do professor Wanstead caíam porque não eram suas próprias sobrancelhas – eram falsas. Quando Miss Marple despertou, sua primeira impressão foi aquela que tantas vezes acompanha os sonhos, uma crença de que o sonho em questão havia resolvido tudo.

"É claro", ela pensou, "*é claro!*". As sobrancelhas eram falsas, e isso resolvia o negócio todo. *Ele* era o criminoso.

Para sua decepção, ocorreu-lhe que nada estava resolvido. As sobrancelhas do professor Wanstead se soltando não ajudavam em nada.

Infelizmente, agora Miss Marple já não estava mais com sono. Ela se sentou na cama com alguma determinação.

Suspirou e vestiu o roupão, mudou-se da cama para uma cadeira de encosto reto, tirou um caderno de anotações ligeiramente maior de sua mala e começou a trabalhar.

> *"O projeto que assumi está ligado, sem dúvida, com um crime de algum tipo. O sr. Rafiel afirmou isso de maneira clara em sua carta. Ele disse que eu tinha um dom para a justiça, e isso, necessariamente, incluía um dom para o crime. Então um crime está envolvido, e não se trata, presumivelmente, de espionagem ou fraude ou roubo, porque tais coisas nunca surgiram no meu caminho e não tenho nenhuma ligação com tais coisas, ou esse conhecimento, ou habilidades especiais. O que o sr. Rafiel sabe sobre mim é só o que teve conhecimento durante o período em que ambos ficamos em St. Honoré. Fomos ligados, lá, a um assassinato. Assassinatos conforme relatados na imprensa nunca atraíram a minha atenção. Nunca li livros sobre o tema da criminologia ou realmente me interessei por tal coisa. Não, apenas aconteceu de eu me encontrar nas imediações de um assassinato com bem mais frequência do que seria normal. A minha atenção costuma se voltar a assassinatos envolvendo amigos ou conhecidos. Essas coincidências de curiosas ligações com temas especiais parece acontecer com*

certas pessoas na vida. Uma das minhas tias, eu me lembro, naufragou em cinco ocasiões, e uma amiga minha tinha o que, segundo acredito, é oficialmente chamado de propensão a acidentes. Sei que algumas de suas amigas se recusaram a pegar um táxi com ela. Ela tinha estado em quatro acidentes de táxi e três acidentes de carro e dois acidentes ferroviários. Coisas assim parecem acontecer a certas pessoas sem nenhum motivo verificável. Não gosto de escrever isso, mas tudo indica que assassinatos parecem acontecer, não a mim mesma, graças a Deus, mas parecem acontecer na minha proximidade."

Miss Marple fez uma pausa, mudou de posição, colocou uma almofada nas costas e continuou:

"Preciso tentar fazer um levantamento tão lógico quanto possível desse projeto que assumi. Minhas instruções, ou meu 'informe', como dizem meus amigos navais, são até agora bastante inadequadas. Praticamente inexistentes. Por isso, preciso me fazer uma pergunta clara. O que é essa história toda? Responda! Eu não sei. Curioso e interessante. Um procedimento esquisito para um homem como o sr. Rafiel, especialmente considerando-se que ele era um bem-sucedido operador financeiro e de negócios. Ele quer que eu adivinhe, que eu empregue meu instinto, observe e cumpra as instruções que me forem dadas ou sugeridas.

Portanto: Ponto 1. Instruções serão transmitidas a mim. Instruções de um morto. Ponto 2. O que está envolvido no meu problema é justiça. Ou corrigir uma injustiça ou vingar o mal levando-o à justiça. Isso de acordo com o codinome Nêmesis dado a mim pelo sr. Rafiel.

Após explicações do principal envolvido, recebi minha primeira diretriz efetiva. Foi arranjado pelo sr. Rafiel, antes de sua morte, que eu deveria participar da excursão Nº 37 das Ilustres Casas e Jardins. Por quê? Isso é o que preciso me perguntar. Será por alguma razão geográfica ou territorial? Uma conexão ou uma pista? Alguma casa ilustre em particular? Ou algo envolvendo algum específico jardim ou panorama relacionado? Isso parece improvável. A explicação mais provável reside nas pessoas ou numa das pessoas deste específico grupo de ônibus. Nenhuma delas é conhecida por mim pessoalmente, mas uma, pelo menos, deve estar ligada ao enigma que preciso solucionar. Alguém do nosso grupo está conectado ou envolvido com um assassinato. Alguém tem informações ou uma ligação especial com a vítima de um crime, ou alguém, pessoalmente, é um assassino. Um assassino ainda insuspeito."

Miss Marple parou de súbito nesse ponto. Assentiu com a cabeça. Estava satisfeita agora com sua análise, até onde avançara.

E assim, cama.

Miss Marple acrescentou em seu caderno de anotações:

"Aqui termina o Dia Primevo."

Capítulo 6

Amor

Na manhã seguinte, eles visitaram um pequeno solar em estilo Rainha Ana. O percurso de ônibus até lá não tinha sido muito longo ou cansativo. Era uma casa de aparência muito charmosa, com uma história interessante, bem como um jardim magnífico, projetado de uma maneira incomum.

Richard Jameson, o arquiteto, não parava de admirar a beleza estrutural da casa, e, sendo o tipo de jovem que adora ouvir a própria voz, demorava-se em quase todos os aposentos pelos quais passavam, apontando cada cornija ou lareira especial, dando datas e referências históricas. Alguns integrantes do grupo, receptivos no início, começaram a ficar um pouco impacientes enquanto ele continuava aquela palestra um tanto monótona. Alguns começaram a se afastar cuidadosamente, ficando para trás do grupo. O zelador local, que era o encarregado, não estava muito contente por ver sua ocupação usurpada por um dos excursionistas. Ele fez alguns esforços para voltar ao comando da situação, mas o sr. Jameson se mostrava inflexível. O zelador fez uma última tentativa...

– Este aposento, senhoras e senhores, o White Parlour, como as pessoas o chamam, foi onde encontraram um corpo. Era um jovem, esfaqueado com um punhal, deitado no tapete da lareira. Um tempão atrás, em mil setecentos e alguma coisa. Dizia-se que a Lady Moffat naquela época tinha um amante. Ele vinha por uma pequena porta lateral, subia uma escada íngreme e entrava neste aposento atravessando um painel solto que havia na esquerda da lareira. Sir Richard Moffat, o marido dela, sabe, achavam que ele estava no além-mar, nos Países Baixos. Mas ele veio para casa e entrou de forma inesperada e pegou os dois ali, juntos.

Ele fez uma pausa orgulhosa. Estava satisfeito com a resposta de seu público, contente pela trégua nos detalhes arquitetônicos que vinha sendo forçado a engolir.

– Ora, isso não é a coisa mais romântica do mundo, Henry? – comentou a sra. Butler em seu ressonante tom transatlântico. – Ora, este recinto tem uma atmosfera e tanto. Consigo sentir. Certamente consigo sentir.

– Mamie é muito sensível às atmosferas – seu marido falou com orgulho para todos em volta. – Ora, certa vez nós estávamos numa casa antiga em Louisiana...

A narrativa da sensibilidade especial de Mamie pegou no embalo e Miss Marple, junto com alguns outros, aproveitou a oportunidade para fugir delicadamente do aposento e descer a escada esculpida com requinte até o andar térreo.

– Uma amiga minha – Miss Marple disse à srta. Cooke e à srta. Barrow, que estavam a seu lado – teve uma experiência das mais estressantes bem poucos anos atrás. Um cadáver no chão da biblioteca de casa certo dia de manhã.

– Alguém da família? – a srta. Barrow perguntou. – Um ataque epiléptico?

– Ah, não, foi um assassinato. Uma jovem desconhecida num vestido de festa. Uma loura. Mas o cabelo era tingido. Ela era, na verdade, morena; e... ah...

Miss Marple se interrompeu, com seu olhar fixo no cabelo louro da srta. Cooke que escapava do lenço de cabeça.

Ocorrera-lhe de repente. Ela sabia por que o rosto da srta. Cooke era familiar e sabia onde a tinha visto antes. Porém, quando a vira no passado, o cabelo da srta. Cooke era escuro, quase preto. E agora era de um amarelo vivo.

A sra. Riseley-Porter, descendo as escadas, falou de forma decidida enquanto passava por elas, concluía os degraus e virava para o saguão.

– Eu realmente não vou conseguir mais subir e descer nenhuma dessas escadas – declarou –, e ficar de pé nesses recintos é muito cansativo. Creio que os jardins daqui, embora não sejam extensos, são bastante celebrados nos círculos hortícolas. Sugiro irmos para lá sem perda de tempo. Parece que o tempo pode acabar nublando daqui a pouco. Acho que vamos pegar uma chuva antes do fim da manhã.

A autoridade com que a sra. Riseley-Porter conseguia impor seus comentários teve seu resultado costumeiro. Todas as pessoas ao alcance da mão ou de sua voz a seguiram obedientemente para fora da casa, passando por uma porta de vidro na sala de jantar e ingressando no jardim. Os jardins tinham, de fato, tudo aquilo que a sra. Riseley-Porter lhes atribuíra. Ela mesma se apossou com firmeza do coronel Walker e avançou em passadas enérgicas. Alguns dos outros os seguiram, outros tomaram caminhos na direção oposta.

Miss Marple, por sua vez, percorreu uma perfeita linha reta até um banco de jardim que parecia ter proporções confortáveis, bem como mérito artístico. Deixou-se cair no assento com alívio, e um suspiro idêntico ao seu foi emitido pela srta. Elizabeth Temple, que vinha seguindo Miss Marple e se sentou ao lado dela no banco.

– Ficar visitando casas é sempre cansativo – falou a srta. Temple. – A coisa mais cansativa do mundo. Especialmente quando você ainda tem que ouvir uma palestra exaustiva em cada recinto.

– Claro, tudo que nos contaram é muito interessante – Miss Marple disse, meio em dúvida.

– Ah, lhe pareceu assim? – a srta. Temple retrucou.

Sua cabeça se virou um pouco e seus olhos encontraram os de Miss Marple. Algo se passou entre as duas mulheres, uma espécie de *sincronia* – de entendimento com traços de júbilo.

– À senhorita não pareceu? – Miss Marple perguntou.

– Não – a srta. Temple respondeu.

Dessa vez o entendimento ficou definitivamente estabelecido entre as duas. Elas ficaram ali amistosamente sentadas em silêncio. Dentro em pouco, Elizabeth Temple começou a falar sobre jardins e sobre aquele jardim em particular.

– Foi projetado por Holman – afirmou – por volta de 1800 ou 1798. Ele morreu jovem. Uma pena. Tinha um enorme talento.

– É tão triste quando alguém morre jovem – Miss Marple comentou.

– Será mesmo? – Elizabeth Temple retrucou, falando de um modo curioso e meditativo.

– Mas eles perdem tanto – disse Miss Marple. – Tantas coisas...

– Ou escapam de tantas coisas... – falou a srta. Temple.

– Sendo tão velha quanto sou agora – Miss Marple disse –, acho que não consigo deixar de sentir que uma morte precoce significa perder coisas.

– E eu – disse Elizabeth Temple –, tendo passado quase a minha vida toda entre os jovens, olho a vida como um período de tempo completo em si mesmo. Como T.S. Eliot disse: *O momento da rosa e o momento do teixo têm a mesma duração.*

Miss Marple retrucou:

– Entendo o que a senhorita quer dizer... Uma vida, não importa o quanto dure, é uma experiência completa.

Mas a senhorita – ela hesitou – não sente às vezes que uma vida pode ter sido incompleta quando foi abreviada indevidamente?

– Sim, isso é verdade.

Miss Marple comentou, contemplando as flores perto de si:

– Como são lindas as peônias. Essa bordadura longa de peônias... Tão orgulhosas e ao mesmo tempo tão lindamente frágeis...

Elizabeth Temple virou a cabeça na direção dela.

– A senhorita veio nesta viagem para ver as casas ou para ver os jardins? – perguntou.

– Acho que, na verdade, para ver as casas – Miss Marple respondeu. – Se bem que vou gostar mais dos jardins, mas as casas vão ser uma experiência nova para mim. A variedade delas, a história, a magnífica mobília antiga e os quadros.

Ela acrescentou:

– Um amigo bondoso me deu esta viagem de presente. Eu fico muito grata. Não vi muitas casas grandes e famosas na minha vida.

– Uma lembrança amável – disse a srta. Temple.

– A senhorita participa com frequência desses passeios turísticos? – Miss Marple perguntou.

– Não. Este não é exatamente um passeio turístico para mim.

Miss Marple olhou para ela com certo interesse. Começou a abrir os lábios para falar, mas se absteve de fazer um questionamento. A srta. Temple lhe sorriu.

– A senhorita está se perguntando por que eu estou aqui, qual é o meu motivo, a minha razão. Bem, por que não tenta adivinhar?

– Ah, eu não gostaria de fazer isso – Miss Marple falou.

– Por favor, faça – Elizabeth Temple pediu com urgência. – Eu gostaria de saber. Sim, eu gostaria muito de saber. Tente adivinhar.

Miss Marple ficou em silêncio por alguns instantes. Seus olhos contemplavam Elizabeth Temple sem se desviar, avaliando-a pensativamente. Ela disse:

– Isso não é por eu saber algo ou porque me contaram algo sobre a senhorita. Sei que a senhorita é uma pessoa bastante famosa, e que a sua escola é muito famosa. Não. Dou meu palpite com base apenas na sua aparência... Eu a classificaria como peregrina. A senhorita tem o ar de quem está numa peregrinação.

Houve um silêncio, e então Elizabeth falou:

– É uma ótima definição. Sim. Estou numa peregrinação.

Miss Marple falou após alguns momentos:

– O amigo que me mandou nesta excursão, e que pagou todas as minhas despesas, já morreu. Ele se chamava sr. Rafiel, um homem muito rico. Por acaso a senhorita o conhecia?

– Jason Rafiel? Eu o conheço de nome, é claro. Nunca o conheci pessoalmente, ou o encontrei. Ele fez uma enorme doação, certa vez, para um projeto educacional no qual eu tinha interesse. Fiquei muito grata. Como a senhorita disse, ele era um homem muito abastado. Eu vi a nota de seu falecimento nos jornais algumas semanas atrás. Então ele era um velho amigo seu?

– Não – Miss Marple retrucou. – Eu o conheci pouco mais de um ano atrás, no exterior. Nas Índias Ocidentais. Nunca soube grande coisa sobre ele. Sua vida ou sua família ou quaisquer amigos pessoais que tivesse. Era um grande empresário, mas afora isso, ou pelo menos era o que as pessoas sempre diziam, era um homem muito reservado sobre sua vida. A senhorita conhecia sua família ou alguém...? – Miss Marple fez uma pausa. – Eu sempre quis saber, mas a gente não gosta de ficar fazendo perguntas e de se intrometer demais...

Elizabeth ficou em silêncio por alguns instantes, e então disse:

– Eu conheci uma moça uma vez... Uma moça que tinha sido minha aluna em Fallowfield, a minha escola. Ela não tinha nenhum parentesco efetivo com o sr. Rafiel, mas *foi*, numa época, noiva do filho do sr. Rafiel.

– Mas não se casou com ele? – Miss Marple perguntou.

– Não.

– Por que não?

Miss Temple respondeu:

– Seria bom poder dizer... eu gostaria de dizer... porque ela era sensata demais. Ele não era o tipo de jovem com quem gostaríamos de ver se casar alguém da nossa estima. Ela era uma moça adorável, muito doce. Não sei por que razão ela não quis se casar com ele. Ninguém nunca me contou.

Ela suspirou antes de acrescentar:

– De qualquer maneira, ela morreu...

– Ela morreu? Como? – Miss Marple perguntou.

Elizabeth Temple fitou as peônias por alguns instantes. Quando voltou a falar, proferiu uma única palavra, que ecoou como um som profundo de sino – causando um efeito espantoso.

– De amor! – ela disse.

Miss Marple questionou a palavra bruscamente:

– Amor?

– Uma das palavras mais assustadoras que existem no mundo – Elizabeth Temple retrucou.

Sua voz continuava soando amarga e trágica.

– Amor...

Capítulo 7

Um convite

I

Miss Marple decidiu não comparecer às visitações da tarde. Admitiu estar um tanto cansada, talvez tivesse de deixar passar uma igreja antiga com seus vitrais do século XIV. Descansaria um pouco e reencontraria o grupo na casa de chá que lhe tinha sido apontada na rua principal. A sra. Sandbourne concordou que ela se mostrava muito sensata.

Miss Marple, sentada num banco confortável em frente à casa de chá, refletiu sobre o que planejava fazer a seguir, e se seria prudente fazê-lo ou não.

Quando os demais se juntaram a ela na hora do chá, foi fácil para Miss Marple se aproximar discretamente da srta. Cooke e da srta. Barrow e sentar-se com elas a uma mesa para quatro. A quarta cadeira foi ocupada pelo sr. Caspar, que Miss Marple considerava não familiarizado com a língua inglesa o bastante para interferir.

Inclinando-se sobre a mesa, enquanto mordiscava uma fatia de rocambole, Miss Marple disse à srta. Cooke:

– Sabe, eu tenho *quase* certeza de que já nos encontramos antes. Estive pensando sem parar sobre isso... Não sou tão boa quanto costumava ser em me lembrar do rosto de alguém, mas tenho certeza de que já encontrei a senhorita em algum lugar.

A srta. Cooke reagiu com uma expressão amável, mas cheia de dúvida. Seus olhos procuraram os da amiga, a srta. Barrow. Miss Marple fez o mesmo. A srta. Barrow não deu nenhum sinal de que pudesse ajudar a sondar o mistério.

– Não sei se alguma vez a senhorita frequentou a minha região – continuou Miss Marple. – Eu moro em St. Mary Mead. Um vilarejo bem pequeno, sabe. Ou melhor, não tão pequeno hoje em dia, há tanta construção em andamento por toda parte. Não muito longe de Much Benham, e distante apenas vinte quilômetros da costa em Loomouth.

– Ah – falou a srta. Cooke –, deixe-me ver. Bem, eu conheço Loomouth muito bem, e talvez...

Miss Marple soltou uma repentina exclamação se satisfação.

– Ora, *é claro!* Eu estava no meu jardim em St. Mary Mead certo dia e a senhorita conversou comigo quando passou pela calçada. Disse que ia se hospedar por lá, eu me lembro, com uma amiga...

– É claro – retrucou a srta. Cooke. – Que estupidez da minha parte. Eu me lembro da senhorita agora. Nós comentamos o quanto era difícil, hoje em dia, arranjar alguém... para fazer serviço de jardinagem, quero dizer... alguém que preste.

– Isso. A senhorita não estava morando lá, creio eu... Estava hospedada na casa de alguém.

– Sim, eu estava hospedada com... com... – a srta. Cooke hesitou por um momento, com o ar de alguém que mal sabe ou recorda um nome.

– Com uma sra. Sutherland, não era isso? – Miss Marple sugeriu.

– Não, não, era... hã... senhora...

– Hastings – a srta. Barrow completou com firmeza enquanto pegava um pedaço de bolo de chocolate.

– Ah, sim, numa das casas novas – falou Miss Marple.

– Hastings – o sr. Caspar disse de modo inesperado, com um sorriso luminoso. – Já estive em Hastings... Já estive em Eastbourne também – sorriu de novo. – Muito bonito, junto ao mar.

– Que coincidência – Miss Marple falou –, esse reencontro tão depressa... Que mundo pequeno, não é?

– Ah, bem, todos gostamos tanto de jardins... – a srta. Cooke retrucou de maneira vaga.

– Flores muito *bonito* – disse o sr. Caspar. – Eu *gostar* muito – ele sorriu de novo.

– Tantos arbustos raros e belos... – falou a srta. Cooke.

Miss Marple entrou a toda velocidade numa conversa sobre jardinagem com alguns detalhes técnicos. A srta. Cooke respondia. A srta. Barrow fazia comentários ocasionais.

O sr. Caspar se manteve em silêncio.

Mais tarde, enquanto fazia seu descanso habitual antes do jantar, Miss Marple refletiu com calma sobre o que apreendera. A srta. Cooke *admitira* ter estado em St. Mary Mead. *Admitira* que havia passado a pé pela casa de Miss Marple. Concordara que era uma grande coincidência. "Coincidência?", Miss Marple pensou, meditando, girando a palavra em sua boca, bem como uma criança poderia ter feito com certo pirulito para determinar seu sabor. Era uma coincidência? Ou será que ela tivera algum motivo para estar ali? Tinha sido enviada? Enviada – por qual motivo? Essa era uma coisa ridícula de se imaginar?

– Qualquer coincidência – Miss Marple disse consigo – é *sempre* digna de nota. Você pode descartá-la depois, se *for* apenas uma coincidência.

A srta. Cooke e a srta. Barrow pareciam ser uma dupla perfeitamente normal de amigas fazendo o tipo de excursão que, de acordo com as próprias, faziam todos os anos. Haviam participado de um cruzeiro helênico no ano passado, e de uma excursão florida pela Holanda no ano anterior, e de outra pela Irlanda do Norte no ano anterior a esse. Pareciam pessoas perfeitamente agradáveis e normais. Mas a srta. Cooke havia, ela pensou, passado uma impressão de que estava prestes a desmentir sua visita a St. Mary Mead. Ela olhara para sua amiga, a srta. Barrow, bem como se estivesse pedindo instruções sobre o que dizer. A srta. Barrow era, presumivelmente, a sócia majoritária...

"Claro, realmente, eu posso ter imaginando todas essas coisas", Miss Marple pensou. "Elas podem não ter nenhuma relevância em absoluto."

A palavra *perigo* surgiu em sua mente de forma inesperada. Usada pelo sr. Rafiel em sua primeira carta – e havia certa menção de que ela precisava de um anjo da guarda em sua segunda carta. Será que ela ia correr perigo nessa história? E por quê? Por causa de quem?

Certamente não por causa da srta. Cooke e da srta. Barrow. Uma dupla de aspecto tão comum... Mesmo assim, a srta. Cooke *de fato* tingira o cabelo e mudara seu estilo de penteado. Disfarçara sua aparência tanto quanto possível, na verdade. O que era esquisito, para dizer o mínimo! Miss Marple considerou mais uma vez seus companheiros de viagem.

Quanto ao sr. Caspar, teria sido bem mais fácil imaginar que ele pudesse ser perigoso. Por acaso ele entendia inglês mais do que fingia entender? Ela começou a especular sobre o sr. Caspar.

Miss Marple nunca conseguira abandonar de vez sua opinião vitoriana sobre os estrangeiros. Nunca se *sabia*, com os estrangeiros. Totalmente absurdo, claro, ter esse tipo de sentimento – ela tinha vários amigos de diversos países estrangeiros. Mesmo assim...? A srta. Cooke, a srta. Barrow, o sr. Caspar, aquele jovem com o cabelo selvagem... Emlyn Alguma Coisa – um revolucionário – um anarquista praticante? O sr. e a sra. Butler – americanos tão simpáticos – mas talvez... um casal bom demais para ser verdadeiro?

– Realmente – Miss Marple falou –, eu *preciso* me recompor.

Ela direcionou suas atenções para o itinerário da viagem. O dia seguinte, pensou, ia ser bastante extenuante. Um passeio matinal para ver alguns lugares, partindo bem cedo; uma caminhada longa e um tanto atlética num trajeto costeiro durante a tarde. Interessantes plantas marinhas de floração – seria cansativo. Uma sugestão de muito tato estava anexada. Quem sentisse necessidade de um descanso poderia ficar no hotel, o Golden Boar, que tinha um jardim muito agradável, ou poderia fazer um passeio breve, que só levaria uma hora, para um belo local nas proximidades. Miss Marple achou que talvez faria isso.

Contudo, embora ela ainda não soubesse, seus planos seriam subitamente alterados.

II

Quando Miss Marple desceu de seu quarto no Golden Boar no dia seguinte, tendo lavado as mãos antes do almoço, uma mulher vestindo casaco e saia de tweed se aproximou com bastante nervosismo para falar com ela.

– Perdão, seu nome é Miss Marple... Miss Jane Marple?

– Sim, é o meu nome – Miss Marple respondeu, ligeiramente surpresa.

– Meu nome é sra. Glynne. Lavinia Glynne. Eu e minhas duas irmãs moramos aqui perto, e... bem, soubemos que a senhorita estava vindo, sabe...

– Souberam que eu estava vindo? – Miss Marple repetiu com leve surpresa.

– Sim. Um velho amigo nosso nos escreveu... Ah, já faz um bom tempo, deve ter sido três semanas atrás, mas ele nos pediu que anotássemos esta data. A data da Excursão Ilustres Casas e Jardins. Dizia que uma grande amiga dele... ou parente, não tenho bem certeza... estaria nessa excursão.

Miss Marple continuou a exibir uma expressão de surpresa.

– Estou me referindo ao sr. Rafiel – disse a sra. Glynne.

– Ah! O sr. Rafiel... – Miss Marple falou. – A senhora... a senhora sabe que...

– Que ele morreu? Sim. Tão triste... Logo após a chegada de sua carta. Creio que deve ter sido, certamente, bem pouco tempo depois de ele ter escrito a nós. Mas sentimos uma *urgência* especial em tentar fazer o que ele pedira. Ele sugeriu, sabe, que talvez a senhorita aceitasse ficar conosco por algumas noites. Esta parte da excursão é um tanto extenuante. Quero dizer, não há problema para os jovens, mas é uma grande provação para qualquer pessoa mais velha. Envolve diversos quilômetros de caminhada, e uma certa quantidade de subidas por trilhas de penhasco bastante difíceis. Minhas irmãs e eu ficaríamos imensamente satisfeitas se a senhorita ficasse em nossa casa. Do hotel até lá é só uma caminhada de dez minutos, e tenho certeza de que poderíamos lhe mostrar várias coisas interessantes nos arredores.

Miss Marple hesitou por um minuto. Gostava do aspecto da sra. Glynne, rechonchuda, bem-humorada e amistosa, embora um pouco tímida. Além disso – aqui de novo eram decerto as instruções do sr. Rafiel –, seria o próximo passo que ela devia dar? Sim, devia ser assim.

Ela se perguntou por que se sentia nervosa. Talvez porque agora estivesse à vontade com as pessoas na excursão, se sentisse parte do grupo, embora tivesse convivido com eles por apenas três dias.

Miss Marple se virou para onde a sra. Glynne estava parada, olhando para ela, ansiosa.

– Obrigada, é muito gentil de sua parte. Aceito com grande satisfação.

Capítulo 8

As três irmãs

Miss Marple estava de pé, olhando por uma janela. Atrás dela, na cama, encontrava-se sua mala. Ela contemplava o jardim distraidamente. Não era comum que ela deixasse de avaliar um jardim que estivesse contemplando, fosse numa disposição de admirá-lo ou numa disposição de criticá-lo. Neste caso, presumivelmente teria disposição para criticar. Tratava-se de um jardim negligenciado, um jardim no qual, possivelmente por alguns anos, pouco dinheiro havia sido investido, e no qual bem pouco trabalho havia sido feito. A casa também havia sido negligenciada. Era bem proporcionada, os móveis tinham sido bons no passado, mas em anos recentes recebera pouco polimento ou atenção. Não era uma casa, Miss Marple pensou, que tivesse sido amada de qualquer forma, pelo menos nos últimos anos. Fazia jus a seu nome: The Old Manor House.* Uma casa construída com graça e certa dose de beleza, habitada, estimada no passado. As filhas e os filhos haviam se casado e saído, e agora ela era ocupada pela sra. Glynne, que, a julgar por uma palavra que esta deixara escapar enquanto levava Miss Marple até seu quarto, a herdara com suas irmãs de um tio, e viera morar ali depois que seu marido morrera. Haviam todas ficado velhas, seus rendimentos haviam encolhido, ficara difícil arranjar trabalho.

As outras irmãs, era de se presumir, haviam permanecido solteiras, uma mais velha e uma mais jovem do que a sra. Glynne, duas senhoritas Bradbury-Scott.

* "O Velho Solar". (N.T.)

Não havia nenhum sinal de algo que pertencesse a uma criança na casa. Nenhuma bola descartada, nenhum carrinho antigo de bebê, nenhuma cadeirinha ou mesinha. Aquela era apenas uma casa com três irmãs.

– Isso me soa bem russo – Miss Marple murmurou consigo.

Ela estava pensando em *As três irmãs*, não estava? Era de Tchékhov, não? Ou Dostoiévski? Ela realmente não conseguia lembrar. Três irmãs. Mas estas por certo não seriam irmãs que ansiavam ir para Moscou. Estas três irmãs presumivelmente deviam estar – ela tinha quase certeza de que estavam – contentes em permanecer onde se encontravam. Miss Marple havia sido apresentada às outras duas que tinham aparecido, uma saindo da cozinha e a outra descendo um lance de escadas, para recebê-la. Seus modos eram bem-educados e graciosos. Eram o que Miss Marple teria chamado em sua juventude, usando um termo agora obsoleto, de "damas" – o que ela se lembrava de ter classificado um dia como "damas decaídas". Seu pai lhe dissera:

– Não, querida Jane, não *decaídas*. Fidalgas desamparadas.

As fidalgas de hoje em dia não eram tão passíveis de desamparo. Eram ajudadas pelo governo, ou por sociedades, ou por um parente rico. Ou, quem sabe, por alguém como o sr. Rafiel. Porque, afinal de contas, esse era o ponto central, a razão para ela estar ali, não era? O sr. Rafiel arranjara tudo isso. Ele tomara, Miss Marple pensou, um bocado de preocupações a respeito. Era de se presumir que tivera uma ideia precisa, quatro ou cinco semanas antes, de quando essa morte provavelmente ocorreria, com uma pequena margem de erro, visto que os médicos costumavam ser moderadamente otimistas, sabendo por experiência que pacientes com previsão de morrer dentro de certo prazo muitas vezes começavam uma inesperada vida nova e se aferravam a ela, ainda condenados, mas recusando-se obstinadamente a dar o passo final. Por outro lado, segundo Miss Marple sabia por experiência, as enfermeiras de hospital, quando responsáveis por pacientes, sempre esperavam que os pacientes fossem morrer no dia seguinte, e ficavam bastante surpresas quando não morriam. No entanto, ao expressarem suas opiniões sombrias ao doutor, quando ele vinha, tinham boa chance de receber como resposta, enquanto o doutor saía pela porta do corredor, o seguinte aparte confidencial: "Eu não me espantaria se ele aguentasse algumas semanas ainda". Que legal o doutor ser tão otimista, a enfermeira pensaria, mas com certeza o doutor estava errado. O doutor, com muita frequência, não estava errado. Ele sabia que as pessoas que sentiam dor, impotentes, incapacitadas, até mesmo infelizes, ainda gostavam de viver e queriam viver. Tomavam uma das pílulas receitadas para passar a noite com mais facilidade, mas não tinham nenhuma intenção de tomar uma quantidade maior do que a necessária, de modo a cruzar o limiar para um mundo sobre o qual ainda não sabiam nada!

O sr. Rafiel. Essa era a pessoa na qual Miss Marple estava pensando enquanto contemplava o jardim distraída. O sr. Rafiel? Ela sentia, agora, que estava chegando um pouco mais perto de entender a tarefa que lhe coubera, o projeto sugerido a ela. Ele era um homem que fazia planos. Fazia-os da mesma maneira como planejava acordos financeiros e aquisições. Nas palavras de sua criada, Cherry, ele tivera um problema. Quando Cherry tinha um problema, com frequência ela vinha consultar Miss Marple a respeito.

Este era um problema com o qual o sr. Rafiel não conseguira lidar por sua própria conta, que devia tê-lo aborrecido muitíssimo, Miss Marple pensou, porque de costume ele conseguia lidar com qualquer problema por sua própria conta e insistia em fazê-lo. Mas encontrava-se acamado e moribundo. Conseguia organizar suas questões financeiras, comunicar-se com seus advogados, com seus empregados e com os amigos e parentes que tivesse, mas havia algo ou alguém que escapara de sua organização. Um problema que ele não solucionara, um problema que ele ainda queria solucionar, um projeto que ainda queria tocar. E, aparentemente, tinha sido algo que não podia ser resolvido por aporte financeiro, por transações comerciais, pelos serviços de um advogado.

– Aí ele pensou em mim – Miss Marple refletiu.

Tudo ainda a deixava muito surpresa. Muito mesmo. Entretanto, no sentido de seu raciocínio atual, a carta do sr. Rafiel tinha sido bastante explícita. Ele pensara que ela tinha certas qualificações para fazer algo. Havia uma relação, ela pensou de novo, com algo da natureza de um crime ou afetado por um crime. A única outra coisa que ele sabia sobre Miss Marple é que ela era uma amante da jardinagem. Bem, dificilmente seria um problema de jardinagem o que ele desejava que fosse solucionado por ela. Mas o sr. Rafiel poderia ter pensado nela pela ligação com crimes. Um crime nas Índias Ocidentais e crimes na própria vizinhança dela, em casa.

Um crime – onde?

O sr. Rafiel fizera preparativos. Preparativos, para começar, com seus advogados. Estes haviam feito sua parte. Após o correto intervalo de tempo, haviam repassado a carta dele. Tinha sido, Miss Marple pensou, uma carta bem considerada e bem pensada. Teria sido mais simples, por certo, ele lhe dizer exatamente o que queria e por que o queria. Era-lhe surpreendente, em certo sentido, que ele não tivesse convocado uma visita dela antes de sua morte, provavelmente de uma forma um tanto peremptória e mais ou menos deitado no que teria lhe garantido ser seu leito de morte, para então tê-la intimidado até que ela consentisse em fazer o que lhe era pedido. Mas, não, isso não teria sido realmente um procedimento típico do sr. Rafiel, ela pensou. O sr. Rafiel *sabia* intimidar as pessoas, ninguém melhor do que ele, mas este não era um caso para intimidação, e ele tampouco desejava, ela tinha certeza, suplicar-lhe, implorar que lhe fizesse um favor, instar-lhe que reparasse em erro. Não. Isso, mais uma vez, não teria sido típico do sr. Rafiel. Ele queria, Miss Marple pensou, como provavelmente quisera pela vida toda, pagar por aquilo de que necessitava. Queria pagar, e, portanto, queria deixá-la interessada o bastante para fazer com prazer certo trabalho. O pagamento era oferecido para intrigá-la, e não, na verdade, para tentá-la. O objetivo era despertar seu interesse. Ela não achava que o sr. Rafiel tivesse dito a si mesmo: "Ofereça um bom dinheiro que ela vai aceitar na hora"; porque, como ela mesma sabia muito bem, o dinheiro era bastante sedutor, mas ela não tinha nenhuma necessidade urgente de dinheiro. Ela tinha seu querido e afetuoso sobrinho; quando passava por qualquer espécie de aperto financeiro, quando precisava de consertos na casa, ou de mimos especiais, ou tinha de se consultar com um especialista, o querido Raymond sempre proporcionava tudo. Não. A soma oferecida devia ser excitante. Devia ser excitante da mesma maneira como era excitante quando você tinha um bilhete de loteria. Era uma bela e farta soma de dinheiro que você nunca conseguiria obter por qualquer outro meio que não fosse a sorte.

Mesmo assim, Miss Marple pensou consigo, ela precisaria de um pouco de sorte além do trabalho duro, teria de usar um bocado de raciocínio e ponderação e, era bem possível, o que estava fazendo poderia envolver certa dose de perigo. Mas ela teria de descobrir por si mesma o que era essa história toda, ele não iria lhe contar – em parte, talvez, por não querer influenciá-la? É difícil contar algo a alguém sem deixar escapar o nosso próprio ponto de vista sobre a questão. Podia ser que o sr. Rafiel tivesse achado que seu próprio ponto de vista pudesse estar errado. Não era muito típico dele pensar algo assim, mas podia ser possível. Talvez ele suspeitasse que seu discernimento, prejudicado pela doença, já não fosse tão bom como no passado. E assim ela, Miss Marple, sua agente, sua empregada, deveria fazer suas próprias suposições, chegar a suas próprias conclusões. Bem, já estava na hora de ela chegar a algumas conclusões. Em outras palavras, voltando à velha pergunta: *o que era essa história toda?*

Ela tinha sido orientada. Levemos isso em conta primeiro. Tinha sido orientada por um homem que agora estava morto. Tinha sido arrastada para longe de St. Mary Mead. Portanto, fosse o que fosse, a tarefa não podia ser empreendida de lá. Não era um problema da vizinhança, não era um problema que você podia solucionar simplesmente examinando recortes de jornal ou fazendo perguntas – isto é, não antes de você descobrir o que deveria perguntar. Tinha sido levada primeiro ao escritório de advocacia e depois intimada a ler uma carta – duas cartas – em sua casa, e depois a seguir numa prazerosa e bem administrada excursão por algumas das Ilustres Casas e Jardins da Grã-Bretanha. Disso ela passara para o degrau seguinte. A casa na qual se encontrava no momento. The Old Manor House, em Jocelyn St.

Mary, onde moravam a srta. Clotilde Bradbury-Scott, a sra. Glynne e a srta. Anthea Bradbury-Scott. O sr. Rafiel providenciara isso, providenciara de antemão. Algumas semanas antes de morrer. Provavelmente havia sido a primeira coisa que fizera logo após instruir seus advogados e após reservar um lugar na excursão em nome dela. Portanto, ela estava naquela casa com um propósito. Podia ser por apenas duas noites, podia ser por mais tempo. Era possível que existissem certos arranjos de modo que sua permanência se estendesse, ou que a convidassem a permanecer por mais tempo. Isso a fez pensar em sua situação atual.

A sra. Glynne e suas duas irmãs. Elas deviam estar envolvidas, implicadas no caso, fosse o que fosse. Ela teria de descobrir o que era. O tempo era escasso. Esse era o único problema. Miss Marple não duvidava sequer por um momento que tivesse a capacidade de descobrir coisas. Ela era uma dessas senhoras idosas tagarelas, fofas, das quais as pessoas esperam que falem, façam perguntas que sejam, à primeira vista, perguntas meramente mexeriqueiras. Ela falaria sobre sua infância, e isso faria com que uma das irmãs falasse sobre a delas. Falaria sobre comidas que comera, criados que tivera, filhas e primas e parentes, viagem, casamentos, nascimentos e – sim – mortes. Não deveria existir nenhum sinal de interesse especial em seus olhos quando ouvisse falar de uma morte. Nenhum em absoluto. Quase automaticamente, Miss Marple tinha certeza, ela poderia revidar com a resposta mais adequada, algo como "Ah, minha nossa, é *tão* triste!". Ela teria de desvendar relacionamentos, incidentes, histórias de vida, ver se quaisquer incidentes sugestivos entrariam em cena, por assim dizer. Poderiam ser certos incidentes nas vizinhanças, não diretamente relacionados àquelas três pessoas. Algo de que pudessem ter conhecimentos, que pudessem comentar ou comentassem com grande conhecimento de causa. De qualquer forma, haveria *algo* ali, alguma pista, algum indicativo. Dali a dois dias ela iria se reintegrar à excursão, a menos que já tivesse, por essa altura, alguma orientação de que *não* deveria se reintegrar à excursão. Sua mente voou da casa para o ônibus e as pessoas que haviam ocupado assentos nele. Podia ser que aquilo que ela buscava estivesse lá, no ônibus, e fosse estar lá de novo quando ela retornasse. Uma pessoa, diversas pessoas, algumas inocentes (algumas não tão inocentes), alguma história muito antiga. Miss Marple franziu o cenho, tentando se lembrar de alguma coisa. Algo que lampejara em sua cabeça e a fizera pensar: "eu realmente tenho certeza" – do que é que ela tinha certeza?

Sua mente retornou às três irmãs. Ela não devia permanecer por muito tempo ali. Precisava tirar da mala alguns itens moderados, necessários para duas noites, uma muda de roupa para usar naquele dia, roupas de dormir, nécessaire, para então descer e voltar ao encontro de sua anfitriã e conversar aprazivelmente. Um ponto importante tinha de ser decidido. Seriam as três irmãs suas aliadas ou seriam as três irmãs suas inimigas? Poderiam cair tanto em uma quanto em outra categoria. Ela precisava pensar a respeito disso com muito cuidado.

Houve uma batida na porta e a sra. Glynne entrou.

– Espero que a senhorita consiga ficar bastante confortável aqui. Posso ajudá-la a desfazer sua mala? Temos uma mulher maravilhosa que nos ajuda, mas ela só fica aqui de manhã. Mas poderá ajudá-la com qualquer coisa.

– Ah, não, obrigada – Miss Marple disse. – Só tirei alguns itens mais necessários.

– Pensei em lhe mostrar o caminho na descida para o andar de baixo. É uma casa bastante tortuosa, sabe...

Temos duas escadas, e isso dificulta um pouco mesmo. Às vezes as pessoas se perdem.

– Ah, é muita bondade sua – Miss Marple falou.

– Espero, então, que a senhorita queira descer comigo, e tomaremos uma taça de xerez antes do almoço.

Miss Marple aceitou com gratidão e seguiu sua guia escada abaixo. A sra. Glynne, em sua avaliação, era uma boa quantidade de anos mais nova do que ela. Tinha cinquenta, talvez. Não muito mais. Miss Marple transpôs a escadaria com cautela – seu joelho esquerdo era sempre um pouco instável. Havia, entretanto, um corrimão em um dos lados. Era uma escadaria belíssima, e ela comentou a respeito:

– É realmente uma casa adorável – falou. – Construída, suponho, no século XVIII. Estou certa?

– 1780 – confirmou a sra. Glynne.

Ela parecia estar contente com a satisfação de Miss Marple. Levou-a à sala de visitas, um aposento amplo e elegante. Havia algumas belíssimas peças de mobília. Uma mesa estilo Rainha Ana e uma cômoda antiga estilo William e Mary. Havia também alguns canapés e armários vitorianos um tanto grandalhões. As cortinas eram de chintz, desbotadas e um pouco gastas, e o tapete era, Miss Marple pensou, irlandês. Possivelmente um modelo Limerick Aubusson. O sofá era pesado, com um veludo muito desgastado. As outras duas irmãs já estavam sentadas ali. Levantaram-se quando Miss Marple entrou e se aproximaram dela, uma com uma taça de xerez, a outra direcionando-a para uma cadeira.

– Não sei se a senhorita gosta de se sentar bem ereta... Muita gente gosta.

– Eu gosto – Miss Marple falou. – É bem mais fácil. Por causa das costas, sabe...

As irmãs pareciam ter conhecimento sobre problemas nas costas. A mais velha das irmãs era uma mulher bonita, alta, morena, com uma espiral de cabelos negros. A outra devia ser um bocado mais jovem. Era magra, com cabelos grisalhos que tinham sido louros no passado, caindo desordenadamente sobre seus ombros, e uma aparência levemente fantasmagórica. Poderia ser escalada com sucesso para o papel de uma Ofélia madura, Miss Marple pensou.

Clotilde, Miss Marple pensou, certamente não era nenhuma Ofélia, mas teria representado uma magnífica Clitemnestra – poderia ter esfaqueado o marido na banheira com regozijo. Porém, como ela nunca tivera um marido, essa solução não serviria. Miss Marple não conseguia enxergá-la assassinado ninguém mais exceto um marido, e não existira nenhum Agamemnon naquela casa.

Clotilde Bradbury-Scott, Anthea Bradbury-Scott, Lavinia Glynne. Clotilde era bonita, Lavinia era feia, mas de aspecto agradável, Anthea tinha uma pálpebra que se contraía de tempos em tempos. Seus olhos eram grandes e cinzentos, e ela tinha um jeito esquisito de olhar em volta para a direita e depois para a esquerda, e então, de repente, de uma maneira bastante estranha, para trás por cima do ombro. Era como se sentisse que alguém estava observando-a o tempo todo. Esquisito, Miss Marple pensou. Ela especulou um pouco sobre Anthea.

Elas se sentaram e a conversação teve início. A sra. Glynne saiu da sala, aparentemente rumo à cozinha. Ela era, ao que parecia, a doméstica ativa entre as três. A conversa seguiu um rumo normal. Clotilde Bradbury-Scott explicou que aquela era uma casa da família. Havia pertencido a seu tio-avô, e depois a seu tio, e, quando este morrera, foi deixada para ela e suas duas irmãs, que se uniram na residência.

– Ele só tinha um filho, sabe – explicou a srta. Bradbury-Scott –, que morreu na guerra. Nós somos realmente as últimas da família, com exceção de alguns primos muito distantes.

– Uma casa de proporções magníficas – Miss Marple comentou. – Sua irmã me disse que foi construída por volta de 1780.

– Sim, acredito que sim. Seria de se desejar, sabe, que não fosse tão vasta e complexa assim.

– A manutenção, além disso – Miss Marple falou –, é um custo pesado hoje em dia.

– Ah, sim, sem dúvida – Clotilde suspirou. – E, em muitos aspectos, somos obrigadas a deixar muita coisa simplesmente desabar. Triste, mas é isso. Muitas das dependências, por exemplo, e uma estufa. Nós tínhamos uma estufa grande, belíssima.

– Havia nela uma videira de moscatel adorável – Anthea disse. – E baunilhas-dos-jardins tomavam conta das paredes por inteiro no lado de dentro. Sim, eu realmente lamento muito. É claro, durante a guerra não era possível obter quaisquer jardineiros. Tivemos um jardineiro muito jovem, e aí ele foi convocado. Ninguém pode se ressentir disso, claro, mas mesmo assim era impossível consertar as coisas, e assim a estufa toda caiu.

– E o mesmo aconteceu com o pequeno jardim de inverno perto da casa.

Ambas as irmãs deram o suspiro de quem percebe o tempo passando e os tempos mudando – mas não para melhor.

Havia uma melancolia naquela casa, Miss Marple pensou. De alguma forma, a casa estava impregnada de tristeza, uma tristeza que não podia ser dispersada ou removida, pois penetrara fundo demais. Afundara... Ela estremeceu de repente.

Capítulo 9

Polygonum Baldschuanicum

A refeição foi convencional. Um pequeno pernil de carneiro com batatas assadas seguido por uma torta de ameixa com um pequeno jarro de creme e doces bastante medianos. Viam-se alguns quadros na parede da sala de jantar, retratos de família, Miss Marple presumiu, retratos vitorianos sem qualquer mérito particular, o aparador era amplo e pesado, uma bela peça de mogno cor de ameixa. As cortinas eram de um damasco vermelho-escuro, e, na grande mesa de mogno, dez pessoas poderiam ter sido acomodadas com muita facilidade.

Miss Marple falou sobre os incidentes da excursão na medida em que participara dela. Como permaneceu, no entanto, apenas três dias, não havia muito a dizer.

– O sr. Rafiel, suponho, era um velho amigo seu? – perguntou a srta. Bradbury-Scott mais velha.

– Não, na verdade – Miss Marple retrucou. – Eu o conheci quando saí numa viagem às Índias Ocidentais. Ele estava lá para cuidar da saúde, eu imagino.

– Sim, ele tinha ficado muito incapacitado por alguns anos – Anthea disse.

– Muito triste – Miss Marple comentou. – Muito triste mesmo. Eu realmente admirava sua bravura. Ele parecia conseguir fazer tanto trabalho... Todos os dias ele ditava para sua secretária e ficava mandando telegramas sem parar. Ele parecia não ceder com nenhuma boa vontade ao fato de ser um inválido.

– Ah, não, ele não cedia – Anthea falou.

– Não o vimos muito nos últimos anos – disse a sra. Glynne. – Ele era um homem ocupado, é claro. Sempre se lembrava de nós no Natal, muito amável.

– Mora em Londres, Miss Marple? – Anthea perguntou.

– Não, não – Miss Marple respondeu. – Eu moro no interior. Um lugarzinho pequeno a meio caminho entre Loomouth e Market Basing. A cerca de quarenta quilômetros de Londres. Costumava ser um vilarejo muito bonito do velho mundo, mas, claro, como tudo mais, está se tornando aquilo que chamam hoje em dia de desenvolvido.

Ela acrescentou:

– O sr. Rafiel, eu suponho, morava em Londres? Lembro de ter reparado que, no registro de St. Honoré, o endereço dele era algum lugar em Eaton Square, creio eu... ou seria Belgrave Square?

– Ele tinha uma casa de campo em Kent – Clotilde disse. – Costumava receber amigos lá, acho, às vezes. Principalmente gente dos negócios, sabe, ou pessoas do exterior. Não creio que alguma de nós jamais o tenha visitado lá. Ele quase sempre nos recebia em Londres, nas raras ocasiões em que acontecia de nos encontrarmos.

– Foi muita gentileza da parte dele – Miss Marple falou – sugerir que vocês me convidassem a ficar aqui no decorrer dessa excursão. Muito atencioso. Ninguém teria esperado de um homem ocupado como ele devia ser, realmente, que tivesse toda essa amabilidade.

– Já convidamos, outras vezes, amigos dele que participaram dessas excursões. De um modo geral, o sistema de organização desses passeios é bastante ponderado. É impossível, claro, atender a todos os gostos. Os jovens, naturalmente, querem caminhar, fazer longas explorações, subir colinas para ver a paisagem e todo esse tipo de coisa. E os mais velhos, que não têm o mesmo preparo, permanecem nos hotéis, mas os hotéis por aqui não são de fato luxuosos. Tenho certeza de que a senhorita teria considerado o passeio de hoje, e a ida para St. Bonaventure amanhã também, algo muito cansativo. Amanhã, acredito, há uma visitação a uma ilha, você sabe, num barco, e às vezes isso pode ser uma grande dureza.

– Até ficar circulando pelas casas pode ser muito exaustivo – disse a sra. Glynne.

– Ah, eu sei – Miss Marple falou. – A gente caminha tanto, fica tanto de pé... Os nossos pés ficam acabados. Acho que eu realmente não devia fazer essas expedições, mas é uma tentação tão grande ver as construções magníficas, e as belas salas e mobílias. Todas essas coisas. E, claro, alguns quadros esplêndidos.

– E os jardins – Anthea disse. – A senhorita gosta de jardins, não?

– Ah, claro – Miss Marple falou –, sobretudo dos jardins. Pela descrição do folheto, estou aguardando com muita expectativa a chance de ver alguns dos jardins maravilhosamente bem conservados das casas históricas que ainda vamos visitar – ela sorriu para suas companheiras de mesa.

Era tudo muito agradável, muito natural, mas ela se perguntava por que, por algum motivo, experimentava uma sensação de tensão. Uma sensação de que havia algo pouco natural ali. Mas o que é que ela estava querendo dizer com "pouco natural"? A conversa era bastante comum, consistindo principalmente de banalidades. Ela mesma fazia comentários convencionais, assim como as três irmãs.

As Três Irmãs. As Três Bruxas de *Macbeth*. Ora, dificilmente alguém poderia comparar aquelas três irmãs com as três bruxas. Embora Miss Marple sempre tivesse pensado, no fundo, que os produtores teatrais cometiam um erro na maneira de produzir as três bruxas. Uma produção que ela tinha visto, de fato, parecera-lhe completamente absurda. As bruxas mais pareciam bonecos de pantomima, com asas batendo e chapéus cônicos ridiculamente espetaculares. Elas ficavam dançando e escorregando para lá e para cá. Miss Marple se lembrava de ter dito a seu sobrinho, que estava lhe dando aquele mimo shakespeariano:

– Sabe, Raymond, meu querido, se *eu* alguma vez produzisse esta esplêndida peça, trataria de fazer as três bruxas de um jeito *bem* diferente. Eu as faria como três mulheres velhas, comuns e normais. Velhas escocesas. Elas não ficariam dançando ou dando cambalhotas. Ficariam trocando olhares bastante maliciosos, e você sentiria uma espécie de ameaça por trás da simplicidade delas.

Miss Marple abocanhou o último pedaço de torta de ameixa e olhou para Anthea do outro lado da mesa. Comum, desarrumada, de aspecto muito vago, um pouco maluca. Por que motivo ela tinha essa sensação de que Anthea era sinistra?

"Estou imaginando coisas", Miss Marple pensou consigo. "Preciso parar de fazer isso."

Depois do almoço, foi levada num passeio pelo jardim. Anthea tinha sido incumbida de acompanhá-la. Tratava-se, Miss Marple pensou, de uma caminhada bastante triste. Ali, no passado, existira um jardim bem conservado, embora certamente de modo algum excepcional ou notável. Tinha os elementos de um jardim vitoriano comum. Um caminho de arbustos, uma trilha entre loureiros manchados, e sem dúvida existira, no passado, um gramado bem cuidado com trilhas, uma horta com cerca de um acre e meio, grande demais, evidentemente, para as três irmãs que moravam ali agora. Uma parte não recebera replantio e tinha sido tomada em grande medida por ervas daninhas. Sabugueiros daninhos haviam dominado quase por inteiro os canteiros de flores, e as mãos de Miss Marple mal podiam se abster de arrancar a trepadeira errante que afirmava sua superioridade.

Os cabelos compridos da srta. Anthea se agitavam no vento, lançando de vez em quando um grampo desgarrado no caminho ou na grama. Ela falava um pouco aos solavancos.

– *A senhorita* deve ter um jardim encantador, imagino – ela disse.

– Ah, é um jardim bem pequeno – Miss Marple retrucou.

As duas estavam avançando por um caminho de relva e fizeram uma pausa na frente de uma espécie de outeiro que se recostava no muro ao fim da trilha.

– Nossa estufa – disse com pesar a srta. Anthea.

– Ah, sim, onde vocês tinham aquela videira maravilhosa.

– Três videiras – Anthea falou. – Uma com uvas negras de Hamburgo e outra com aquelas uvas brancas pequenas, muito doces, sabe... E uma terceira de lindas uvas moscatel.

– E um heliotrópio, a senhorita disse.

– Baunilha-dos-jardins – Anthea corrigiu.

– Ah, sim, baunilha-dos-jardins. Uma fragrância tão adorável... Houve algum problema de bomba por aqui? Foi isso o que... hã... derrubou a estufa?

– Ah, não, nunca sofremos nada desse tipo. Esta região ficou totalmente livre de bombas. Não, receio que ela tenha desmoronado simplesmente por deterioração.

Nós tínhamos nos mudado pouco antes, e não tínhamos dinheiro para fazer o conserto, ou para construí-la de novo. E, na verdade, nem teria valido a pena, realmente, porque, se tivéssemos construído outra, não conseguiríamos mantê-la. Receio que simplesmente a tenhamos deixado desmoronar. Não havia nada mais que pudéssemos fazer. E agora, veja, está tudo tomado por vegetação.

– Ah, é, está completamente coberto por... O que é essa trepadeira que está começando a florescer?

– Ah, sim. É algo bem comum – Anthea respondeu. – Começa com P. Ora, como é o nome mesmo? – falou, em dúvida. – Poly alguma coisa, algo assim.

– Ah, claro. Acho que sei o nome. Polygonum baldschuanicum. Cresce bem rápido, eu acho, não é? Muito útil, na verdade, quando você quer esconder alguma construção em ruínas ou qualquer coisa feia desse tipo.

O montículo diante dela estava, sem dúvida, densamente coberto pela envolvente planta de floração verde e branca. Tratava-se, como Miss Marple sabia muito bem, de uma espécie de ameaça para qualquer outra coisa que quisesse crescer. O polygonum cobria tudo, e cobria tudo num tempo incrivelmente curto.

– A estufa devia ser bem grande – ela disse.

– Ah, sim... nós tínhamos pêssegos nela também... e nectarinas.

Anthea exibia uma expressão arrasada.

– Ficou bem bonito agora – Miss Marple comentou num tom de consolação. – Florzinhas brancas muito bonitas, não?

– Nós temos uma bela magnólia nessa trilha, à esquerda – Anthea falou. – No passado, acredito, havia uma linda bordadura por aqui... uma bordadura herbácea. Mas isso, mais uma vez, a gente não consegue manter. É difícil demais. Tudo é difícil demais. Nada é como costumava ser... está tudo estragado... por todos os lados.

Ela mostrou o caminho, depressa, seguindo uma trilha em ângulo reto que corria ao longo de um muro lateral. Seu ritmo se intensificara. Miss Marple mal conseguia acompanhá-la. Era, Miss Marple pensou, como se ela estivesse sendo deliberadamente afastada do monte Polygonum por sua anfitriã. Como que tirada para longe de um lugar feio ou desagradável. Estaria ela envergonhada, talvez, porque as glórias do passado não mais existiam? O polygonum estava, sem dúvida, crescendo com um abandono extraordinário. Não estava sendo sequer podado ou mantido em proporções razoáveis. Isso transformava aquele trecho do jardim numa espécie de ermo florido.

Ela quase parece estar fugindo de lá, Miss Marple pensou enquanto seguia sua anfitriã. Dentro em pouco, sua atenção foi desviada para uma pocilga desmoronada com algumas gavinhas rosadas em volta.

– Meu tio-avô criava alguns porcos – Anthea explicou –, mas é claro que a gente jamais sonharia em fazer qualquer coisa desse tipo hoje em dia, certo? Fétido demais, eu receio. Temos algumas rosas perto da casa. Eu realmente acho que as rosas são uma ótima resposta para dificuldades.

– Ah, eu sei – Miss Marple falou.

Ela mencionou os nomes de algumas produções recentes na área das rosas. Todos os nomes, pensou, eram totalmente desconhecidos pela srta. Anthea.

Veio de repente uma pergunta:

– A senhorita participa com frequência dessas excursões?

– Refere-se aos passeios das casas e jardins?

– Isso. Algumas pessoas excursionam todos os anos.

– Ah, eu nem teria condições de fazer isso. São excursões muito caras. Um amigo, com muita bondade, me deu esse passeio de presente para celebrar meu aniversário. Muita bondade.

– Ah! Eu estava me perguntando. Estava me perguntando *por que* a senhorita veio. Quero dizer, isso tende a ser um tanto cansativo, não? Por outro lado, se a senhorita costuma ir às Índias Ocidentais e lugares assim...

– Ah, a viagem às Índias Ocidentais foi resultado de bondade também. Da parte de um sobrinho, dessa vez. Um jovem querido. Tão absolutamente atencioso com sua velha tia...

– Ah, entendo. Sim, entendo.

– Não sei o que faríamos sem a geração mais nova – Miss Marple disse. – Eles são tão bondosos, não?

– Eu... eu suponho que sim. Na verdade, não sei. Eu... nós não temos... parentes jovens.

– Por acaso sua irmã, a sra. Glynne, tem filhos? Ela não mencionou nenhum. A gente sempre fica sem jeito de perguntar.

– Não. Ela e o marido não tiveram filhos. Melhor assim, talvez.

"E com isso a senhorita quer dizer o quê?", Miss Marple se perguntou enquanto as duas retornavam à casa.

Capítulo 10

"Ó, ternos, ó! Belos os tempos de outrora"

I

Às oito e meia, na manhã seguinte, houve uma batida vigorosa na porta, e, em resposta ao "Entre" de Miss Marple, a porta foi aberta, e uma mulher idosa entrou carregando uma bandeja com um bule de chá, uma xícara, um jarro de leite e um pequeno prato com pão e manteiga.

– O chá matinal, minha senhora – ela anunciou com jovialidade. – É um belo dia, é. Vejo que já abriu as cortinas. Dormiu bem, então?

– Muito bem – Miss Marple disse, pondo de lado um pequeno livro de preces que estava lendo.

– Bem, é um dia encantador, é. Vai ser ótimo para eles irem nas rochas de Bonaventure. Tanto melhor que a senhora não vai. É uma grande crueldade com as pernas, é.

– Estou realmente muito feliz de estar aqui – Miss Marple falou. – Muita bondade da srta. Bradbury-Scott e da sra. Glynne me fazerem esse convite.

– Ah, bem, é bom para elas também. Elas ficam animadas de ter um pouco de companhia na casa. Ah, é um lugar bem triste hoje em dia, é mesmo.

Ela empurrou as cortinas da janela até o fim, puxou uma cadeira e depositou uma vasilha de água quente na bacia de porcelana.

– Há um banheiro no andar de cima – disse –, mas acho que sempre é melhor, para uma pessoa idosa, ter sua água quente aqui, para não ter que subir as escadas.

– É muita bondade sua, sem dúvida... Conhece bem esta casa?

– Eu trabalhava aqui quando era jovem... eu era empregada naquela época. Eles tinham três criadas... uma cozinheira, uma empregada, uma governanta... uma assistente de cozinha também numa ocasião. Isso foi no tempo do velho coronel. Ele tinha cavalos também, e um cavalariço. Ah, aqueles eram os tempos bons. Triste quando as coisas acontecem do jeito que acontecem. Ele perdeu a mulher jovem, o coronel. O filho morreu na guerra, e a única filha foi viver do outro lado do mundo. Casou com um neozelandês. Morreu ao ter um bebê, e o bebê também morreu. Ele era um homem triste, vivendo aqui sozinho, e parou de cuidar da casa... ela não foi mantida como deveria. Quando morreu, deixou a residência para sua sobrinha, a srta. Clotilde, e suas duas irmãs, e ela e a srta. Anthea vieram morar aqui... e depois a srta. Lavinia perdeu o marido e veio se juntar a elas – ela suspirou e balançou a cabeça. – Elas nunca fizeram muito pela casa... não conseguiam pagar, e abandonaram o jardim também...

– Tudo parece ser uma grande lástima – Miss Marple falou.

– E elas são senhoras tão queridas, também... A srta. Anthea é a biruta, mas a srta. Clotilde cursou universidade e é muito inteligente... ela fala três línguas... e a sra. Glynne é uma dama muito querida, de fato. Achei que, quando ela veio se juntar às outras, as coisas poderiam melhorar. Mas nunca se sabe o que o futuro nos reserva, não é? Eu sinto, às vezes, como se houvesse uma maldição nesta casa.

Miss Marple a encarou com curiosidade.

– Primeiro uma coisa e depois outra. Aquele pavoroso acidente de avião... foi na Espanha... e todo mundo morreu. Coisas horríveis, esses aviões... Eu nunca entraria num avião. Os amigos da srta. Clotilde morreram ambos, eram marido e mulher... a filha ainda estava na escola, por sorte, e escapou, mas a srta. Clotilde a trouxe para morar aqui, e fazia tudo por ela. Levou ela ao exterior, para viagens na Itália e na França, e a tratava como uma filha. Ela era uma menina tão feliz, com um temperamento dócil. Ninguém nunca sonharia que uma coisa tão terrível pudesse acontecer.

– Uma coisa terrível? O que foi? Aconteceu aqui?

– Não, aqui não, graças a Deus. Se bem que, de certa maneira, você poderia dizer que *aconteceu* aqui. Foi aqui que ela o conheceu. Ele estava na vizinhança... e as senhoras conheciam o pai dele, que era um homem muito rico, por isso ele veio aqui visitar... isso foi o começo...

– Os dois se apaixonaram?

– Sim, ela se apaixonou por ele na mesma hora. Ele era um jovem de feição atraente, com um jeito bonito de falar e de cumprimentar. Você nunca pensaria... você nunca pensaria nem por um momento... – ela se interrompeu.

– Houve um romance? E deu errado? E a moça se suicidou?

– Suicídio? – a velha encarou Miss Marple com olhos assustados. – Quem foi que lhe disse isso? Foi assassinato, um assassinato descarado. Estrangulada, e a cabeça esmagada até virar polpa. A srta. Clotilde precisou ir lá identificá-la... ela nunca mais foi a mesma desde então. Encontraram o corpo dela uns cinquenta quilômetros longe daqui, no matagal de uma pedreira abandonada. E se acredita que não foi o primeiro assassinato que ele tinha cometido. Havia outras moças. Por seis meses ela estava sumida. E a polícia procurando por toda parte. Ah! Um demônio perverso que ele era... Não era flor que se cheirasse desde o dia em que nasceu, ou assim parece. Dizem, hoje em dia, que existem pessoas que não conseguem evitar o que fazem... não batem bem da cabeça, e não podem ser responsabilizadas. Não acredito em nada disso! Matadores são matadores. E nem mesmo enforcam mais essa gente hoje em dia. Eu sei que muitas vezes a loucura é transmitida nas famílias antigas... Houve aqueles Derwent lá de Brassington... a cada segunda geração, um ou outro deles morria no hospício, e houve a velha sra. Paulett; caminhava pelas estradinhas, com sua tiara de diamantes, dizendo que ela era Maria Antonieta até que a internaram. Mas não tinha nada de realmente errado com ela... ela só era bobona. Mas esse rapaz... Sim, esse era um demônio dos pés à cabeça.

– O que fizeram com ele?

– Os enforcamentos já estavam abolidos naquela altura... ou então ele era jovem demais. Não consigo lembrar direito agora. Foi considerado culpado. Deve ter sido Bostol ou Broadsand... mandaram ele para um desses lugares começando com "B".

– Qual era o nome do moço?

– Michael... não consigo lembrar o sobrenome dele. Faz dez anos que isso aconteceu... a gente acaba esquecendo. Um tipo italiano de sobrenome... como num quadro. Alguém que pinta quadros... Raffle, é isso...

– Michael Rafiel?

– Isso mesmo! Houve um boato circulando de que o pai dele era tão rico que deu um jeito de tirá-lo da prisão. Uma libertação que nem aquela dos assaltantes de banco. Mas acho que era só falatório...

Então não tinha sido suicídio. Tinha sido assassinato. "Amor!" Assim Elizabeth Temple havia definido a causa da morte de uma jovem. De algum modo, estava certa. Uma mocinha que se apaixonara por um assassino e, por amor a ele, acabara sofrendo, sem suspeitar de nada, uma morte violenta.

Miss Marple estremeceu de leve. No dia anterior, passando pela rua principal do vilarejo, ela vira um cartaz de jornal:

> ASSASSINATO DE EPSOM DOWNS, DESCOBERTO CORPO DA SEGUNDA MOÇA, POLÍCIA SOLICITA AUXÍLIO DE RAPAZ.

Então a história se repetia. Um padrão antigo – um padrão horrível. De modo vacilante, certos versos de um poema esquecido lhe surgiram na mente:

> *Rosácea Juventude, pálida, enlevada,*
> *Um córrego mavioso na planície calada,*
> *Um belo príncipe num conto de fadas,*
> *Ah, tão frágil, na vida não há nada*
> *Como a Rosácea Juventude.*

Quem se apresentava para defender a Juventude da Dor e da Morte? A Juventude que não conseguia, que nunca tinha sido capaz de se defender... Os jovens sabiam pouco? Ou será que sabiam demais? E, por isso, achavam que sabiam tudo?

II

Miss Marple, descendo as escadas naquela manhã, provavelmente bem mais cedo do que se esperava dela, não viu nenhum sinal imediato de suas anfitriãs. Saiu pela porta da frente e deu uma volta pelo jardim. Não porque ela realmente gostasse daquele jardim em particular. Era uma vaga sensação de que havia algo ali que ela deveria perceber, algo que lhe daria alguma ideia, ou que lhe dera uma ideia, só que ela não tinha... bem, francamente, ela não tinha sido brilhante o suficiente para perceber que ideia brilhante era essa. Algo que ela deveria notar, algo que tinha um significado.

Miss Marple não se sentia, naquele momento, ansiosa para encontrar qualquer uma das três irmãs. Queria remoer algumas coisas em sua mente. Os novos fatos que haviam lhe chegado através do bate-papo do chá matinal com Janet.

Um portão lateral encontrava-se aberto, e ela o atravessou, seguindo pela rua principal do vilarejo e ao longo de uma sequência de lojinhas até onde um campanário despontava no céu, anunciando a localização da igreja e de seu cemitério. Ela abriu o portão coberto e vagou por entre os túmulos, alguns com datas um tanto antigas, outros, junto ao muro mais afastado, mais recentes, e alguns além do muro no que era obviamente um setor novo. Não havia nada de grande interesse entre as sepulturas mais antigas. Certos nomes eram recorrentes, como costuma ocorrer em vilarejos. Uma boa quantidade de pessoas da família Prince, originárias do vilarejo, haviam sido enterradas ali. Jasper Prince, profundamente pranteado. Margery Prince, Edgar e Walter Prince, Melanie Prince, quatro anos de idade. Uma crônica de família. Hiram Broad, Ellen Jane Broad, Eliza Broad, 91 anos.

Miss Marple estava se afastando desta última quando avistou um senhor idoso se movendo como que em câmera lenta entre as sepulturas, arrumando-as enquanto caminhava. Ele lhe dirigiu uma saudação e um “bom-dia”.

– Bom dia – Miss Marple falou. – Um dia muito aprazível.

– Vai chover mais tarde – disse o velho.

Ele falava com a máxima segurança.

– Parece que há inúmeros Princes e Broads enterrados aqui – Miss Marple afirmou.

– Ah, sim, sempre houve Princes aqui. Eles eram donos de um bocado de terra no passado. Tivemos Broads por muitos anos, também.

– Vejo que uma criança está enterrada aqui. É muito triste quando a gente vê o túmulo de uma criança.

– Ah, essa seria a pequena Melanie. Mellie, nós a chamávamos. Sim, foi uma morte triste. Atropelada, ela foi. Correu pela rua, foi pegar doces na loja de doces. Acontece muito hoje em dia, com os carros passando nessa velocidade toda.

– É triste pensar – disse Miss Marple – que ocorrem tantas mortes o tempo todo. E você realmente não percebe isso até olhar as inscrições no adro da igreja. Doença, velhice, crianças atropeladas, às vezes coisas mais tenebrosas ainda. Mocinhas mortas. Assassinadas, eu quero dizer.

– Ah, sim, tem muito disso por aí. Garotas tolas que elas são, é o que eu digo. E as mães não têm tempo para cuidar delas direito hoje em dia... saindo tanto para trabalhar e tudo mais.

Miss Marple concordava bastante com essa crítica, mas não tinha intenção de perder tempo na concordância sobre a tendência do momento.

– Hospedada em The Old Manor House, é? – o velho perguntou. – Veio para cá na excursão de ônibus, eu vi. Mas acabou sendo cansativo demais, eu suponho. O pessoal de idade mais avançada nem sempre consegue aguentar.

– Eu achei *mesmo* um pouco exaustivo – Miss Marple confessou –, e um bondoso amigo meu, o sr. Rafiel, escreveu para amigas dele aqui, e elas me convidaram a ficar por algumas noites.

O nome "Rafiel" claramente não significava nada para o idoso jardineiro.

– A sra. Glynne e suas duas irmãs foram muito bondosas – Miss Marple falou. – Devem morar aqui faz muito tempo, não?

– Nem tanto tempo assim. Vinte anos talvez. The Old Manor House pertencia ao velho coronel Bradbury-Scott. Ele estava perto dos setenta anos quando morreu.

– Ele tinha filhos?

– Um filho, morreu na guerra. Foi por isso que ele deixou a casa para suas sobrinhas. Não tinha ninguém mais para quem deixar.

O velho retomou seu trabalho entre as sepulturas.

Miss Marple entrou na igreja. A igreja passara pela mão de um restaurador e tinha luminosos vitrais vitorianos nas janelas. Um ou dois bronzes e algumas tabuletas nas paredes era tudo que restava do passado.

Miss Marple se sentou num banco desconfortável e começou a fazer especulações. Ela estava no caminho certo agora? As coisas estavam se conectando... mas as conexões estavam longe de serem claras.

Uma moça tinha sido assassinada (na verdade, diversas moças tinham sido assassinadas)... moços suspeitos (ou "rapazes", como geralmente eram chamados hoje em dia) eram convocados pela polícia, para "auxiliá-los em suas investigações". Um procedimento padrão. Mas tudo isso era história antiga, remontando a dez ou doze anos antes. Não havia nada para descobrir... Agora, não havia problemas para resolver. Uma tragédia estampada com um Finis.

O que poderia ser feito por ela? O que é que o sr. Rafiel poderia desejar que ela fizesse?

Elizabeth Temple... Ela precisava fazer com que Elizabeth Temple lhe contasse mais. Elizabeth falara de uma moça que havia ficado noiva de Michael Rafiel. Mas seria isso mesmo? O fato não parecia ser do conhecimento das moradoras de The Old Manor House.

Uma versão mais familiar veio à mente de Miss Marple – o tipo de história que tinha sido razoavelmente frequente em seu próprio vilarejo. Começando, como sempre, com "Moço conhece moça". Desenrolando-se da forma habitual...

– E aí a moça descobre que está grávida – Miss Marple disse consigo –, e diz ao moço que quer se casar com ele. Mas ele, talvez, não queira se casar com ela... ele nunca teve a menor intenção de se casar com ela. Mas as coisas podem ser dificultadas para ele nesse caso. O pai do moço, talvez, não vai querer sequer ouvir falar de tal coisa. Os parentes dela vão insistir para que ele "faça a coisa certa". E, por essa altura, o moço já está cansado da moça... ele já tem outra moça, talvez. E aí ele opta por uma saída rápida e brutal... estrangula a moça, bate a cabeça dela até virar polpa para evitar a identificação. Isso condiz com seu histórico... um crime sórdido e brutal... *mas* esquecido e prescrito.

Ela olhou em volta na igreja em que se encontrava sentada. Parecia muito serena. Era difícil de acreditar na realidade do Mal. Um *dom* para o Mal – era o que o sr. Rafiel lhe atribuíra. Ela se levantou e saiu da igreja e ficou olhando em volta no cemitério de novo. Ali, entre as lápides e suas inscrições desgastadas, nenhuma sensação do Mal se agitava dentro dela.

Seria o Mal o que ela sentira ontem em The Old Manor House? Aquela sensação profunda de desespero, aquele pesar desesperado e escuro. Anthea Bradbury-Scott, seus olhos voltando-se para trás por cima de *um* ombro, amedrontada, como que temendo alguma presença parada ali – que sempre estava ali – atrás dela.

Elas sabiam de alguma coisa, aquelas Três Irmãs, mas o que elas sabiam?

Elizabeth Temple, Miss Marple pensou de novo. Ela imaginou Elizabeth Temple com o resto do grupo do ônibus, caminhando pelos morros relvados naquele momento, subindo uma trilha íngreme e contemplando o mar acima dos penhascos.

Amanhã, quando ela retornasse à excursão, faria com que Elizabeth Temple lhe contasse mais.

III

Miss Marple refez seus passos até The Old Manor House, andando bem devagar, porque naquela altura já se sentia cansada. Não conseguia realmente sentir que sua manhã tivesse sido produtiva em qualquer medida. Até agora, The Old Manor House não lhe dera nenhuma ideia nítida de qualquer espécie; houve a história de uma tragédia do passado contada por Janet, mas sempre havia tragédias do passado entesouradas nas memórias dos trabalhadores domésticos, recordadas tão ternamente quanto todos os acontecimentos felizes como casamentos espetaculares, grandes festas e operações bem-sucedidas, ou acidentes dos quais as pessoas haviam se recuperado de uma maneira milagrosa.

Enquanto se aproximava do portão, viu dois vultos femininos parados ali. Um dos dois se destacou e veio ao encontro dela. Era o vulto da sra. Glynne.

– Ah, eis aí a senhorita – ela disse. – Nós estávamos intrigadas, sabe... Achei que a senhorita devia ter saído para dar uma caminhada em algum lugar, e torci tanto para que não se cansasse demais... Se soubesse que a senhorita havia descido e saído, eu teria ido junto para lhe mostrar tudo que fosse digno de ser mostrado. Não que exista muita coisa.

– Ah, eu só fiquei andando sem rumo – Miss Marple falou. – O cemitério, sabe, e a igreja. As igrejas sempre me interessam muito. Às vezes encontro alguns epitáfios muito curiosos. Coisas assim. Tenho uma coleção e tanto. A igreja deve ter sido restaurada no período vitoriano, não?

– Sim, eles colocaram alguns bancos de igreja bem feios, na minha opinião. Aquela coisa: madeira de boa qualidade, forte e tudo mais, mas nada de muito artístico.

– Espero que não tenham tirado nada de particular interesse.

– Não, acho que não. Não é realmente uma igreja muito antiga.

– Ela não parecia ter muitos bronzes ou tabuletas ou qualquer coisa desse tipo – Miss Marple falou.

– A senhorita é bastante aficionada por arquitetura eclesiástica?

– Ah, não chego a estudar o assunto ou qualquer coisa assim, mas, claro, no meu vilarejo, St. Mary Mead, as coisas giram em torno da igreja em grande medida. Quero dizer, sempre foi assim. No meu tempo de jovem, era assim. Hoje em dia, claro, já é bem diferente. A senhora se criou aqui na região?

– Ah, não, na verdade. Morávamos não muito longe daqui, a cerca de cinquenta quilômetros. Em Little Herdsley. Meu pai era um militar aposentado... major da artilharia. Vínhamos aqui ocasionalmente visitar o meu tio... de fato, para visitar meu tio-avô antes dele. Não. Nos anos recentes... eu nem mesmo estou aqui faz muito tempo. Minhas outras duas irmãs se mudaram depois da morte do meu tio, mas naquela época eu ainda estava no exterior com meu marido. Ele morreu há uns quatro ou cinco anos.

– Ah, entendo.

– Elas estavam esperando com ansiedade que eu viesse para morarmos juntas aqui, e de fato parecia a melhor coisa a fazer. Nós tínhamos morado na Índia por alguns anos. Meu marido ainda estava lá na época de sua morte. É muito difícil, hoje em dia, saber onde gostaríamos de... como posso dizer, firmar nossas raízes.

– Sim, é verdade. Entendo muito bem. E a senhora sentiu, é claro, que tinha raízes aqui, pois a sua família vivera aqui por um longo tempo.

– Sim. Sim, a gente sente isso mesmo. Claro, eu sempre me mantivera em contato com as minhas irmãs e as visitava. Mas as coisas são sempre muito diferentes do que pensamos que serão. Comprei um pequeno chalé perto de Londres, perto de Hampton Court, onde passo uma boa parte do meu tempo, e faço trabalhinhos ocasionais para um ou outro instituto de caridade em Londres.

– Então o seu tempo é totalmente ocupado. Muito sensato da sua parte.

– Eu senti, de uns tempos para cá, que deveria passar mais tempo aqui, talvez. Andei um pouco preocupada com as minhas irmãs.

– A saúde delas? – Miss Marple sugeriu. – Não *há* como não se preocupar bastante hoje em dia, especialmente porque não há realmente ninguém competente que possamos empregar para cuidar das pessoas quando elas ficam mais fragilizadas ou passam a sofrer com certas moléstias. Tanto reumatismo e artrite por aí... Você sempre teme que as pessoas caiam durante o banho ou sofram um acidente descendo as escadas. Algo desse tipo.

– Clotilde sempre foi muito forte – disse a sra. Glynne. – Eu a descreveria como durona. Mas fico bastante preocupada, às vezes, com Anthea. Ela é distraída, sabe, muito distraída, de fato. E ela perde o rumo às vezes... E parece não saber onde está.

– Sim, é triste quando as pessoas ficam preocupadas. Todo mundo tem tantas preocupações...

– Não creio, na verdade, que Anthea tenha grandes preocupações.

– Ela se preocupa com imposto de renda, talvez, questões financeiras – Miss Marple sugeriu.

– Não, não, não tanto isso, mas... ah, ela se preocupa tanto com o jardim... Ela se lembra de como o jardim costumava ser e anseia muito, sabe, por... bem, por gastar dinheiro para consertar as coisas... Clotilde teve de lhe dizer que, realmente, não podemos nos dar a esse luxo hoje em dia. Mas ela não cansa de falar das estufas, dos pêssegos, das uvas... e tudo mais.

– E a baunilha-dos-jardins nas paredes? – Miss Marple sugeriu, lembrando-se de um comentário.

– Imagine só, a senhorita se lembrar disso... Sim. Sim, é uma das coisas das quais a gente de fato se lembra. Um cheiro encantador, o heliotrópio. E um nome tão bom para ele, baunilha-dos-jardins. A gente sempre se lembra disso. E da videira. Aquelas uvas doces pequenas, miúdas, precoces. Ah, bem, não devemos recordar demais o passado.

– E as bordaduras de flores também, eu suponho – disse Miss Marple.

– Sim. Sim, Anthea gostaria de ter de novo uma vasta e bem conservada bordadura herbácea. Isso realmente não é viável agora. O máximo que se pode fazer é arranjar trabalhadores da região que aparecem para cortar os gramados a cada quinze dias. A cada ano a gente parece ter de contratar uma firma diferente. E Anthea gostaria de plantar capim-dos-pampas de novo. E "cravos da sra.

Simpkin". Aqueles brancos, sabe? Ao longo da borda de pedra toda. E a figueira que havia bem junto da estufa. Ela se lembra de tudo isso e fica falando a respeito.

– Deve ser difícil para a senhora.

– Bem, sim. Discussões, veja bem, dificilmente agradam em qualquer sentido. Clotilde, claro, é muito franca sobre tudo. Ela simplesmente se recusa sem rodeios e diz que não quer mais ouvir uma única palavra sobre o assunto.

– É difícil – Miss Marple falou – saber como enfrentar as coisas. Quando a pessoa deve ser firme. Um tanto autoritária. Talvez até mesmo, bem, só um pouco... um pouco *agressiva*, sabe, ou se a pessoa deve ser solidária. Ouvir as coisas e talvez acalentar esperanças que, como a pessoa sabe, não são justificadas. Sim, é difícil.

– Mas é mais fácil para mim, porque, veja bem, eu vou embora de novo, e aí volto de vez em quando para ficar. Por isso é fácil fingir que as coisas poderão ser mais fáceis dentro de pouco tempo e que algo poderá ser feito. Mas, realmente, no outro dia, quando cheguei em casa e descobri que Anthea tinha tentado contratar a firma mais cara de paisagistas para renovar o jardim, para construir a estufa de novo... o que é um *grande* absurdo, porque, mesmo se você colocar as videiras dentro, elas não iriam resistir por mais dois ou três anos. Clotilde não sabia nada sobre isso, e ela ficou extremamente irritada quando encontrou o orçamento para esse trabalho na mesa de Anthea. Ela foi realmente muito cruel.

– Tantas coisas são difíceis – Miss Marple falou.

Era uma frase útil que ela usava com frequência.

– Terei de sair bem cedo amanhã de manhã, eu acho – disse Miss Marple. – Estive perguntando no Golden Boar, onde, pelo que me disseram, o grupo do ônibus vai se reunir amanhã de manhã. Eles pretendem sair bem cedo. Às nove horas, pelo que sei.

– Ah, minha nossa. Espero que não acabe sendo cansativo demais.

– Oh, acho que não. Pelo que sei, nós iremos para um lugar chamado... espere um pouco, era chamado como mesmo? Stirling St. Mary. Algo parecido. E não parece ficar muito longe. Há uma igreja interessante para ver no caminho, e um castelo. No período da tarde, veremos um jardim bastante agradável, nem tão extenso assim, mas com algumas flores especiais. Tenho certeza de que, depois do ótimo descanso que tive aqui, vou enfrentar tudo muito bem. Agora me dou conta de que teria ficado muito cansada se, nesses dois dias, eu tivesse ficado escalando encostas de colina e tudo mais.

– Bem, a senhorita precisa descansar nesta tarde, de modo a estar pronta para outra amanhã – a sra. Glynne falou enquanto as duas entravam na casa. – Miss Marple foi visitar a igreja – a sra. Glynne disse para Clotilde.

– Receio que não há muito para ver – Clotilde retrucou. – Vitrais vitorianos do tipo mais medonho, na minha opinião. Nenhuma despesa poupada. Receio que a culpa foi, em parte, do meu tio. Ele adorava aqueles vermelhos e azuis um tanto grosseiros.

– Muito grosseiros. Muito vulgares, é o que sempre penso – concordou Lavinia Glynne.

Miss Marple se recolheu após o almoço para tirar uma soneca e não voltou ao encontro de suas anfitriãs até perto da hora do jantar. Após o jantar, houve um bocado de conversa até a hora de dormir. Miss Marple deu o tom com lembranças... Lembranças de sua própria juventude, seus dias de mocidade, lugares que havia visitado, viagens ou excursões que fizera, ocasionais pessoas que conhecera.

Ela foi se deitar cansada, com uma sensação de fracasso. Não descobrira mais nada, possivelmente porque não havia nada mais para descobrir. Uma expedição de pesca na qual os peixes não apareceram – possivelmente porque não havia peixe algum ali. Ou será que ela não usou a isca certa?

Capítulo 11

Acidente

I

O chá de Miss Marple foi trazido às sete e meia na manhã seguinte, de modo a lhe permitir tempo de sobra para se levantar e colocar na mala seus poucos pertences. Ela estava justamente fechando sua mala pequena quando houve uma batida um tanto apressada na porta e Clotilde entrou, parecendo transtornada.

– Ah, minha nossa, Miss Marple, há um jovem no térreo querendo falar com a senhorita. Emlyn Price. Ele está na excursão com a senhorita e o mandaram vir aqui.

– Claro, eu me lembro dele. Sim. Bem jovem?

– Sim, sim. Uma aparência muito moderna, e uma cabeleira e tudo mais, mas ele veio realmente para... bem, para lhe dar uma má notícia. Aconteceu, eu lamento dizer, um acidente.

– Um acidente? – Miss Marple a encarou. – A senhorita quer dizer... com o ônibus? Houve um acidente na estrada? Alguém ficou ferido?

– Não. Não, não foi com o ônibus. Não houve nenhum problema nessa parte. Foi no transcorrer da expedição ontem à tarde. Havia muito vento, a senhorita deve se lembrar, embora eu ache que isso não teve nenhuma influência. As pessoas se desgarraram um pouco, acho. Há uma trilha regular, mas também se pode subir e atravessar os morros. Ambos os caminhos levam para Memorial Tower, no topo de Bonaventure, para onde todos estavam seguindo. Os grupos se separaram um pouco, e suponho que, na verdade, não havia ninguém de fato para orientá-los ou cuidar deles, algo que, talvez, devia ter ocorrido. As pessoas nem sempre têm pernas que aguentam firme, e o declive pendendo sobre o desfiladeiro é muito íngreme. Houve um forte deslizamento de pedras ou rochas que desabaram da encosta e acertaram alguém no caminho abaixo.

– Ah, minha nossa – Miss Marple disse –, eu fico muito triste. Fico terrivelmente triste. Quem se feriu?

– Uma srta. Temple ou Tenderdon, segundo entendi.

– Elizabeth Temple – Miss Marple falou. – Ah, minha nossa, eu lamento muito. Conversei com ela um bocado. Fiquei sentada ao lado dela no ônibus. Ela é, creio eu, professora aposentada, muito conhecida.

– Claro – disse Clotilde –, eu a conheço muito bem. Ela foi diretora de Fallowfield, uma escola bastante famosa. Eu não fazia ideia de que ela estava nessa excursão. Ela se aposentou como diretora, eu acho, um ou dois anos atrás, e há uma nova diretora lá agora, bem jovem, com ideias bastante avançadas e progressistas. Mas a srta. Temple não é muito velha, na verdade, ela tem cerca de sessenta anos, acho, e é muito ativa, adora escaladas e caminhadas e tudo mais. Isso parece ser realmente um *grande* infortúnio. Espero que ela não esteja gravemente ferida. Não fiquei sabendo de maiores detalhes ainda.

– Minhas coisas já estão prontas agora – Miss Marple falou, fechando com um estalido a sua mala. – Vou descer agora mesmo para falar com o sr. Price.

Clotilde agarrou a mala.

– Deixe comigo. Consigo carregá-la tranquilamente. Desça comigo e tome cuidado com os degraus.

Miss Marple desceu. Emlyn Price estava esperando por ela. Seus cabelos pareciam ainda mais selvagens do que de costume, e ele usava um esplêndido conjunto com botas extravagantes, gibão de couro e uma chamativa calça verde-esmeralda.

– Um negócio tão desafortunado – falou, tomando a mão de Miss Marple. – Pensei em vir eu mesmo e... bem, lhe dar a notícia sobre o acidente. Creio que a srta. Bradbury-Scott lhe contou. É a srta. Temple. A senhorita sabe. A dama da escola. Não sei bem o que ela estava fazendo ou o que aconteceu, mas algumas pedras, ou melhor, fragmentos de rochas, rolaram do alto. É uma encosta bastante íngreme, e ela foi atingida, e tiveram de levá-la para o hospital com uma concussão na noite passada. Pelo que sei, a situação é bastante ruim. De qualquer forma, o passeio para hoje está cancelado, e vamos permanecer aqui esta noite.

– Ah, minha nossa – Miss Marple falou. – Eu lamento. Lamento muito.

– Acho que decidiram não ir hoje porque realmente precisam esperar para ver qual será o relatório médico, por isso estamos propondo passar mais uma noite aqui, no Golden Boar, e reorganizar a excursão um pouco, de modo que talvez acabemos perdendo totalmente a ida para Grangmering que faríamos amanhã, e que não é muito interessante, na verdade, ou pelo menos é o que dizem. A sra. Sandbourne foi cedo ao hospital hoje de manhã, para ver como estão as coisas. Ela vai se juntar a nós no Golden Boar, para o café, às onze. Achei que talvez a senhorita gostaria de vir comigo para ouvir as últimas notícias.

– Eu certamente irei junto com o senhor – Miss Marple falou. – É claro. Neste mesmo instante.

Ela se virou para se despedir de Clotilde e da sra. Glynne, que havia se juntado à irmã.

– Preciso lhes agradecer muitíssimo – disse. – Vocês foram tão bondosas, e foi encantador passar essas duas noites aqui. Eu me sinto tão descansada e tudo mais... É um grande infortúnio isso que aconteceu.

– Se quiser permanecer mais uma noite – falou a sra. Glynne –, eu lhe garanto... – ela olhou para Clotilde.

Ocorreu a Miss Marple, que tinha um olhar de soslaio aguçado que qualquer um poderia desejar para si, que Clotilde exibiu uma expressão revelando ligeira desaprovação. Ela quase balançou a cabeça, embora o fizesse num pequeno movimento, de tal forma que era quase imperceptível. Mas estava, Miss Marple pensou, vetando a sugestão feita pela sra. Glynne.

– ...se bem que, claro, acho que seria mais do seu agrado ficar com os outros e...

– Ah, sim, acho que seria melhor – Miss Marple disse. – Eu vou saber, assim, quais são os planos e o que fazer em relação às coisas, e talvez eu possa ajudar de alguma forma. Nunca se sabe. Então, muito obrigada mais uma vez. Não será difícil, espero, conseguir um quarto no Golden Boar.

Ela olhou para Emlyn, que disse, tranquilizador:

– Não haverá problema. Vários quartos foram liberados hoje. Não serão ocupados de modo algum. A sra. Sandbourne, creio eu, fez reservas para que o grupo todo fique lá esta noite, e amanhã veremos... Bem, veremos como tudo isso vai terminar.

Despedidas e agradecimentos foram expressos outra vez.

Emlyn Price pegou os pertences de Miss Marple e começou a caminhar com boas passadas.

– Fica realmente logo dobrando a esquina, e aí a primeira rua da esquerda – ele disse.

– Sim, eu passei lá ontem, acho. Pobre srta. Temple... Espero mesmo que não esteja gravemente ferida.

– Acho que está bastante claro – falou Emlyn Price –, a senhorita sabe como são os médicos e essa gente de hospital. Dizem sempre o mesmo: "Não devemos perder a esperança". Não há nenhum hospital local, tiveram de levá-la para Carristown, que fica a uns treze quilômetros daqui. De qualquer forma, a sra. Sandbourne já estará de volta com as últimas notícias na altura em que tivermos acomodado a senhorita no hotel.

Chegando lá, encontraram o grupo reunido na sala do café, e estavam sendo servidos café, pãezinhos e bolos matinais. O sr. e a sra. Butler estavam falando naquele momento.

– Ah, é simplesmente muito, muito trágico esse acontecimento – disse a sra. Butler. – Simplesmente perturbador demais, não é? Bem quando estávamos todos tão felizes e desfrutando tanto de tudo. Pobre srta. Temple. E eu sempre achei que ela tinha muita firmeza nos pés. Mas, ora, nunca se pode ter certeza, certo, Henry?

– Não, de fato – falou Henry. – Não, de fato. Estou me perguntando realmente... sim, o nosso tempo é muito curto... sabe... se não seria melhor... bem, desistir dessa excursão neste ponto aqui. Não continuar com ela. Parece-me inevitável que teremos certa dificuldade para retomar as coisas até que saibamos de um modo definitivo. Se o caso for... bem, quero dizer, se o caso for tão grave a ponto de ser potencialmente fatal, poderia... Bem, quero dizer, poderia ter de ser aberto um inquérito, ou algo desse tipo.

– Ah, Henry, não diga coisas horríveis assim!

– Eu tenho certeza – disse a srta. Cooke – de que o senhor está sendo pessimista demais, sr. Butler. Tenho certeza de que a situação não poderia ser tão grave assim.

Com seu sotaque estrangeiro, o sr. Caspar falou:

– Mas sim, é sério. Escuto ontem. Quando a sra. Sandbourne fala no telefone com médico. É muito, muito grave. Dizem que ela tem concussão ruim... muito ruim. Um médico especial está vindo vê-la para saber se consegue operar ou se é impossível. Sim... é tudo muito ruim.

– Ah, minha nossa – disse a srta. Lumley. – Se existe alguma dúvida, talvez devêssemos ir para casa, Mildred. Preciso conferir os trens, acho.

Ela se virou para a sra. Butler.

– Veja só, eu fiz arranjos a respeito dos meus gatos com os vizinhos, e, se eu me atrasasse num dia ou dois, isso poderia causar grandes dificuldades para *todos*.

– Bem, não adianta nada que nos alvorocemos demais – falou a sra. Riseley-Porter com sua voz profunda e autoritária. – Joanna, coloque este pãozinho no cesto de lixo, pode ser? É realmente intragável. Geleia das mais desagradáveis. Mas não quero deixá-lo no meu prato. Pode acabar causando desconforto.

Joanna se livrou do pãozinho. Ela disse:

– A senhora acha que haveria problema se Emlyn e eu saíssemos para uma caminhada? Quer dizer, só para ver um pouco a cidade. Não é muito bom ficarmos sentados aqui, fazendo comentários sombrios, certo? Nós não podemos *fazer* nada.

– Creio que é muito sensato da sua parte dar um passeio – disse a srta. Cooke.

– Sim, saiam um pouco – a srta. Barrow falou antes que a sra. Riseley-Porter conseguisse falar.

A srta. Cooke e a srta. Barrow se entreolharam e suspiraram, balançando as cabeças.

– A grama estava muito escorregadia – falou a srta. Barrow. – Eu mesma escorreguei uma ou duas vezes, sabe, naquele relvado baixinho.

– E as pedras, também – disse a srta. Cooke. – Praticamente uma chuva de pedras pequenas começou a cair bem quando eu estava virando uma curva na trilha. Sim, uma me atingiu no ombro com bastante força.

II

Com chá, café, biscoitos e bolos despachados, todos pareciam estar de certa forma desagregados, pouco à vontade. Quando ocorre uma catástrofe, é muito difícil saber qual é a maneira correta de enfrentá-la. Todo mundo havia dado sua opinião, havia expressado surpresa e aflição.

Agora eles estavam esperando notícias e, ao mesmo tempo, nutriam um ligeiro anseio por alguma forma de passeio pitoresco, algum interesse que fizesse passar a manhã. O almoço não seria servido até a uma da tarde, e eles realmente sentiam que ficar ali sentados, repetindo seus mesmos comentários, seria uma ocupação um tanto sombria.

A srta. Cooke e a srta. Barrow se levantaram como uma só mulher e explicaram que lhes era necessário fazer algumas comprinhas. Uma ou duas coisas de que precisavam, e também queriam ir até o correio para comprar selos.

– Eu quero enviar um ou dois cartões-postais. E quero perguntar sobre tarifas postais em uma carta para a China – disse a srta. Barrow.

– E eu quero comparar algumas lãs – falou a srta. Cooke. – E também me pareceu que havia sim um edifício bem interessante do outro lado de Market Square.

– Acho que sair faria muito bem a todos nós – disse a srta. Barrow.

O coronel e a sra. Walker também se levantaram e sugeriram ao sr. e à sra. Butler que eles também poderiam sair e ver o que havia para ver. A sra. Butler expressou seu desejo de visitar uma loja de antiguidades.

– Só que não me refiro realmente a uma loja de antiguidades verdadeira. Mas o que chamariam de uma loja de quinquilharias. Às vezes você consegue arranjar coisas muito interessantes ali.

Todos saíram em grupo. Emlyn Price já tinha se esgueirado até a porta e desaparecido em busca de Joanna, sem se dar o trabalho de usar conversação para explicar sua partida.

A sra. Riseley-Porter, tendo feito uma tentativa tardia de chamar sua sobrinha de volta, afirmou pensar que pelo menos a sala de estar seria muito mais agradável para sentar. A srta. Lumley concordou. O sr. Caspar escoltou as damas com o ar de um palafreneiro estrangeiro.

O professor Wanstead e Miss Marple permaneceram.

– Eu acho, pessoalmente – disse o professor Wanstead, dirigindo-se a Miss Marple –, que seria agradável sentar do lado de fora do hotel. Há um pequeno terraço que dá para a rua. Será que eu consigo persuadi-la?

Miss Marple lhe agradeceu e se botou de pé. Ela mal trocara uma palavra até ali com o professor Wanstead. Ele tinha vários livros de aspecto erudito consigo, um dos quais folheava o tempo inteiro, mesmo no ônibus ele continuava tentando lê-lo.

– Mas talvez a senhorita também queira fazer compras – ele disse. – Quanto a mim, prefiro esperar de maneira tranquila, em algum lugar, o retorno da sra. Sandbourne. É importante, penso eu, que saibamos exatamente no que estamos metidos.

– Concordo com o senhor quanto a isso – Miss Marple retrucou. – Já dei uma boa caminhada pela cidade ontem e não sinto nenhuma necessidade de fazer isso de novo hoje. Acho melhor esperar aqui, caso haja algo que eu possa fazer para ajudar. Não que eu suponha que haja, mas nunca se sabe.

Os dois se deslocaram juntos, passando pela porta do hotel e dobrando para o lado no qual havia um pequeno jardim quadrado, com um caminho de pedra elevado perto do muro do hotel, e no qual se viam cadeiras de vime com variados formatos. Não havia ninguém ali naquele momento, então se sentaram. Miss Marple contemplou seu *vis-à-vis*, pensativa. Seu rosto enrugado e vincado, suas sobrancelhas espessas, seus cabelos viçosos, fartos e grisalhos. Ele andava ligeiramente curvado. Tinha um rosto interessante, Miss Marple decidiu. Sua voz era seca e cáustica, tinha uma profissão importante, ela pensou.

– Não estou errado, estou? – perguntou o professor Wanstead. – A senhorita *é* Jane Marple?

– Sim, eu sou Jane Marple.

Ela ficou um pouco surpresa, mas sem nenhuma razão em particular. Eles não estavam juntos por tempo suficiente para que as pessoas pudessem ser identificadas pelos outros viajantes. Nas duas últimas noites, ela não estivera com o resto do grupo. Era muito natural.

– Achei que fosse – disse o professor Wanstead –, por causa de uma descrição que me fizeram da senhorita.

– Uma descrição? – Miss Marple ficou de novo um pouco surpresa.

– Sim, alguém a descreveu para mim – ele fez uma pausa momentânea. Sua voz não chegou exatamente a baixar, mas perdeu volume, embora Miss Marple ainda conseguisse ouvi-la com bastante facilidade. – O sr. Rafiel.

– Ah! – reagiu Miss Marple, sobressaltada. – O sr. Rafiel.

– A senhorita está surpresa?

– Bem, estou, bastante.

– Não sei se deveria estar.

– Eu não esperava... – Miss Marple começou e então se interrompeu.

O professor Wanstead não falou nada. Ficou apenas imóvel, olhando-a com grande atenção. Daqui a um minuto ou dois, Miss Marple pensou consigo, ele vai dizer: "Quais são os sintomas exatamente, minha cara dama? Algum desconforto ao engolir? Alguma falta de sono? Digestão em ordem?". Ela tinha quase certeza, agora, de que o homem era um médico.

– Quando foi que ele me descreveu para o senhor? Deve ter sido...

– A senhorita ia dizer algum tempo atrás... algumas semanas atrás. Isto é, antes da morte dele. Ele me disse que a senhorita estaria nessa excursão.

– E ele sabia que o senhor estaria nela também... que o senhor participaria dela.

– Pode-se definir assim – falou o professor Wanstead. – Ele disse – continuou – que a senhorita estaria viajando nessa excursão, que ele havia, de fato, providenciado que a senhorita viajasse nessa excursão.

– Foi muita bondade da parte dele – Miss Marple retrucou. – Muita bondade mesmo. Fiquei muitíssimo surpresa quando descobri que ele tinha me reservado um lugar. Um grande mimo. Que eu não poderia pagar do meu bolso.

– Sim – disse o professor Wanstead. – Muito bem colocado.

Ele assentiu com a cabeça, como quem aplaude o bom desempenho de um aluno.

– É triste que a excursão tenha sido interrompida dessa forma – Miss Marple afirmou. – Muito triste mesmo. Quando, tenho certeza, todos nós estávamos nos divertindo tanto...

– Sim – concordou o professor Wanstead. – Sim, muito triste. E inesperado, a senhorita não acha? Ou não é inesperado?

Seus lábios se curvaram num leve sorriso quando enfrentou o olhar desafiador de Miss Marple.

– O sr. Rafiel – ele disse – me falou a respeito da senhorita com alguma minúcia, Miss Marple. Ele sugeriu que eu participasse dessa excursão com a senhorita. Eu deveria, no devido tempo, certamente me entrosar com a senhorita, uma vez que os membros de uma excursão inevitavelmente se entrosam, mesmo que, de costume, demore um dia ou dois até as pessoas se separarem, por assim dizer, em possíveis grupinhos formados por gostos ou interesses semelhantes. E ele ainda sugeriu que eu deveria, digamos assim, ficar de olho na senhorita.

– Ficar de olho em mim? – Miss Marple repetiu, revelando um ligeiro desagrado. – E por que motivo?

– Creio que por motivos de proteção. Ele queria ter plena certeza de que nada lhe acontecesse.

– Acontecesse a mim? O que poderia acontecer a mim, posso saber?

– Possivelmente o que aconteceu com a srta. Elizabeth Temple – respondeu o professor Wanstead.

Joanna Crawford fez a curva no canto do hotel. Carregava um cesto de compras. Passou por eles, acenando a cabeça um pouco, olhando com leve curiosidade e seguiu pela rua. O professor Wanstead não voltou a falar até que ela estivesse fora de vista.

– Uma boa moça – ele disse –, pelo menos eu penso assim. Contente, no momento, em ser burro de carga para uma tia autocrática, mas não tenho nenhuma dúvida de que vai chegar à idade de rebelião muito em breve.

– O que o senhor quis insinuar com o que acabou de dizer? – Miss Marple perguntou, sem o menor interesse, naquele instante, pela possível rebelião de Joanna.

– Essa é uma questão que talvez, devido ao que aconteceu, teremos de discutir.

– Por causa do acidente, é isso?

– Sim. Se é que foi um acidente.

– O senhor acha que *não* foi um acidente?

– Bem, acho que é apenas possível. Isso é tudo.

– Eu não sei, é claro, nada sobre isso – Miss Marple falou, hesitante.

– Não. A senhorita estava ausente da cena. A senhorita estava... Permita-me colocar dessa forma: a senhorita estava, bem possivelmente, em serviço em outro lugar?

Miss Marple ficou em silêncio por um momento. Ela olhou para o professor Wanstead uma ou duas vezes e então falou:

– Acho que não sei exatamente o que o senhor quer dizer.

– A senhorita está sendo cautelosa. Está certa em ser cautelosa.

– Virou um hábito meu – disse Miss Marple.

– Ser cautelosa?

– Eu não usaria exatamente essa palavra, mas faço questão de estar sempre disposta tanto a crer quanto descrer em qualquer coisa que alguém conte para mim.

– Sim, e a senhorita tem total razão nisso. Não sabe nada sobre mim. Sabe o meu nome em função da lista de passageiros de uma excursão muito agradável que visita castelos e casas históricas e jardins esplêndidos. Possivelmente, os jardins são o que mais lhe interessa.

– Possivelmente.

– Há outras pessoas aqui que também têm interesse por jardins.

– Ou professam ter esse interesse.

– Ah – disse o professor Wanstead. – A senhorita notou isso.

Ele prosseguiu:

– Bem, era o meu papel, ou era pelo menos no começo, observar a senhorita, ver o que estava fazendo, estar por perto caso houvesse qualquer possibilidade de... bem, podemos definir grosseiramente como... um trabalho sujo de qualquer espécie. Mas as coisas estão um pouco alteradas agora. A senhorita precisa decidir se eu sou seu inimigo ou seu aliado.

– Talvez o senhor esteja certo – Miss Marple falou. – O senhor se expressa de forma muito clara, mas ainda não me deu qualquer informação a seu respeito que me permita julgar. O senhor era amigo, presumo, do falecido sr. Rafiel?

– Não – respondeu o professor Wanstead. – Eu não era amigo do sr. Rafiel. Eu o encontrara uma ou duas vezes. Uma vez num comitê de um hospital, outra vez em algum outro evento público. Eu já tinha ouvido falar dele. Ele, suponho, também já tinha ouvido falar de mim. Se eu lhe disser, Miss Marple, que sou um homem de alguma eminência na minha profissão, a senhorita poderá me considerar um homem de gritante vaidade.

– Não penso assim – Miss Marple retrucou. – Eu diria, se o senhor disser isso sobre si mesmo, que provavelmente está falando a verdade. O senhor é, talvez, um profissional da medicina.

– Ah! A senhorita é perceptiva, Miss Marple. Sim, muito perceptiva. Eu tenho um diploma de medicina, mas tenho uma especialidade também. Sou patologista e psicólogo. Não tenho credenciais comigo. A senhorita, provavelmente, terá de acreditar na minha palavra até certo ponto, mas eu posso lhe mostrar cartas endereçadas a mim e, possivelmente, documentos oficiais que poderiam convencê-la. Eu atuo sobretudo como especialista no âmbito da jurisprudência médica. Usando uma linguagem perfeitamente clara do dia a dia, tenho interesse pelos diferentes tipos de cérebros criminais. Esse vem sendo um estudo meu há muitos anos. Já escrevi livros sobre o assunto, alguns deles violentamente contestados, outros que conquistaram adesão às minhas ideias. Não faço um trabalho árduo hoje em dia. Passo o tempo principalmente escrevendo sobre o meu tema, salientando alguns pontos que me atraíram. De vez em quando me deparo com coisas que me parecem interessantes. Coisas que quero estudar mais de perto. Isso, eu receio, deve lhe parecer um pouco entediante.

– Nem um pouco – disse Miss Marple. – Estou esperando, talvez, considerando-se o que está dizendo agora, que o senhor será capaz de me explicar certas coisas que o sr. Rafiel não achou conveniente me explicar. Ele me pediu para embarcar num determinado projeto, mas não me deu informações úteis com as quais eu pudesse trabalhar. Restou a mim aceitar e seguir, por assim dizer, totalmente no escuro. Pareceu-me extremamente tolo da parte dele tratar a questão dessa forma.

– Mas a senhorita aceitou?

– Aceitei. Vou ser honesta com o senhor. Eu tive um incentivo financeiro.

– Isso teve algum peso na sua decisão?

Miss Marple ficou em silêncio por um momento e então disse, devagar:

– O senhor pode não acreditar, mas a minha resposta é: "Na verdade, não".

– Não fico surpreso. Mas o seu interesse foi despertado. Isso é o que a senhorita está tentando me dizer.

– Sim. Meu interesse foi despertado. Eu conhecera o sr. Rafiel não muito bem, casualmente, mas por um certo período de tempo, algumas semanas, na verdade... nas Índias Ocidentais. Vejo que o senhor sabe disso, mais ou menos.

– Eu sei que foi lá que o sr. Rafiel conheceu a senhorita e... como posso dizer... vocês dois uniram forças.

Miss Marple o encarou, meio em dúvida.

– Ah – falou –, ele disse isso, é? – e balançou a cabeça.

– Sim, disse – retrucou o professor Wanstead. – Ele disse que a senhorita tinha um dom excepcional para questões criminais.

Miss Marple ergueu as sobrancelhas enquanto olhava para ele.

– E eu suponho que isso deve lhe parecer muito improvável – ela disse. – E o surpreende.

– Eu raramente me permito ser surpreendido com o que acontece – afirmou o professor Wanstead. – O sr. Rafiel era um homem muito astuto e perspicaz, um bom avaliador de pessoas. Ele pensava que a senhorita também era uma boa avaliadora de pessoas.

– Eu não me definiria como uma boa avaliadora de pessoas – Miss Marple falou. – Diria apenas que certas pessoas me fazem lembrar de outras que conheci, e que assim consigo pressupor uma certa semelhança nos modos como elas agiriam. Se o senhor acha que sei tudo sobre o que eu deveria estar fazendo aqui, está enganado.

– De modo mais acidental do que intencional – disse o professor Wanstead –, parece que nos acomodamos num local particularmente adequado para discutir determinados assuntos. Nós não parecemos estar sendo observados, não podemos ser facilmente ouvidos, não estamos perto de uma janela ou porta e não há sacada ou janela acima. Com efeito, podemos conversar.

– Isso me agradaria bastante – Miss Marple falou. – Estou enfatizando o fato de que me vejo completamente no escuro quanto ao que estou fazendo ou deveria estar fazendo. Não sei por que razão o sr. Rafiel quis que fosse assim.

– Acho que consigo adivinhar isso. Ele queria que a senhorita se aproximasse de um determinado conjunto de fatos, de acontecimentos, sem se deixar influenciar por aquilo que qualquer pessoa lhe dissesse em primeiro lugar.

– Então o senhor também não vai me contar nada? – Miss Marple perguntou num tom irritado. – Francamente! – ela exclamou. – Existem limites.

– Sim – disse o professor Wanstead, sorrindo de súbito. – Concordo com a senhorita. Precisamos acabar com alguns desses limites. Eu vou revelar alguns fatos que lhe tornarão certas coisas razoavelmente claras. A senhorita, por sua vez, poderá ser capaz de me revelar certos fatos.

– Duvido muito – Miss Marple falou. – Uma ou duas indicações bastante peculiares, talvez, mas as indicações não são fatos.

– Portanto... – o professor Wanstead começou e fez uma pausa.

– Pelo amor de Deus, conte-me alguma coisa – Miss Marple pediu.

Capítulo 12

Uma consulta

– Não vou transformar tudo numa longa história. Vou explicar pura e simplesmente como me envolvi na questão. Eu atuo, de vez em quando, como conselheiro confidencial para o Ministério do Interior. Também me mantenho em contato com algumas instituições. Existem certos estabelecimentos que, por ocasião de um crime, providenciam alimentação e alojamento para certos tipos de criminosos que tenham sido condenados por determinados atos. Eles permanecem lá numa situação que denominam como "ao dispor de Sua Majestade", às vezes por um período de tempo definido e em direta relação com sua idade. Quando estão abaixo de uma certa idade, precisam ser recebidos em algum centro de detenção especialmente indicado. A senhorita entende isso, sem dúvida.

– Sim, entendo muito bem o que o senhor quer dizer.

– Normalmente, sou consultado pouco depois de seja qual for o... vamos chamá-lo de crime?... que tiver acontecido, para julgar questões tais como as possibilidades de tratamento no caso, prognósticos favoráveis ou desfavoráveis, todas as diversas palavras. Elas não significam grande coisa, e não vou entrar em detalhes. Contudo, ocasionalmente, também sou consultado por um diretor responsável da instituição por algum motivo em particular. Nesta presente questão, recebi uma comunicação de um determinado departamento que me foi repassada através do Ministério do Interior. Fui visitar o diretor dessa instituição. Na verdade, o administrador responsável pelos prisioneiros ou pacientes ou seja lá como queiramos chamá-los. Ele era um conhecido meu. Um amigo de razoável longa data, mas não alguém com quem eu me relacionasse com grande intimidade. Fui até a instituição em questão e o diretor me apresentou seus problemas, que se referiam a um detento em particular. Ele não estava satisfeito com esse detento. Tinha certas dúvidas. Era o caso de um jovem, ou alguém que tinha sido um jovem... na verdade, pouco mais do que um menino quando chegou lá. Agora já se passaram vários anos. Conforme o tempo passava, e depois de o atual diretor ter assumido sua gestão (ele não estivera lá no momento da chegada desse prisioneiro), ele foi ficando preocupado. Não porque ele próprio fosse um profissional, mas porque era um homem com experiência em relação a pacientes e prisioneiros criminosos. Para ilustrar de maneira simplificada, aquele tinha sido um rapaz que, desde o início da juventude, havia sido completamente insatisfatório. A senhorita pode chamá-lo pelo termo que preferir. Um jovem delinquente, um bandido, não ser flor que se cheire, uma pessoa de responsabilidade reduzida. Existem muitos termos. Alguns deles se aplicam, alguns não se aplicam, outros são meramente intrigantes. Ele era um tipo criminoso. Isso era certo. Havia entrado em gangues, espancado pessoas, ele era um ladrão, havia roubado, desviado dinheiro, participado de falcatruas, havia iniciado certas fraudes. De fato, era um filho que seria o desespero de qualquer pai.

– Ah, eu percebo... – disse Miss Marple.

– E o que percebe, Miss Marple?

– Bem, o que eu julgo perceber é que o senhor está falando do filho do sr. Rafiel.

– A senhorita está mais do que certa. Estou falando do filho do sr. Rafiel. O que a senhorita sabe sobre ele?

– Nada – Miss Marple respondeu. – Eu só fiquei sabendo... e isso foi ontem... que o sr. Rafiel tinha um filho delinquente, ou insatisfatório, se quisermos usar um termo mais brando. Um filho com uma ficha criminal. Sei muito pouco a respeito dele. Ele era o único filho do sr. Rafiel?

– Sim, ele era o único filho do sr. Rafiel. Mas o sr. Rafiel também tinha duas filhas. Uma morreu aos catorze anos, e a filha mais velha se casou e é muito feliz, mas não tem filhos.

– Uma grande tristeza para ele.

– Possivelmente – falou o professor Wanstead. – Nunca se sabe. A esposa dele morreu jovem, e julgo ser possível que sua morte o tenha entristecido muito, embora ele nunca se dispusesse a demonstrar isso. O quanto gostava do filho e das filhas, disso eu não sei. Ele os sustentava. Fazia o melhor que podia por eles. Fazia o melhor que podia pelo filho, mas quais eram seus sentimentos, isso não se pode dizer. Não era um homem fácil de interpretar nesse sentido. Acho que o principal interesse de sua vida se concentrava em sua profissão: fazer dinheiro. Acumular dinheiro, como ocorre com todos os grandes empresários, era o que o interessava. Não o dinheiro em si que ele acumulava. O valor amealhado, como se pode dizer, era encaminhado, como um bom funcionário, para gerar mais dinheiro de maneiras mais interessantes e inesperadas. Ele gostava de finanças. Amava finanças. Não pensava em quase nada mais. Acho que ele fazia tudo que era possível pelo filho. Ele o tirava de enrascadas na escola, empregava bons advogados para livrá-lo de processos judiciais sempre que possível, mas o golpe final acabou vindo, talvez pressagiado por alguns acontecimentos precoces. O rapaz foi levado ao tribunal sob acusação de agressão a uma jovem. Segundo se disse, era um caso de agressão e estupro, e ele recebeu uma pena de prisão pelo crime, com a concessão de alguma clemência por conta de sua juventude. Mais adiante, porém, uma segunda acusação, realmente grave, foi feita contra ele.

– Ele matou uma moça – disse Miss Marple. – Estou certa? Isso é o que me disseram.

– Ele seduziu uma moça, tirando-a de casa. Demorou algum tempo até que seu corpo fosse encontrado. Ela tinha sido estrangulada. E, posteriormente, o rosto e a cabeça tinham sido desfigurados por pedras pesadas ou grandes, provavelmente para impedir que sua identidade fosse reconhecida.

– Não foi algo muito bonito – Miss Marple falou em seu tom mais típico de velhinha.

O professor Wanstead a encarou por alguns instantes.

– A senhorita descreveria o crime dessa maneira?

– É como me parece – Miss Marple respondeu. – Não gosto desse tipo de coisa. Nunca gostei. Se o senhor espera que eu sinta compaixão, pesar, defenda uma infância infeliz, culpe um ambiente ruim... se espera, de fato, que eu chore por ele, esse jovem assassino, não me sinto inclinada a fazer isso. Não gosto de criaturas malignas que fazem coisas malignas.

– Fico muito contente de ouvir isso – disse o professor Wanstead. – O que eu sofro, no exercício da minha profissão, com pessoas chorando e rangendo dentes, e jogando a culpa toda em algum acontecimento do passado, a senhorita nem acreditaria... Se as pessoas tivessem noção dos péssimos ambientes que as pessoas tiveram, da crueldade, das dificuldades de suas vidas e do fato de que, não obstante, elas conseguem levar a vida incólumes, não creio que usariam tantas vezes o ponto de vista oposto. Os desajustados são dignos de pena, sim, eles são dignos de pena, se assim posso dizer, por causa dos genes com os quais nasceram e sobre os quais não têm controle. Tenho pena dos epilépticos da mesma maneira. Se a senhorita sabe o que são genes...

– Eu sei, mais ou menos – Miss Marple falou. – É de conhecimento geral hoje em dia, embora, naturalmente, eu não tenha nenhum conhecimento técnico ou químico muito exato.

– O diretor, um homem experiente, me disse exatamente por que razão estava tão ansioso para ouvir o meu veredito. Ele sentira cada vez mais, em sua experiência com aquele detento em particular, que, em termos claros, o rapaz não era um assassino. Não achava que ele fosse um assassino típico, o rapaz não era parecido com nenhum assassino que ele já tivesse visto antes, ele era da opinião de que o rapaz era o tipo de criminoso que nunca iria se endireitar, não importaria o tratamento que lhe dessem, nunca iria se regenerar; e por quem nada, em certo sentido da palavra, poderia ser feito, mas ao mesmo tempo ele tinha cada vez mais certeza de que o veredito aplicado a ele havia sido errado. Ele não acreditava que o jovem tivesse matado uma moça, primeiro estrangulando-a e depois desfigurando-a, depois de ter empurrado seu corpo para dentro de uma vala. Simplesmente não conseguia acreditar nisso. Ele reexaminara os fatos do caso, que parecia estar plenamente comprovado. Aquele jovem havia conhecido a moça, tinha sido visto com ela em várias ocasiões diferentes antes do crime. Os dois, presumivelmente, haviam tido relações sexuais, e havia outros pontos. O carro dele tinha sido visto na vizinhança. O próprio rapaz tinha sido reconhecido e tudo mais. Um caso perfeitamente razoável. Mas o meu amigo estava descontente a respeito, segundo dizia. Era um homem que tinha um apreço muito forte pela justiça.

Queria uma opinião diferente. Queria, na verdade, não a perspectiva da polícia, que ele já conhecia; queria um ponto de vista médico, profissional. Esse era o meu campo, ele disse. Minha linha precisa de atuação. Meu amigo queria que eu visse aquele jovem e falasse com ele, que o visitasse, fizesse nele uma avaliação profissional e lhe desse a minha opinião.

– Muito interessante – Miss Marple comentou. – Sim, eu classifico isso como muito interessante. Afinal de contas, o seu amigo... quero dizer, o diretor, era um homem experiente, um homem que amava a justiça. Era um homem que o senhor estaria disposto a ouvir. Presumivelmente, então, o senhor de fato o ouviu.

– Sim – disse o professor Wanstead. – Eu estava profundamente interessado. Vi o "sujeito", como vou chamá-lo, aproximei-me dele com diversas atitudes diferentes. Conversei com ele, discuti várias mudanças passíveis de ocorrer no aspecto legal. Eu lhe disse que poderia ser possível trazer um advogado, um conselheiro da coroa, para ver que pontos poderiam ser explorados a seu favor, e outras coisas. Aproximei-me dele como um amigo, mas também como um inimigo, de modo que pudesse ver como ele reagia a diferentes abordagens, e também fiz uma boa quantidade de testes físicos, do tipo que usamos com muita frequência hoje em dia. Não vou entrar em pormenores com a senhorita, porque são totalmente técnicos.

– Então, o que foi que o senhor achou no final?

– Achei – respondeu o professor Wanstead –, achei que o meu amigo provavelmente estava certo. Não achei que Michael Rafiel fosse um assassino.

– E quanto ao caso anterior que o senhor mencionou?

– Isso depunha contra ele, é claro. Não na mente dos integrantes do júri, porque, claro, eles não tomaram conhecimento disso antes da súmula do juiz, mas certamente na mente do juiz. Depunha contra ele, mas eu mesmo fiz algumas investigações depois. Ele agredira uma moça. Concebivelmente a estuprara, mas não havia tentado estrangulá-la e, na minha opinião... já vi inúmeros casos perante os tribunais... pareceu-me altamente improvável que houvesse um caso muito definido de estupro. As moças, a senhorita precisa ter em mente, são muito mais propensas a esse tipo de coisa hoje em dia do que costumavam ser. Suas mães insistem, muitas vezes, que elas devem usar o termo estupro. A moça em questão tivera vários namorados que haviam avançado além da amizade. Não achei que aquilo contasse em grande medida como prova contra ele. O caso efetivo de assassinato... sim, esse era sem dúvida um assassinato... mas eu continuava sentindo, a partir de todos os testes, testes físicos, testes mentais, testes psicológicos, que nenhum deles condizia com aquele crime em particular.

– Então o senhor fez o quê?

– Eu me comuniquei com o sr. Rafiel. Disse-lhe que gostaria de marcar um encontro com ele sobre determinado assunto a respeito de seu filho. Fui ao encontro dele. Disse-lhe o que eu pensava, o que o diretor pensava, que não tínhamos provas, que não havia fundamentos para recurso, de momento, mas que ambos acreditávamos que havia sido cometido um erro judicial. Expressei a minha opinião de que possivelmente um inquérito pudesse ser realizado, poderia ser algo caro, seria viável recuperar certos fatos que poderiam ser apresentados ao Ministério do Interior, podia ser que tivéssemos êxito, podia ser que não. Poderia aparecer algo, alguma prova, se nós a procurássemos. Falei que seria caro procurá-la, mas eu presumia que não faria nenhuma diferença para alguém na posição dele. Eu percebera, naquela altura, que o sr. Rafiel era um homem doente, um homem muito doente. Ele mesmo me contou. Contou-me que estava na expectativa de uma morte prematura, que ele tinha sido advertido, dois anos antes, de que a morte não poderia ser adiada por um período que, primeiro, calcularam em cerca de um ano, mas depois constataram que ele iria sobreviver um tanto mais, por causa de sua força física incomum. Perguntei-lhe o que ele sentia em relação ao filho.

– E o que é que ele sentia em relação ao filho? – Miss Marple perguntou.

– Ah, a senhorita quer saber isso. Eu também queria. Ele foi, acredito, extremamente honesto comigo, mesmo que...

– Mesmo que bastante implacável? – Miss Marple completou.

– Sim, Miss Marple. A senhorita está usando a palavra certa. Ele era um homem implacável, mas era um homem justo e um homem honesto. Ele disse: "Eu sei há muitos anos como é o meu filho. Não tentei mudá-lo porque não acredito que alguém possa mudá-lo. Ele está programado de certa maneira. Ele é torto. Ele não é flor que se cheire. Ele sempre estará em apuros. Ele é desonesto. Ninguém, nada poderia endireitá-lo. Tenho plena segurança disso. Num certo sentido, lavei minhas mãos em relação a ele. Embora não o tenha feito de maneira legal ou ostensiva; ele sempre ganhou dinheiro quando quis. Ajuda, legal ou não, quando se mete em apuros. Sempre fiz o que pude. Bem, digamos que, se eu tivesse um filho que sofresse convulsões, que fosse doente, que fosse epiléptico, eu faria tudo que pudesse por ele. Tendo um filho que é moralmente doente, digamos assim, e para o qual não há cura, fiz também o que eu podia. Nem mais nem menos. O que posso fazer por ele agora?". Eu lhe disse que dependia do que ele queria fazer. "Não há nenhuma dificuldade quanto a isso", ele falou. "Eu tenho limitações físicas, mas consigo ver com muita clareza o que quero fazer. Quero defendê-lo. Quero libertá-lo do encarceramento. Quero libertá-lo para que continue a levar sua própria vida da melhor maneira que puder. Se ele tiver de levá-la com outras desonestidades, então terá de levá-la dessa forma. Vou deixar recursos para ele, para fazer por ele tudo que pode ser feito. Não quero que sofra, aprisionado, privado de sua vida por causa de um erro perfeitamente natural e desafortunado. Se outra pessoa, outro homem matou aquela moça, eu quero que o fato seja trazido à luz e reconhecido. Quero justiça para Michael. Mas sou debilitado. Sou um homem muito doente. Meu tempo é medido agora não em anos ou meses, mas em semanas." Advogados, eu sugeri... conheço uma firma... Ele me interrompeu. "Seus advogados serão inúteis. O senhor pode empregá-los, mas eles serão inúteis. Preciso arranjar o que posso num tempo tão limitado." Ele me ofereceu uma grande remuneração para empreender a busca pela verdade e para empreender tudo que fosse possível, sem poupar quaisquer despesas. "Eu mesmo não posso fazer praticamente nada. A morte pode chegar a qualquer momento. Eu o capacito como meu principal colaborador, e, para ajudá-lo, a meu pedido, tentarei encontrar certa pessoa." Ele anotou um nome para mim. Miss Jane Marple. Falou: "Não quero lhe dar o endereço dela. Quero que a conheça num ambiente que eu mesmo vou escolher". E então me falou dessa excursão, dessa excursão encantadora, inofensiva e inocente por casas históricas, castelos e jardins. Ele me providenciaria uma reserva com antecedência para determinada data. "Miss Jane Marple", falou, "também vai estar nessa excursão.

Lá o senhor vai conhecê-la, vai encontrá-la casualmente e, portanto, o encontro será considerado claramente como algo casual." Coube a mim escolher o momento que me parecesse mais adequado para me apresentar à senhorita, se eu achasse que esse seria o melhor caminho. A senhorita já me perguntou se eu ou o meu amigo, o diretor, tínhamos qualquer motivo para suspeitar ou saber de qualquer outra pessoa que pudesse ter sido culpada pelo assassinato. Meu amigo, o diretor, certamente não sugeriu nada desse tipo, e ele já tinha levantado a questão com o policial que havia sido o encarregado do caso. Um detetive-superintendente mais do que confiável, com ótima experiência nessas questões.

– Nenhum outro homem foi sugerido? Nenhum outro amigo da moça? Nenhum outro amigo anterior da moça que pudesse ter sido suplantado?

– Não se pôde encontrar nada desse tipo. Pedi ao sr. Rafiel que me contasse um pouco sobre a senhorita. Ele, contudo, não consentiu com isso. Contou-me que a senhorita era idosa. Contou-me que era uma pessoa que sabia avaliar as pessoas. Contou-me uma outra coisa – ele fez uma pausa.

– Qual é essa outra coisa? – Miss Marple perguntou. – Eu tenho certa curiosidade natural, sabe... Eu realmente não consigo pensar em nenhuma outra vantagem que concebivelmente eu pudesse ter. Sou um pouco surda. Minha visão não é tão boa como costumava ser. Não consigo realmente pensar que eu tenha quaisquer vantagens além do fato de que eu posso, suponho, parecer um tanto tola e simplória, e sou, de fato, o que costumavam chamar, em tempos bem mais antigos, de "velhota". Eu *sou* uma "velhota". Foi esse o tipo de coisa que ele disse?

– Não – respondeu o professor Wanstead. – O que ele disse foi que, segundo pensava, a senhorita tinha um excelente senso para o mal.

– Ah! – reagiu Miss Marple, apanhada de surpresa.

O professor Wanstead a observava.

– A senhorita diria que isso é verdade? – ele perguntou.

Miss Marple ficou calada por um longo tempo. Por fim, disse:

– Talvez seja. Sim, talvez. Em vários momentos diferentes na minha vida, fiquei apreensiva, reconheci que havia o mal na vizinhança, nos arredores, que a atmosfera de alguém que era maligno estava perto de mim, relacionada com o que estava acontecendo.

Miss Marple o encarou de súbito e sorriu.

– Sabe, é... – ela disse – como nascer com um senso muito apurado de olfato. Você consegue sentir o cheiro de um vazamento de gás quando outras pessoas não conseguem fazê-lo. Consegue distinguir um perfume de outro com muita facilidade. Tive uma tia – continuou Miss Marple, pensativa – que afirmava que conseguia sentir o cheiro de quando as pessoas contavam uma mentira. Ela dizia que lhe vinha um odor bastante perceptível. O nariz da pessoa se contraía, segundo ela, e então vinha o cheiro. Não sei se era verdade ou não, mas... bem, em várias ocasiões ela se mostrava extraordinária. Falou para o meu tio certa vez: "Jack, não contrate aquele jovem com quem você estava falando hoje de manhã. Ele estava mentindo para você o tempo todo enquanto falava". Isso revelou ser a mais pura verdade.

– Um senso para o mal – disse o professor Wanstead. – Bem, se a senhorita de fato captar o mal, conte-me. Ficarei feliz em saber. Não creio que eu tenha, pessoalmente, alguma percepção definida do mal. Problemas de saúde, sim, mas nada... nada de maligno aqui – ele bateu na testa.

– É melhor eu lhe contar agora, em breves palavras, como entrei nessa história – Miss Marple falou. – O sr.

Rafiel, como o senhor sabe, morreu. Seus advogados me pediram para visitá-los, e me inteiraram de sua proposição. Recebi uma carta dele que não explicava nada. Depois disso, não tive mais notícias por algum tempo. Então recebi uma carta da empresa que organiza essas excursões dizendo que o sr. Rafiel, antes de sua morte, havia feito uma reserva para mim, sabendo que eu apreciaria muito uma viagem e desejando me dar um presente surpresa. Fiquei absolutamente atônita, mas encarei aquilo como uma indicação do primeiro passo que eu deveria tomar. Eu devia participar da excursão e, como era de se presumir, no decorrer da excursão alguma outra indicação, pista ou orientação chegaria ao meu conhecimento. Acho que chegou. Ontem, não, no dia anterior, fui recebida na minha chegada por três senhoras que moram num antigo solar por aqui, e que muito gentilmente me fizeram um convite. Elas haviam sido contatadas, segundo me disseram, pelo sr. Rafiel, que lhes escrevera algum tempo antes de morrer, afirmando que uma velha amiga dele estaria nessa excursão, e perguntando se elas teriam a bondade de acomodá-la por dois ou três dias, pois ele pensava que a amiga não teria preparo para a específica e um tanto difícil subida promontório acima até o ponto onde havia uma torre memorial, que foi a principal atração do passeio de ontem.

– E a senhorita considerou isso também como uma indicação do que deveria fazer?

– É claro – Miss Marple respondeu. – Não pode haver nenhuma outra razão. Ele não era um homem de sair distribuindo benefícios por nada, por mera compaixão por uma velha senhora que não era boa em subir colinas. Não. Ele *queria* que eu fosse para lá.

– A senhorita foi? E depois?

– Nada – Miss Marple falou. – Três irmãs.

– Três irmãs esquisitas?

– Deviam ser – disse Miss Marple –, mas acho que não são. Não pareciam ser, de qualquer maneira. Não sei ainda. Suponho que podem ter sido... isto é, que possam ser. Elas parecem bastante comuns. Não pertenciam àquela casa. A casa havia pertencido a um tio, e elas vieram morar aqui alguns anos atrás. Estão vivendo numa circunstância de pobreza, são amáveis, não são particularmente interessantes. Cada uma um pouco diferente das outras. Não parecem ter tido grande intimidade com o sr. Rafiel. Qualquer conversa que eu tivesse com elas parecia não render nada.

– Então a senhorita não descobriu nada durante a sua estadia?

– Tomei conhecimento dos fatos do caso que o senhor acabou de me relatar. Não através delas. Através de uma criada idosa, que me abriu suas reminiscências remontando aos tempos do tio. Ela conhecia o sr. Rafiel apenas de nome. Mas foi eloquente no tema do assassinato, tudo tinha começado com a visita de um filho do sr. Rafiel, que não era flor que se cheirasse, e como a moça se apaixonara pelo rapaz e ele acabara estrangulando-a, e como tudo era triste, e trágico, e terrível. "Com sinos tocando", como se poderia dizer – Miss Marple falou, usando uma expressão de sua juventude. – Exagero de sobra, mas era uma história sórdida, e ela parecia acreditar que, na visão da polícia, aquele não tinha sido o único assassinato dele...

– Isso não lhe pareceu ter alguma relação com as três irmãs esquisitas?

– Não, só pela circunstância de que elas tinham sido tutoras da moça e nutriam um profundo amor por ela. Não mais do que isso.

– Elas poderiam saber algo sobre um outro homem?

– Sim... isso é o que queremos, não é? O outro homem... um homem de grande brutalidade, que não hesitaria em esmagar a cabeça de uma jovem depois de tê-la matado. O tipo de homem que poderia ser levado à insanidade de tanto ciúme. Existem homens assim.

– Não aconteceu mais nada de curioso em The Old Manor?

– Não, na verdade. Uma das irmãs, a mais jovem, acho, não se cansava de falar sobre o jardim. Parecia falar como se fosse uma jardineira ardorosa, mas não tinha como ser, porque não sabia os nomes de metade das coisas. Armei uma ou outra armadilha para ela, mencionando arbustos especiais e raros, e falando, a senhorita sabe qual é?, e sim, ela respondia, não era uma planta maravilhosa? Eu dizia que não era muito resistente, e ela concordava. Mas ela não sabia nada sobre plantas. Isso me faz lembrar...

– Lembrar o quê?

– Bem, o senhor vai pensar que é pura bobagem minha essa história de jardins e plantas, mas, quero dizer, a gente acaba *sabendo* coisas a respeito deles. Quero dizer, eu sei algumas coisas sobre pássaros e sei algumas coisas sobre jardins.

– E eu deduzo que não são os pássaros, mas os jardins que estão incomodando a senhorita.

– Sim. O senhor já reparou em duas mulheres de meia-idade na excursão? A srta. Barrow e a srta. Cooke.

– Sim. Já reparei nelas. Uma dupla de solteironas de meia-idade viajando juntas.

– Isso mesmo. Bem, eu descobri algo estranho sobre a srta. Cooke. Esse é o nome dela, não é? Quero dizer, é o nome dela na excursão.

– Ora, ela tem outro nome?

– Acho que sim. Ela é a mesma pessoa que me visitou... Não digo exatamente que me visitou, mas ela estava passando pela cerca do meu jardim em St. Mary Mead, o vilarejo onde moro. Expressou estar encantada com meu jardim e conversou comigo sobre jardinagem. Falou que estava morando no vilarejo e trabalhando no jardim de alguém que se mudara para uma casa nova lá. Eu me inclino a pensar – disse Miss Marple –, sim, eu me inclino a pensar que o negócio todo era pura mentira. Mais uma vez, ela não sabia nada sobre jardinagem. Fingiu saber, mas não era verdade.

– Por que a senhorita acha que ela foi até lá?

– Eu não fazia ideia naquele momento. Ela disse que seu nome era Bartlett... E o nome da mulher com a qual ela disse que estava morando começava com "H", embora eu não consiga me lembrar no momento. O cabelo dela não apenas tinha um penteado diferente, como também tinha uma cor diferente, e suas roupas eram de um estilo diferente. Eu não a reconheci a princípio nesta viagem. Só fiquei me perguntando porque seu rosto era vagamente familiar. E aí, de repente, a lembrança me ocorreu. Por causa do cabelo tingido. Eu mencionei onde a tinha visto antes. Ela admitiu que estivera lá... mas fingiu que também não *me* reconhecera. Tudo mentira.

– E qual é a sua opinião sobre tudo isso?

– Bem, uma coisa é certa... A srta. Cooke (para lhe dar seu nome atual) foi a St. Mary Mead só para dar uma olhada em mim... de modo que ela ficasse completamente segura de ser capaz de me reconhecer quando nos encontrássemos de novo...

– E por que isso foi considerado necessário?

– Não sei. Há duas possibilidades. Não sei direito se gosto muito de uma delas.

– Não sei – disse o professor Wanstead – se gosto muito também.

Os dois ficaram em silêncio por alguns instantes, e então o professor Wanstead falou:

– Não gosto do que aconteceu com Elizabeth Temple. A senhorita conversou com ela durante a viagem?

– Sim, conversei. Quando ela estiver melhor, gostaria de conversar com ela de novo... ela poderia me contar, nos contar... coisas sobre a moça que foi assassinada. Ela me falou dessa jovem, que tinha sido aluna em sua escola, que ia se casar com o filho do sr. Rafiel... mas não se casou com ele. Em vez disso, ela morreu. Perguntei como ou por que a moça morreu... e ela respondeu com a palavra "Amor". Interpretei como se tivesse sido um suicídio... mas foi assassinato. Assassinato por ciúme se encaixaria. Outro homem. Algum outro homem que precisamos encontrar. A srta. Temple pode ser capaz de nos dizer quem ele era.

– Nenhuma outra possibilidade sinistra?

– Eu acho que, realmente, é de uma informação ocasional que precisamos. Não vejo nenhuma razão para acreditar que exista qualquer indício sinistro em qualquer um dos passageiros do ônibus... ou qualquer indício sinistro em relação às pessoas que moram em The Old Manor House. Mas uma daquelas três irmãs pode saber ou se lembrar de algo que a moça ou Michael tenham dito certa vez. Clotilde costumava levar a jovem ao exterior. Portanto, ela pode saber de algo que ocorreu em alguma viagem ao estrangeiro, talvez. Algo que a moça disse ou mencionou ou fez em alguma viagem. Algum homem que a moça conheceu. Algo que não tem nada a ver com The Old Manor House aqui. É difícil, porque só conversando, através de informações casuais, você pode obter alguma pista. A segunda irmã, sra. Glynne, casou-se razoavelmente cedo, passou um bom tempo, pelo que sei, na Índia e na África. Pode ter tomado conhecimento de algo através do marido, ou através de pessoas ligadas ao marido, através de várias coisas que não têm relação com The Old Manor House, embora ela tenha visitado as irmãs de tempos em tempos. Ela conhecia a jovem assassinada, presumivelmente, mas eu diria que a conhecia bem menos do que as outras duas. Mas isso não significa que não possa saber de alguns *fatos* importantes sobre a moça. A terceira irmã é meio biruta, mais isolada, não parece ter conhecido a garota. Mesmo assim, ela também *pode* ter informações sobre possíveis amantes... ou namorados... pode ter visto a moça com um homem desconhecido. É ela ali, aliás, passando pelo hotel agora.

Miss Marple, por mais que estivesse ocupada por seu *tête-à-tête*, não abandonara os hábitos de uma vida toda. Uma via pública sempre representava, para ela, um posto de observação. Todos os transeuntes, fossem errantes ou apressados, haviam sido notados automaticamente.

– Anthea Bradbury-Scott, aquela com o pacote grande. Está indo para o correio, suponho. É logo virando a esquina, não?

– Parece um pouco doido, para mim – comentou o professor Wanstead –, todo esse cabelo flutuante... cabelo grisalho, ainda por cima... uma espécie de Ofélia com cinquenta anos.

– Pensei em Ofélia também, quando a vi pela primeira vez. Minha nossa, bem que eu gostaria de saber o que devo fazer em seguida. Ficar aqui no Golden Boar por um dia ou dois, ou seguir no passeio de ônibus. É como procurar uma agulha num palheiro. Se você enfiar os dedos no palheiro por tempo suficiente, vai acabar topando com alguma coisa... mesmo que fure os dedos na procura.

Capítulo 13

Xadrez preto e vermelho

I

A sra. Sandbourne retornou no momento em que o grupo se sentava para almoçar. A notícia que trazia não era boa. A srta. Temple ainda estava inconsciente. Ela certamente não poderia deixar seu leito por vários dias.

Tendo dado esse boletim, a sra. Sandbourne direcionou a conversa para assuntos práticos. Apresentou tabelas com horários de trens convenientes para quem desejasse voltar a Londres e propôs planos convenientes para retomar a excursão na manhã seguinte ou um dia depois. Tinha uma lista com expedições curtas e convenientes nos arredores próximos para aquela tarde, pequenos grupos em carros alugados.

O professor Wanstead chamou Miss Marple de lado enquanto saíam da sala de jantar:

– A senhorita talvez queira descansar nesta tarde. Se não quiser, vou chamá-la aqui dentro de uma hora. Há uma igreja interessante que talvez a senhorita goste de ver...

– Isso seria ótimo – Miss Marple falou.

II

Miss Marple se mantinha imóvel, sentada no carro que viera buscá-la. O professor Wanstead a chamara no horário que havia sugerido.

– Achei que a senhorita poderia gostar de ver essa igreja em particular. E um vilarejo muito bonito também – ele havia explicado. – Não há nenhuma razão, de fato, para não desfrutarmos dos pontos turísticos locais quando podemos.

– É muita gentileza da sua parte, sem dúvida – Miss Marple dissera.

Ela o encarara com seu olhar ligeiramente palpitante.

– *Muita* gentileza – ela disse. – Só que parece... bem, não quero dizer que parece ser algo insensível, mas, bem, o senhor entende o que quero dizer.

– Minha cara senhora, a srta. Temple não é uma velha amiga sua ou qualquer coisa parecida. Por mais triste que tenha sido esse acidente.

– Bem – Miss Marple repetiu –, é muita gentileza da sua parte.

O professor Wanstead abriu a porta do carro para Miss Marple.

Tratava-se, ela presumia, de um carro alugado. Uma ideia gentil, levar uma senhora idosa para ver um dos pontos turísticos da vizinhança.

Ele poderia ter levado uma pessoa mais jovem, mais interessante e certamente mais bonita. Miss Marple olhou para ele uma ou duas vezes, pensativa, enquanto o carro avançava pelo vilarejo. O professor Wanstead não estava olhando para ela. Estava olhando pela janela em seu próprio lado.

Quando deixaram o vilarejo para trás e entraram por uma estrada rural secundária, serpenteando pela encosta de uma colina, ele virou a cabeça e lhe disse:

– Não estamos indo ver uma igreja, eu receio.

– Não – Miss Marple falou –, achei que talvez não fôssemos.

– Sim, a senhorita não deixaria de fazer a dedução.

– Para onde estamos indo, posso perguntar?

– Estamos indo para um hospital, em Carristown.

– Ah, sim, é para onde a srta. Temple foi levada?

Era uma pergunta, embora nem precisasse ser.

– Sim – ele confirmou. – A sra. Sandbourne a viu e me trouxe de volta uma carta das autoridades do hospital. Acabo de falar com eles ao telefone.

– Ela está bem?

– Não. Não está muito bem.

– Entendo. Ou melhor... espero não entender – Miss Marple disse.

– A recuperação dela é muito problemática, mas não há nada que se possa fazer. Ela poderá não recobrar novamente a consciência. Por outro lado, poderá ter alguns intervalos de lucidez.

– E o senhor está *me* levando para lá? Por quê? Não sou amiga dela... Eu a encontrei pela primeira vez nesta viagem.

– Sim, eu sei disso. Estou levando-a porque, num dos intervalos de lucidez que teve, ela pediu a sua presença.

– Certo – Miss Marple retrucou. – Eu me pergunto por que motivo ela iria pedir a *minha* presença, por que teria pensado que eu... que eu poderia lhe ser útil de alguma forma, ou fazer qualquer coisa. Ela é uma mulher muito perceptiva. A seu modo, veja bem, uma grande mulher. Como diretora de Fallowfield, ocupava uma posição de destaque no mundo da educação.

– A melhor escola para meninas que existe, eu suponho.

– Sim. Ela era uma grande personalidade. Ela mesma era uma mulher de considerável erudição. A matemática era sua especialidade, mas ela era uma educadora, eu diria... polivalente. Muito interessada pela educação, pelas vocações das meninas, em como incentivá-las. Ah, muitas outras coisas. Será uma tristeza, uma grande crueldade se ela morrer – disse Miss Marple. – Vai parecer um tremendo desperdício de uma vida. Embora ela estivesse aposentada de seu cargo como diretora, ainda exercia bastante poder. Esse acidente – ela se interrompeu. – Não sei se o senhor quer que discutamos o acidente...

– Acho que é melhor que o discutamos. Um pedregulho enorme desabou pela encosta. Já se teve notícia de algo assim acontecendo antes, mas apenas a intervalos de tempos muito afastados. Entretanto, vieram falar comigo a respeito – disse o professor Wanstead.

– Vieram falar com o senhor sobre o acidente? Quem foi?

– Os dois jovens. Joanna Crawford e Emlyn Price.

– O que foi que eles disseram?

– Joanna me contou que teve a impressão de que havia alguém na encosta. Bem no alto. Ela e Emlyn estavam subindo pela trilha principal mais abaixo, seguindo um caminho acidentado que contornava a colina. Quando fizeram uma curva, ela viu com nitidez, delineado contra o horizonte, um vulto de homem ou mulher tentando rolar um grande pedregulho pelo chão. O pedregulho estava balançando... e por fim começou a rolar, primeiro devagar e depois ganhando velocidade na descida da encosta. A srta. Temple estava caminhando pela trilha principal abaixo e havia chegado a um ponto justamente na trajetória do pedregulho quando foi atingida. Se essa ação foi deliberada, poderia não ter sido bem-sucedida, é claro; poderia ter errado seu alvo, mas de fato acertou alguém. Se aquela tentativa visava um deliberado ataque à mulher caminhando abaixo, o êxito foi total.

– Eles viram um homem ou uma mulher? – Miss Marple perguntou.

– Infelizmente, Joanna Crawford não sabia dizer. Quem quer que fosse, estava usando jeans ou calças, e usava um pulôver chamativo, num xadrez vermelho e preto, de gola alta. O vulto se virou e saiu de vista quase no mesmo instante. Ela tende mais a pensar que era um homem, mas não pode afirmar com certeza.

– E ela acha, ou o senhor acha, que foi um deliberado atentado contra a vida da srta. Temple?

– Quanto mais ela pondera sobre a questão, tanto mais acha que foi exatamente o que foi. O rapaz concorda.

– O senhor não faz ideia de quem pode ter sido?

– Não faço nenhuma ideia em absoluto. Muito menos fazem eles. Poderia ter sido um dos nossos companheiros de viagem, alguém que saiu para uma caminhada naquela tarde. Poderia ser alguém completamente desconhecido que sabia que o ônibus faria uma parada aqui e escolheu esse lugar para atacar um dos passageiros. Algum jovem amante da violência pela violência. Ou poderia ter sido um inimigo.

– Parece muito melodramático quando alguém diz "um inimigo secreto" – Miss Marple comentou.

– Sim, parece mesmo. Quem iria querer matar uma respeitada e aposentada diretora de escola? Essa é uma pergunta que queremos ver respondida. É possível, minimamente possível que a própria srta. Temple tenha condições de nos contar. Ela poderia ter reconhecido aquele vulto acima, ou pode, com maior probabilidade, saber de alguém que lhe guarda rancor por alguma razão específica.

– Ainda parece improvável.

– Concordo com a senhorita – disse o professor Wanstead. – Ela parecer ser uma pessoa mais do que improvável no papel de vítima de um ataque, mas mesmo assim, refletindo melhor, uma diretora de escola conhece muita gente. Muita gente, vamos definir assim, passou por suas mãos.

– Inúmeras meninas, o senhor quer dizer, passaram pelas mãos dela.

– Sim. Sim, isso é o que eu quero dizer. Meninas e suas famílias. Uma diretora de escola deve ter conhecimento de diversas coisas. Romances, por exemplo, pelos quais as mocinhas poderiam ter se aventurado, sem que os pais soubessem. Isso acontece, sabe. Acontece com muita frequência. Sobretudo nos últimos dez ou vinte anos. As meninas, segundo se diz, amadurecem mais cedo. Isso é fisicamente verdadeiro, muito embora, num sentido mais profundo da palavra, amadureçam mais tarde. Elas permanecem infantis por mais tempo. Infantis nas roupas que gostam de usar, infantis com seus cabelos flutuantes. Até suas minissaias representam um culto à infantilidade. Seus pijamas estilo *baby-doll*, seus vestidinhos e shorts... tudo moda de criança. Elas *não* querem se tornar adultas... *não* querem ter de aceitar o nosso tipo de responsabilidade. No entanto, como todas as crianças, querem ser *consideradas* adultas e livres para fazer o que, segundo julgam, são coisas de adulto. E isso, por vezes, acarreta uma tragédia, ou por vezes o rescaldo da tragédia.

– O senhor está pensando em algum caso específico?

– Não. Na verdade, não. Só estou pensando... bem, digamos assim: deixando algumas possibilidades passarem pela minha cabeça. Não consigo acreditar que Elizabeth Temple tivesse um inimigo *pessoal*. Um inimigo implacável a ponto de desejar aproveitar uma oportunidade para matá-la. O que eu acho mesmo... – ele olhou para Miss Marple. – A senhorita gostaria de fazer uma sugestão?

– De uma possibilidade? Bem, acho que sei agora, ou posso adivinhar, o que o senhor *está* sugerindo. O senhor está sugerindo que a srta. Temple sabia de alguma coisa, sabia de algum fato ou tinha certo conhecimento que seria inconveniente ou até mesmo perigoso para alguém, caso fosse conhecido.

– Sim, eu sinto exatamente isso.

– Nesse caso – Miss Marple retrucou –, parece estar indicado que existe, na nossa excursão de ônibus, alguém que reconheceu a srta. Temple ou sabia quem ela era, mas que, talvez, passados alguns anos, já não era lembrado ou, quem sabe, nem mesmo tivesse sido reconhecido por ela. Isso parece lançar a suspeita sobre os nossos passageiros, não parece? – ela fez uma pausa. – Aquele pulôver que o senhor mencionou... xadrez vermelho e preto, o senhor disse?

– Ah, é? O pulôver... – ele a encarou com curiosidade. – O que foi que lhe chamou atenção nesse ponto?

– Era muito chamativo – Miss Marple respondeu. – Isso é o que as suas palavras me levaram a concluir. Era muito mencionável. Tanto é que a moça, Joanna, mencionou isso especificamente.

– Sim. E isso lhe sugere o quê?

– Uma marcação com sinais – Miss Marple disse, pensativa. – Algo que será visto, lembrado, observado, reconhecido.

– Sim – o professor Wanstead a olhava de modo incentivador.

– Quando descrevemos uma pessoa que vimos não de perto, mas a uma boa distância, a primeira coisa na nossa descrição será suas roupas. Não seu rosto, não seu jeito de andar, não suas mãos ou seus pés. Uma boina escocesa escarlate, um manto púrpura, uma jaqueta de couro bizarra, um pulôver com vermelhos e pretos chamativos. Algo muito reconhecível, muito perceptível. Com o objetivo de que, quando a pessoa tira essa peça de vestuário, se desfaz dela ou a manda pelo correio, num pacote, para um endereço, digamos, a uns cento e cinquenta quilômetros de distância, ou a joga numa lata de lixo na cidade ou a queima ou a rasga toda ou a destrói, ela ou ele vai ser a única pessoa vestida de uma maneira modesta e um tanto sem graça de quem ninguém suspeitará, que nem será observada ou levada em consideração. Só pode ter sido *intencional*, esse suéter xadrez rubro-negro. Intencional de modo que fosse reconhecido mais adiante, embora, na verdade, nunca mais vá ser visto nessa pessoa em particular.

– Uma ideia muito razoável – falou o professor Wanstead. – Como eu lhe disse – continuou o professor –, Fallowfield fica situada não muito longe daqui. Vinte e cinco quilômetros, eu creio. Esta é a região de Elizabeth Temple, uma região que ela conhece bem, com habitantes que talvez ela também conheça bem.

– Sim. Isso amplia as possibilidades – Miss Marple disse. – Concordo com o senhor – acrescentou dentro em pouco – que o agressor, com maior probabilidade, deve ter sido antes um homem do que uma mulher. Aquele pedregulho, se o ato foi proposital, foi lançado em sua trajetória com muita precisão. A precisão é uma qualidade mais masculina do que feminina. Por outro lado, com muita facilidade poderia ter sido alguém do nosso ônibus, ou eventualmente da vizinhança, que viu a srta. Temple na rua, uma aluna dela em tempos idos. Alguém que a própria srta. Temple talvez não reconhecesse após um período de tempo. Mas a jovem ou mulher a teria reconhecido, porque um diretor ou diretora de escola com mais de sessenta anos não é muito diferente do mesmo diretor ou diretora com uma idade de cinquenta anos. Ela é reconhecível. Alguma mulher que reconheceu sua antiga diretora e também sabia que sua diretora sabia de algo prejudicial sobre ela. Alguém que pudesse, de alguma forma, representar um perigo para ela. – Miss Marple suspirou. – Eu, pessoalmente, não conheço esta região nem um pouco. O senhor tem alguma espécie de intimidade com a área?

– Não – respondeu o professor Wanstead. – Não posso alegar ter algum conhecimento pessoal desta região. Tenho noção, no entanto, de várias coisas que aconteceram por aqui apenas em função do que a senhorita me contou. Se não fosse por minha convivência com a senhorita e as coisas que me contou, eu poderia ter ficado mais à deriva do que estou. O que é mesmo que está fazendo aqui, na verdade? Não sabe. No entanto, foi mandada para cá. Foi deliberadamente arranjado pelo sr. Rafiel que a senhorita viesse para cá, que embarcasse nessa excursão de ônibus, que me conhecesse. Houve outros lugares onde paramos ou pelos quais passamos, mas providências especiais foram tomadas, de modo que a senhorita realmente permanecesse aqui por duas noites. Foi alojada com antigas amigas de Rafiel que não teriam recusado nenhum pedido que ele fizesse. Havia uma razão para isso?

– Para que eu pudesse me inteirar de certos fatos que eu precisava conhecer – Miss Marple respondeu.

– Uma série de assassinatos que ocorreu vários anos atrás? – o professor Wanstead reagiu com uma expressão de dúvida. – Não há nada de anormal nisso. Podemos dizer o mesmo de diversos lugares na Inglaterra e em Gales. Essas coisas sempre parecem acontecer em série. Primeiro uma moça encontrada com marcas de agressão e assassinada. Depois outra moça, não muito longe dali. Depois algo do mesmo tipo, talvez a uns trinta quilômetros de distância. O mesmo tipo de morte. Duas jovens foram dadas como desaparecidas em Jocelyn St. Mary, aquela sobre a qual nós estávamos discutindo, cujo corpo foi encontrado seis meses mais tarde, a vários quilômetros de distância, e que foi vista pela última vez na companhia de Michael Rafiel...

– E a outra?

– Uma jovem chamada Nora Broad. *Não* era uma "moça tranquila sem namorados". Possivelmente com namorados além da conta. Seu corpo nunca foi encontrado. Vai ser... um dia. Há casos em que vinte anos se passaram – disse Wanstead.

Ele desacelerou:

– Chegamos. Estamos em Carristown, e eis aqui o hospital.

Guiada pelo professor Wanstead, Miss Marple entrou. O professor era obviamente esperado. Ele foi conduzido até uma salinha onde uma mulher começou a se levantar atrás de uma mesa.

– Ah, sim – ela disse –, professor Wanstead. E, hã... esta é, hã... – ela hesitou um pouco.

– Miss Jane Marple – informou o professor Wanstead. – Eu conversei com a irmã Barker por telefone.

– Ah, sim. A irmã Barker mencionou que ela estaria acompanhando o senhor.

– Como está a srta. Temple?

– Bem, na mesma, eu acho. Receio não haver muita melhora para relatar.

Ela se levantou.

– Vou levá-los até a irmã Barker.

A irmã Barker era uma mulher alta e magra. Tinha uma voz baixa, decidida, e olhos de um tom cinza-escuro com uma mania de olhar para o interlocutor e olhar para outra direção quase no mesmo instante, deixando-o com a sensação de que tinha sido inspecionado num espaço de tempo muito curto, e de que uma sentença estava pronunciada.

– Não sei que arranjos vocês têm em mente – falou o professor Wanstead.

– Bem, é melhor eu contar para Miss Marple exatamente o que arranjamos. Em primeiro lugar, devo deixar claro que a paciente, srta. Temple, ainda está em coma, com intervalos muito raros de lucidez. Ela parece vir a si de vez em quando, reconhecendo onde se encontra e sendo capaz de dizer algumas palavras. Mas não há nada que se possa fazer para estimulá-la. Precisamos nos apoiar na máxima paciência. O professor Wanstead, imagino, já deve ter lhe contado que, num de seus intervalos de consciência, ela proferiu muito distintamente as palavras "Miss Jane Marple". E depois: "*Eu quero falar com ela. Miss Jane Marple*". Depois disso, recaiu na inconsciência. Nosso médico considerou aconselhável entrar em contato com os outros ocupantes do ônibus. O professor Wanstead veio nos visitar e explicou várias questões, e disse que iria trazer a senhorita. Tudo que podemos lhe pedir para fazer, eu receio, é que se sente na ala privada onde a srta. Temple está e se mantenha de prontidão, talvez, para anotar quaisquer palavras que ela possa dizer, caso chegue a recobrar a consciência. Receio que o prognóstico não ajude muito. Para ser bastante franca, o que é melhor, na minha opinião, já que a senhorita não é uma parente próxima e não é suscetível de ficar perturbada com esta informação: o doutor acha que ela está piorando depressa, que pode morrer sem recobrar a consciência. Não há nada que se possa fazer para aliviar a concussão. É importante que alguém ouça o que ela diz, e o doutor considera aconselhável que ela não veja muitas pessoas em volta caso recupere a consciência. Se Miss Marple não se importa com a ideia de ficar sentada ali sozinha, haverá uma enfermeira no quarto, embora não de maneira óbvia. Ou seja, da cama sua presença não será notada, e ela ficará imóvel, a não ser que a chamem. Vai se sentar num canto do quarto, escondida por um biombo.

A irmã Barker acrescentou:

– Temos um policial lá também, de prontidão para enfrentar qualquer coisa. O doutor considera aconselhável que ele também não seja percebido pela srta. Temple. Uma pessoa sozinha, e essa sendo, possivelmente, uma pessoa que ela *espera* ver, não vai alarmá-la ou fazê-la perder a noção do que deseja lhe dizer. Espero que isso não seja algo complicado de lhe pedir...

– Não, não – Miss Marple retrucou –, estou absolutamente preparada para fazer isso. Tenho comigo um pequeno caderno de anotações e uma caneta que não irão ficar em evidência. Consigo guardar coisas na cabeça por um tempo curto, então não preciso parecer que estou obviamente anotando aquilo que ela diz. Minha memória é confiável, e não sou surda... não sou surda no sentido real da palavra. Não creio que a minha audição seja tão boa quanto já foi um dia, mas, sentada junto à cabeceira de uma cama, por certo serei capaz de ouvir qualquer coisa dita por ela com bastante facilidade, mesmo que seja um sussurro. Estou acostumada com pessoas doentes. Na minha época, lidei um bocado com elas.

O olhar-relâmpago da irmã Barker examinou Miss Marple de novo. Desta vez, uma leve inclinação da cabeça revelou satisfação.

– É uma gentileza da sua parte – ela falou –, e tenho certeza de que, se houver qualquer ajuda que a senhorita puder dar, podemos contar com ela. Se o professor

Wanstead quiser se sentar na sala de espera, no andar de baixo, podemos chamá-lo a qualquer momento, se isso for necessário. Agora, Miss Marple, queira me acompanhar, por favor.

Miss Marple seguiu a irmã ao longo de um corredor e entrou num pequeno e bem equipado quarto individual. No leito, sob uma iluminação fraca por causa das cortinas parcialmente fechadas, jazia Elizabeth Temple. Jazia ali como uma estátua; contudo, não dava impressão de estar adormecida. Sua respiração saía incerta, em leves arquejos. A irmã Barker se inclinou para examinar a paciente, orientando Miss Marple a se acomodar numa cadeira junto à cama. Então voltou à porta no outro lado do quarto. Um jovem com um caderno de anotações na mão apareceu ali, saindo de trás do biombo.

– Ordem do doutor, sr. Reckitt – disse a irmã Barker.

Uma enfermeira também apareceu. Estivera sentada no canto oposto do quarto.

– Me chame se for necessário, enfermeira Edmonds – a irmã Barker falou –, e providencie para Miss Marple qualquer coisa de que ela possa precisar.

Miss Marple afrouxou seu casaco. O quarto estava quente. A enfermeira se aproximou e o pegou. Então se retirou para sua posição anterior. Miss Marple sentou-se na cadeira. Contemplou Elizabeth Temple, pensando, como havia pensado antes, ao olhar para ela no ônibus, no belo formato de sua cabeça. Seus cabelos grisalhos, penteados para trás, harmonizavam-se com seu rosto num efeito perfeito, como se fossem um gorro. Uma mulher bonita, e uma mulher de personalidade. Sim, mil lástimas, Miss Marple pensou, mil lástimas se o mundo perder Elizabeth Temple.

Miss Marple ajeitou a almofada em suas costas, deslocou a cadeira num centímetro e ficou sentada em silêncio para esperar. Se esperaria em vão ou com algum resultado, não fazia ideia. O tempo passou. Dez minutos, vinte minutos, meia hora, 35 minutos. Então, de repente, do modo mais inesperado, por assim dizer, uma voz se fez ouvir. Baixa, mas distinta, ligeiramente rouca. Nenhum traço da ressonância que uma vez detivera.

– Miss Marple.

Os olhos de Elizabeth Temple estavam abertos agora. Fitavam Miss Marple. Pareciam aptos, perfeitamente sensatos. Ela estudava o rosto da mulher sentada junto à cama, estudando-a sem qualquer sinal de emoção ou de surpresa. Tratava-se, poderíamos dizer, de um mero escrutínio. Um escrutínio da mais plena consciência. E a voz voltou a falar:

– Miss Marple. É Jane Marple?

– Isso mesmo. Sim – disse Miss Marple –, Jane Marple.

– Henry sempre fala da senhorita. Disse coisas a seu respeito.

A voz se interrompeu. Miss Marple falou com um leve ponto de interrogação em sua voz:

– Henry?

– Henry Clithering, um velho amigo meu. Amigo muito antigo.

– Um velho amigo meu também – disse Miss Marple. – Henry Clithering.

Ela se lembrou dos muitos anos em que o conhecera, Sir Henry Clithering, as coisas que ele lhe dissera, o auxílio que ele por vezes lhe pedira, e o auxílio que ela lhe pedira. Um amigo muito antigo.

– Eu me lembrei do seu nome. Na lista de passageiros. Pensei que devia ser a senhorita. A senhorita poderia ajudar. Isso é o que ele... Henry, sim... diria se estivesse aqui. A senhorita poderia ser capaz de ajudar.

De descobrir. É importante. Muito importante, embora já tenha se passado muito tempo agora... muito... tempo.

Sua voz vacilou um pouco, com seus olhos semicerrados. A enfermeira se levantou, atravessou o quarto, pegou um copo pequeno e o segurou junto aos lábios de Elizabeth Temple. A srta. Temple tomou um gole, fez um gesto de desdém com a cabeça. A enfermeira colocou o copo de lado e voltou para sua cadeira.

– Se puder, vou ajudar – Miss Marple disse.

Ela não perguntou mais nada.

A srta. Temple falou:

– Bom.

E após um ou dois minutos, de novo:

– Bom.

Por dois ou três minutos, ela ficou de olhos fechados. Poderia estar adormecida ou inconsciente. Então seus olhos voltaram a se abrir de súbito.

– Qual – ela falou –, qual delas? Isso é o que se precisa saber. A senhorita sabe do que eu estou falando?

– Acho que sim. Uma moça que morreu... Nora Broad?

Um franzimento surgiu no mesmo instante na testa de Elizabeth Temple.

– Não, não, não. A outra moça. Verity Hunt.

Houve uma pausa, e então:

– Jane Marple. A senhorita está velha... mais velha do que quando ele falou a seu respeito. Está mais velha, mas ainda consegue descobrir as coisas, não consegue?

Sua voz ficou um pouco mais alta, mais insistente.

– Consegue, não consegue? Diga que consegue. Não tenho muito tempo. Sei disso. Sei disso muito bem. Uma delas, mas qual? Descubra. Henry diria que a senhorita consegue. Pode ser perigoso para a senhorita, mas vai descobrir, não vai?

– Com a ajuda de Deus, eu vou – Miss Marple respondeu.

Era uma promessa.

– Ah!

Os olhos se fecharam, em seguida se abriram de novo. Algo semelhante a um sorriso pareceu tentar contorcer os lábios.

– A grande pedra lá de cima. A Pedra da Morte.

– Quem rolou aquela pedra do alto?

– Não sei. Não importa... somente... Verity. Descubra sobre Verity. Outro nome para a verdade, Verity.

Miss Marple constatou o débil relaxamento do corpo sobre a cama. Houve um sussurro fraco:

– Adeus. Faça o seu melhor...

Seu corpo relaxou, os olhos se fecharam. A enfermeira veio de novo até o lado da cama. Desta vez, pegou o pulso, sentiu-o e fez um sinal para Miss Marple. Miss Marple se levantou, obediente, e a seguiu para fora do quarto.

– Foi um grande esforço para ela – a enfermeira falou. – Não vai recobrar a consciência por algum tempo. Talvez em definitivo. Espero que a senhorita tenha obtido alguma coisa...

– Acho que não obtive – disse Miss Marple –, mas nunca se sabe, não é mesmo?

– Conseguiu algo? – perguntou o professor Wanstead, quando se dirigiam para o carro.

– Um nome – Miss Marple respondeu. – Verity. Era esse o nome da jovem?

– Sim. Verity Hunt.

Elizabeth Temple morreu uma hora e meia depois. Morreu sem recobrar a consciência.

Capítulo 14

O sr. Broadribb pondera

– Viu o *Times* hoje de manhã? – o sr. Broadribb perguntou para seu sócio, o sr. Schuster.

O sr. Schuster respondeu que não conseguia bancar o *Times*, ele assinava o *Telegraph*.

– Bem, pode ter aparecido nesse também – falou o sr. Broadribb. – No obituário. Srta. Elizabeth Temple, S.D.

O sr. Schuster pareceu ficar levemente intrigado.

– Diretora de Fallowfield. Já ouviu falar de Fallowfield, não?

– Claro – Schuster retrucou. – Escola para meninas. Em atividade por uns cinquenta anos. De primeira classe, fantasticamente cara. Então ela era diretora lá, era? Achei que a diretora tinha saído do cargo algum tempo atrás. Seis meses, no mínimo. Tenho certeza de que li a respeito no jornal. Isto é, houve uma matéria sobre a nova diretora. Mulher casada. Jovem. Entre 35 e quarenta anos. Ideias modernas. Dá lições de cosméticos às meninas, e as deixa usar conjuntos com calças. Algo desse tipo.

– Hmm – fez o sr. Broadribb, com o ruído que os advogados de sua idade tendem a fazer quando ouvem algo que induz uma crítica baseada em longa experiência. – Não pense que algum dia ela terá o renome que Elizabeth Temple tinha. Uma figura e tanto ela era. Ficou lá muito tempo também.

– Sim – disse o sr. Schuster, meio desinteressado.

Ele se perguntou por que razão o sr. Broadribb estava tão interessado por diretoras defuntas. O tema das escolas não era, na verdade, do interesse particular de nenhum dos dois cavalheiros. Suas próprias proles estavam agora mais ou menos encaminhadas na vida. Os dois filhos do sr. Broadribb trabalhavam, respectivamente, no funcionalismo público e na indústria petrolífera, e a progênie um tanto mais nova do sr. Schuster estudava em diferentes universidades, nas quais ambos, respectivamente, causavam tanto transtorno quanto podiam às autoridades das instituições. Ele disse:

– O que tem ela?

– Ela estava numa excursão de ônibus – retrucou o sr. Broadribb.

– Esses ônibus... – comentou o sr. Schuster. – Eu não deixaria nenhum parente meu embarcar num deles. Um caiu de um precipício na Suíça semana passada, e dois meses atrás houve um que bateu e vinte pessoas morreram. Não sei quem dirige esses negócios hoje em dia.

– Foi uma dessas excursões da Casas de Campo e Jardins e Localidades Britânicas Interessantes... ou seja lá como as chamem – disse o sr. Broadribb. – Não é bem o nome certo, mas você entende o que eu quero dizer.

– Ah, sim, eu sei. A... hã... sim, é aquela na qual enviamos Miss Não-sei-quem. Aquela na qual o sr. Rafiel reservou um lugar.

– Miss Jane Marple estava nela.

– Ela não morreu também, morreu? – perguntou o sr. Schuster.

– Não, até onde sei – falou o sr. Broadribb. – Eu só fiquei ponderando um pouco, no entanto.

– Foi um acidente na estrada?

– Não. Foi num desses lugares de belezas naturais. Eles estavam caminhando por uma trilha, subindo uma colina. Era uma caminhada árdua. Subindo uma colina bastante íngreme, com pedregulhos e coisas assim. Alguns dos pedregulhos se soltaram e vieram desabando pela montanha. A srta. Temple foi abalroada e levada para o hospital com uma concussão, e morreu...

– Que azar – comentou o sr. Schuster, esperando ouvir mais.

– Mas eu fiquei ponderando – disse o sr. Broadribb –, porque me aconteceu de lembrar que... bem, que Fallowfield era a escola onde estudava aquela moça.

– Que moça? Eu realmente não sei do que você está falando, Broadribb.

– A moça que o jovem Michael Rafiel apagou. Eu só estava rememorando algumas coisas que, ao que parece, poderiam ter uma ligeira ligação com esse negócio curioso de Jane Marple no qual o velho Rafiel estava tão empenhado. Seria bom se ele tivesse nos contado mais.

– Qual é a ligação? – perguntou o sr. Schuster.

Ele parecia estar mais interessado agora. Seu raciocínio se afiava para expressar uma opinião sólida sobre o que quer que fosse que o sr. Broadribb estava prestes a lhe confidenciar.

– Aquela moça. Não consigo lembrar agora o sobrenome dela. O primeiro nome era Hope ou Faith*, ou algo parecido. Verity, esse era o nome dela. Verity Hunter, acho que era. Foi uma daquelas mocinhas assassinadas em série. Encontraram seu corpo numa vala a cerca de cinquenta quilômetros de onde havia desaparecido. Morta fazia seis meses. Aparentemente estrangulada, e a cabeça e o rosto tinham sido esmagados... para retardar o reconhecimento, segundo pensaram, mas *conseguiram* reconhecê-la. Roupas, bolsa, joias nas proximidades... um sinal ou uma cicatriz. Sim, ela foi identificada com a maior facilidade.

– Na verdade, o julgamento todo foi por causa dela, não foi?

* Respectivamente, “Esperança” e “Fé”. (N.T.)

– Sim. Michael era suspeito de ter liquidado três outras moças no longo do ano anterior, talvez. Mas as provas não eram tão boas nas outras mortes... de modo que a polícia se concentrou nesse caso específico... evidências de sobra... maus antecedentes. Casos anteriores de agressão e estupro. Bem, todo mundo sabe o que é o estupro hoje em dia. A mamãe diz à mocinha que ela deve acusar o rapaz de estupro, mesmo que o rapaz não tenha tido grande chance, com a mocinha se jogando em cima dele o tempo inteiro para ele vir até a casa enquanto a mamãe está fora trabalhando, ou o papai saiu num feriado. Não para de atormentá-lo até que ele é forçado a se deitar com ela. Aí, como eu disse, a mamãe diz à mocinha que ela deve fazer uma acusação de estupro. Contudo, essa não é questão – disse o sr. Broadribb. – Eu fiquei ponderando se as coisas não poderiam estar um pouco entrelaçadas, sabe... Achei que esse negócio de Jane Marple com Rafiel poderia ter algo a ver com Michael.

– Ele foi considerado culpado, não foi? E condenado à prisão perpétua?

– Não consigo lembrar agora... já faz tanto tempo. Ou será que eles se safaram com um veredito de responsabilidade reduzida?

– E Verity Hunter ou Hunt foi educada naquela escola. A escola da srta. Temple? Mas ela não era mais estudante quando foi assassinada, certo? Não que eu me lembre.

– Não, não. Ela estava com dezoito ou dezenove anos, morando com parentes ou amigos de parentes, ou algo do gênero. Boa casa, boas pessoas, boa moça segundo todos os relatos. O tipo de moça cujos parentes dizem: "Ela era uma moça muito tranquila, bastante tímida, não saía por aí com gente estranha e não tinha namorado". Os parentes nunca sabem os namorados que uma mocinha tem. A mocinha toma o maior cuidado nesse sentido. E o jovem Rafiel, segundo se diz, era irresistível para todas as moças.

– Nunca houve nenhuma dúvida de que o assassino era ele? – o sr. Schuster perguntou.

– Nem um pouco. Contou um monte de mentiras no banco das testemunhas, de todo modo. Sua defesa teria feito melhor se não o tivesse deixado testemunhar. Vários amigos dele lhe deram um álibi que não se sustentava, se você me entende. Todos os amigos dele pareciam ser mentirosos eloquentes.

– Qual é a sua intuição a respeito, Broadribb?

– Ah, eu não tenho intuição nenhuma – respondeu o sr. Broadribb. – Eu só estava ponderando se a morte dessa mulher não poderia estar entrelaçada na história.

– Em que sentido?

– Bem, ora... com esses pedregulhos desabando de penhascos e caindo em cima de uma pessoa. Nem sempre é um acontecimento natural. Os pedregulhos geralmente ficam onde estão, pela minha experiência.

Capítulo 15

Verity

I

– Verity – Miss Marple falou.

Elizabeth Margaret Temple morrera na noite anterior. Tinha sido uma morte serena. Miss Marple, sentada mais uma vez em meio ao chintz desbotado da sala de visitas em The Old Manor House, havia deixado de lado o casaquinho de bebê cor-de-rosa que se dedicara previamente a tricotar e o substituíra por uma echarpe roxa de crochê. Esse pequeno toque de luto condizia com as ideias vitorianas primordiais de Miss Marple sobre o tato em face da tragédia.

Um inquérito seria realizado no dia seguinte. O vigário tinha sido consultado e concordara em realizar uma breve cerimônia fúnebre na igreja, tão logo pudessem ser tomadas as providências. Agentes funerários adequadamente vestidos, com expressões apropriadas de luto, encarregaram-se de tudo, em colaboração com a polícia. O inquérito iria ocorrer na manhã seguinte, às onze horas. Participantes da excursão de ônibus haviam concordado em comparecer. E vários deles tinham optado por permanecer de modo a comparecer também à cerimônia na igreja.

A sra. Glynne tinha vindo ao Golden Boar e insistira que Miss Marple voltasse para The Old Manor House até retornar, por fim, à excursão.

– A senhorita vai ficar longe de todos os repórteres.

Miss Marple agradecera às três irmãs, aceitando calorosamente o convite.

A excursão de ônibus seria retomada depois da cerimônia religiosa, seguindo primeiro para South Bedestone, a 55 quilômetros de distância, onde havia um hotel de boa categoria que tinha sido escolhido originalmente como ponto de parada. Depois disso, a excursão continuaria conforme o planejado.

Havia, entretanto, como Miss Marple considerara provável, certas pessoas que estavam se desligando e voltando para casa, ou que estavam seguindo em outras direções, deixando de acompanhar a excursão. Podia-se dizer algo a favor de qualquer uma das decisões. Abandonar o que se transformaria numa jornada de lembranças dolorosas ou então continuar com visitas turísticas já pagas e que só tinham sido interrompidas por um desses dolorosos acidentes que podem acontecer em qualquer expedição turística. Muito dependeria, Miss Marple pensou, das consequências do inquérito.

Depois de trocar com suas três anfitriãs vários comentários convencionais apropriados à ocasião, Miss Marple dedicara-se a sua lã roxa e ficara considerando sua próxima linha de investigação. E desse modo, com seus dedos ainda ocupados, ela tinha proferido aquela palavra solitária: "Verity". Lançando-a como quem lança uma pedrinha num lago, apenas para observar qual seria o resultado – se é que haveria algum. A palavra teria algum significado para suas anfitriãs? Poderia ter e poderia não ter. Além disso, quando encontrasse os participantes da excursão durante a refeição do hotel naquela noite, algo que havia sido combinado, ela testaria o efeito por lá. Tinha sido, ela pensou consigo, a última palavra, ou quase a última palavra que Elizabeth Temple pronunciara. Portanto, Miss Marple pensou (seus dedos ainda ocupados porque não precisava olhar para seu crochê, ela conseguia ler um livro ou desenvolver uma conversa enquanto seus dedos, embora ligeiramente prejudicados pelo reumatismo, continuavam executando de forma correta os movimentos indicados), portanto:

– Verity.

Como uma pedrinha num lago, provocando ondulações, respingos, alguma coisa? Ou nada. Por certo haveria uma reação de uma espécie ou de outra. Sim, ela não se enganara. Embora seu rosto não revelasse nada, os olhos aguçados por trás dos óculos haviam vigiado três pessoas de maneira simultânea, um talento que ela treinara ao longo de muitos anos – quando desejava observar seus vizinhos em igrejas, reuniões de mães ou outras atividades públicas em St. Mary Mead, nas ocasiões em que havia saído no encalço de alguma notícia ou fofoca interessante.

A sra. Glynne largara o livro que tinha nas mãos e olhara para Miss Marple com uma leve surpresa. Surpreendida, ao que parecia, com aquela específica palavra vindo de Miss Marple, mas não surpreendida, de fato, por escutá-la.

Clotilde reagiu de maneira diferente. Sua cabeça se levantou num espasmo, ela se inclinou à frente, em seguida olhou não para Miss Marple, mas além dela, na direção da janela. Suas mãos se cerraram; ela se mantinha numa completa imobilidade. Miss Marple, apesar de ter deixado a cabeça cair um pouco, como se não estivesse mais olhando, notou que seus olhos estavam se enchendo de lágrimas. Clotilde não se movia, e deixou que as lágrimas corressem por seu rosto. Não fazia menção de tirar um lenço, não emitia palavra alguma. Miss Marple estava impressionada com a aura de pesar que a envolvia.

A reação de Anthea foi diferente. Foi rápida, excitada, quase de prazer.

– Verity? Verity, a senhorita disse? A senhorita a conhecia? Eu não fazia ideia. É a Verity Hunt que a senhorita se refere?

Lavinia Glynne disse:

– É um nome próprio.

– *Eu* nunca tinha visto ninguém com esse nome – Miss Marple falou –, mas estava me referindo *mesmo* a um nome próprio. Sim. É bastante incomum, acredito. Verity – ela repetiu, pensativa.

Miss Marple largou o novelo de lã roxa e olhou em volta com a expressão ligeiramente embaraçada, num tom de desculpa, de alguém que se dá conta de ter cometido uma gafe grave, mas sem saber direito por quê.

– Eu... eu lamento muito. Por acaso falei algo que não devia? Foi só porque...

– Não, claro que não – disse a sra. Glynne. – É só... é que é um nome que conhecemos, um nome com o qual temos uma relação.

– Ele só me veio à mente – Miss Marple falou, ainda num tom de desculpa – porque, vejam bem, foi a pobre srta. Temple quem o disse. Eu fui visitá-la ontem à tarde. O professor Wanstead me levou. Ele parecia pensar que eu poderia ser capaz de... de... não sei se é a palavra certa... de *despertá-la*, de algum modo. A srta. Temple estava em coma e eles pensaram... não que eu tivesse sido amiga dela em qualquer momento, mas nós tínhamos conversado na excursão, e com frequência sentávamos lado a lado, sabem como é, vez por outra, e havíamos trocado ideias. E ele pensou que talvez eu pudesse ser de alguma utilidade. Receio que eu não tenha sido. De modo algum. Eu fiquei apenas lá sentada, esperei, e aí ela de fato disse uma ou duas palavras, mas não pareciam significar nada. Afinal, porém, bem quando já era hora de eu ir, ela abriu os olhos e me encarou. Não sei se ela estava me confundido com alguém, mas de fato disse essa palavra: Verity! E, bem, é claro, ela ficou gravada na minha mente, especialmente depois de seu falecimento, ontem à noite. Deve ter sido alguém ou algo que ela tinha em mente. Mas é claro que só poderia significar... bem, é claro que só poderia significar Verdade. Isso é o que significa Verity, não é mesmo?

Ela transferiu seu olhar de Clotilde para Lavinia e Anthea.

– Esse era o primeiro nome de uma moça que conhecíamos – falou Lavinia Glynne. – Foi por isso que ficamos sobressaltadas.

– Especialmente por causa da maneira horrível como ela morreu – disse Anthea.

Clotilde disse com sua voz grave:

– Anthea! Não há necessidade de entrar nesses detalhes.

– Mas, afinal de contas, todo mundo sabe muito bem o que aconteceu com ela – Anthea retrucou e olhou para Miss Marple. – Achei que talvez a senhorita pudesse tê-la conhecido, porque conhecia o sr. Rafiel, não é mesmo? Bem, quero dizer, ele nos escreveu a seu respeito, então decerto a senhorita o conhecia. E achei que talvez, bem, ele tivesse lhe mencionado a história toda.

– Sinto muito – Miss Marple falou –, receio não ter entendido ainda do que vocês estão falando.

– Encontraram o corpo dela numa vala – Anthea disse.

Nunca havia como segurar Anthea, Miss Marple pensou, não quando ela já tinha começado. Mas julgou que o discurso vociferante de Anthea estava tensionando Clotilde ainda mais. Agora ela havia tirado um lenço de uma maneira discreta, reservada. Ela esfregou as lágrimas dos olhos e então se sentou ereta, com as costas muito retas, os olhos profundos e trágicos.

– Verity – ela disse – era uma moça da qual gostávamos muito. Morou aqui por um tempo. Eu sentia um grande apego por ela...

– E ela sentia um grande apego por você – disse Lavinia.

– Os pais dela eram amigos meus – Clotilde falou. – Morreram num acidente de avião.

– Ela estudou em Fallowfield – Lavinia explicou. – Foi assim que a srta. Temple veio a se lembrar dela, suponho.

– Ah, entendo – disse Miss Marple. – Onde a srta. Temple era diretora, é isso? Já ouvi falar de Fallowfield várias vezes, claro. É uma ótima escola, não?

– Sim – Clotilde disse. – Verity foi aluna lá. Depois que seus pais morreram, ela veio ficar conosco por um tempo, enquanto decidia o que queria fazer com seu futuro. Tinha dezoito ou dezenove anos. Uma garota muito doce, muito afetuosa e amorosa. Chegou a pensar em talvez fazer um treinamento em enfermagem, mas era muito inteligente, e a srta. Temple dizia com grande insistência que ela devia ir para a universidade. Assim, estava estudando e recebendo orientação para isso quando aquela terrível tragédia aconteceu.

Ela desviou o rosto.

– Eu... A senhorita se importa se não tocarmos mais nesse assunto agora?

– Ah, claro que não – Miss Marple disse. – Sinto muito ter esbarrado numa tragédia. Eu não sabia. Eu... não tinha tomado conhecimento... achava que... bem, quero dizer...

Ela foi ficando mais e mais incoerente.

II

Naquela noite, ela tomou conhecimento de um pouco mais. A sra. Glynne entrou em seu quarto quando ela estava trocando de roupa para ir ao encontro dos outros no hotel.

– Achei que devia vir lhe explicar um pouco – falou a sra. Glynne – sobre... sobre a moça, Verity Hunt. Claro, a senhorita não tinha como saber que a nossa irmã, Clotilde, tinha um grande apego por ela, e que sua morte tenebrosa foi um choque terrível. Nunca mencionamos o nome dela se podemos evitar, mas... acho que seria mais fácil se lhe relatasse os fatos por completo, e a senhorita vai entender. Aparentemente, sem o nosso conhecimento, Verity tinha ficado amiga de um jovem indesejável... mais do que indesejável... ele acabou revelando ser um jovem perigoso, que já tinha antecedentes criminais. Ele veio nos visitar quando estava passando por aqui certa vez. Conhecíamos o pai dele muito bem – a sra. Glynne fez uma pausa. – Acho que é melhor eu lhe contar toda a verdade, se a senhorita não sabe, e não parece saber. Ele era, de fato, o filho do sr. Rafiel, Michael...

– Ah, minha nossa... – Miss Marple falou. – Não... não... Eu não consigo lembrar o nome dele, mas de fato me lembro de ouvir que havia um filho... e que ele não tinha se mostrado muito satisfatório.

– Um pouco mais do que isso – falou a sra. Glynne. – Ele sempre causara problemas. Já tinha sido levado ao tribunal uma ou outra vez por vários motivos. Uma vez por agredir uma adolescente... outras coisas desse gênero. Claro, pessoalmente eu considero que os magistrados são lenientes demais com esse tipo de coisa. Não querem atrapalhar a carreira universitária de um rapaz. E aí os deixam se safar com uma... não recordo agora qual é o termo... uma sentença suspensa, algo desse tipo. Se esses rapazes fossem colocados na cadeia de imediato, talvez isso lhes desestimulasse esse estilo de vida. Ele era um ladrão também. Forjara cheques, cometera furtos. Não era flor que se cheire, nem de longe. Nós éramos amigas da mãe dele. Foi sorte dela, acredito, ter morrido jovem, antes de ter tempo de ver o monstro em que seu filho estava se transformando. O sr. Rafiel fez tudo que pôde, acredito. Tentou encontrar empregos adequados para o rapaz, pagou multas para ele, coisas assim. Mas acho que foi um grande golpe para ele, embora fingisse ser mais ou menos indiferente, menosprezando aquilo como algo que acontece na vida. Nós tivemos, como as pessoas aqui no vilarejo provavelmente lhe contariam, nós tivemos um horrível surto de assassinatos e violência neste distrito. Não apenas aqui. Ocorreram em diferentes localidades pelo interior, a trinta quilômetros de distância, às vezes a oitenta quilômetros de distância. Um ou dois, na suspeita da polícia, foram cometidos a quase 150 quilômetros de distância. Mas pareciam se centrar mais ou menos nesta região aqui. De todo modo, Verity saiu certo dia para visitar uma amiga e... bem, ela não voltou. Fomos à polícia para registrar, a polícia procurou-a, fez buscas pela zona rural toda, mas não conseguiu encontrar nenhum vestígio dela. Distribuímos anúncios, a polícia distribuiu anúncios, e sugeriram que ela tinha fugido com um namorado. Então começou a circular um boato de que ela tinha sido vista com Michael Rafiel. Por aquela altura, a polícia já estava de olho em Michel como uma possibilidade, por certos crimes que haviam ocorrido, muito embora não conseguissem encontrar nenhuma prova objetiva. Verity, segundo alguém disse, descrevendo-a por suas roupas e outros aspectos, tinha sido vista na companhia de um jovem semelhante a Michael e num carro que correspondia a uma descrição do carro dele. Mas não apareceu nenhuma prova maior do que essa até que seu corpo foi descoberto seis meses depois, a cinquenta quilômetros daqui, numa área repleta de matas, bastante selvagem, numa vala coberta com pedras e um monte de terra. Clotilde precisou identificá-la... era Verity, sem dúvida. Tinha sido estrangulada, e a cabeça tinha sido esmagada. Clotilde nunca chegou a se recuperar bem do choque. Havia certas marcas, uma pinta e uma cicatriz antiga, e, claro, suas roupas e os pertences em sua bolsa. A srta. Temple gostava muito de Verity. Deve ter pensado nela pouco antes de morrer.

– Eu lamento – disse Miss Marple. – Realmente lamento muitíssimo. Por favor, diga para sua irmã que eu não sabia. Eu não fazia ideia.

Capítulo 16

O inquérito

I

Miss Marple caminhava devagar pela rua do vilarejo, em seu caminho rumo ao quarteirão do mercado onde o inquérito seria realizado no antiquado prédio georgiano que era conhecido, havia cem anos, como Curfew Arms. Ela conferiu seu relógio. Restavam ainda uns bons vinte minutos até que precisasse estar lá. Deu uma olhada nas lojas. Parou diante de uma loja que vendia lã e casacos de bebê, e espiou seu interior por alguns instantes. Havia uma moça atendendo na loja. Duas crianças experimentavam pequenos casacos de lã. Mais adiante, ao longo do balcão, se via uma mulher idosa.

Miss Marple entrou na loja, seguiu pelo balcão até um assento diante da mulher idosa a apresentou uma amostra de lã cor-de-rosa. Terminara seu estoque, ela explicou, daquela específica marca de lã, e ela tinha um casaquinho que precisava terminar. A lã equivalente logo foi encontrada, outras amostras de lã que Miss Marple havia admirado foram trazidas para sua consideração, e logo ela entabulou uma conversa. Começando com a tristeza do acidente que acabara de ocorrer. A sra. Merrypit, se seu nome era idêntico ao que estava escrito na fachada da loja, reconheceu de todo a importância do acidente, e as dificuldades em geral de fazer com que as autoridades locais tomassem qualquer medida quanto aos perigos das trilhas e vias públicas.

– Depois de uma chuva, sabe, o solo fica todo encharcado, e aí os pedregulhos se soltam e lá vêm eles rolando. Eu me lembro de um ano em que houve três quedas... três acidentes aconteceram. Um rapaz morreu, é, e aí mais adiante naquele ano, ah, seis meses depois, eu acho, teve um homem que quebrou o braço, e a terceira vez foi a pobre sra. Walker. Cega, ela era, e bem surda, também. Não escutava nada, senão ela teria conseguido sair do caminho, pelo que disseram. Alguém viu aquilo e gritou para ela, mas a pessoa estava longe demais pra alcançá-la, ou conseguir correr até ela. E assim ela morreu.

– Ah, que tristeza – Miss Marple comentou –, que trágico. O tipo de coisa que a gente não esquece com facilidade, não é mesmo?

– É verdade. Creio que o juiz investigador vai mencionar isso hoje.

– Creio que vai – Miss Marple disse. – Num certo sentido terrível, parece ser uma coisa bastante normal de acontecer, não é mesmo, se bem que, claro, ocorrem acidentes às vezes quando coisas são empurradas, sabe... Simplesmente empurrando, balançando as pedras. Esse tipo de coisa.

– Ah, bem, tem uns meninos que aprontam de tudo. Mas não acho que eu já tenha visto eles lá pra cima, fazendo bagunça.

Miss Marple passou para o tema dos pulôveres. Pulôveres de cores chamativas.

– Não é para mim – ela falou –, é para um dos meus sobrinhos-netos. Sabe como é, ele quer um pulôver de gola alta e gostaria de um com cores bem chamativas.

– Sim, eles gostam mesmo de cores chamativas hoje em dia, não é? – concordou a sra. Merrypit. – Não no jeans. Gostam de jeans escuro. Escuro ou azul-escuro. Mas gostam de um pouquinho de brilho na parte de cima.

Miss Marple lhe descreveu um pulôver com padrão xadrez em cores chamativas. Aparentemente, havia um ótimo estoque de pulôveres e jérseis, mas nada em vermelho e preto parecia estar em exposição, tampouco havia qualquer coisa semelhante mencionada como tendo constado em estoque nos últimos tempos. Depois de conferir algumas amostras, Miss Marple preparou-se para partir, tagarelando primeiro sobre os assassinatos anteriores, dos quais ouvira falar, que haviam acontecido naquela região.

– Pegaram o sujeito no final – falou a sra. Merrypit. – Rapaz bem-apessoado, nem se pensaria só de olhar pra ele. Tinha sido bem-criado, sabe... Tinha estudado em universidade e tudo mais. O pai era muito rico, pelo que dizem. Não batia muito bem da cabeça, eu suponho. Não que tivessem mandado ele para Broadway, ou sei lá qual é o lugar. Não, não fizeram isso, mas eu, na minha opinião, acho que ele deve ter sido um doente mental... teve cinco ou seis outras mocinhas, pelo que disseram. A polícia chamou os rapazes aqui da redondeza um depois do outro para colaborar. Eles chamaram Geoffrey Grant. Tinham quase certeza de que era ele no começo. Ele sempre foi um pouco esquisito, desde menino. Mexia com as garotinhas indo pra escola, sabe. Costumava oferecer doces e levá-las pelas ruazinhas para ver as prímulas ou algo parecido. Sim, eles tinham suspeitas muito fortes a respeito dele. Mas não era ele. E depois teve outro, Bert Williams, mas ele tinha estado bem longe em duas ocasiões, pelo menos... o que chamam de álibi... então não podia ser ele. E aí, por fim, chegaram nesse fulano, não consigo lembrar o nome agora. Luke, acho que o nome era... Não, Mike alguma coisa. Muito bem-apessoado, como eu disse, mas tinha maus antecedentes. Sim, de roubo, de forjar cheque, tudo que é tipo de coisa assim. E dois... como que se chama... casos de paternidade... não, não quero dizer isso, mas a senhorita entende o que eu quero dizer. Quando uma moça vai ter um bebê. Sabe como é... E eles dão uma ordem e o sujeito é obrigado a pagar. Ele fez isso com duas moças antes.

– E essa moça estava esperando um bebê?

– Ah, sim, estava. Primeiro nós pensamos, quando encontraram o corpo, que podia ter sido Nora Broad. Era a sobrinha da sra. Broad, que tem uma loja por aqui. Adorava sair com os rapazes, essa aí. Tinha desaparecido de casa do mesmo jeito. Ninguém sabia onde ela estava. Assim, quando aquele corpo apareceu seis meses depois, acharam no começo que era ela.

– Mas não era?

– Não... alguém totalmente diferente.

– O corpo chegou a aparecer?

– Não. Acho que pode aparecer um dia, mas eles consideram, de um modo geral, que foi jogado no rio. Ah, bem, a gente nunca sabe, certo? A gente nunca sabe o que pode acabar desenterrando num campo lavrado ou algo assim. Me levaram uma vez para ver todo aquele tesouro. Era Luton Loo... algum nome assim. Em algum lugar nos condados do Leste. Estava embaixo de um campo lavrado. Lindo. Navios de ouro e navios vikings e um prato de ouro, grandes travessas. Bem, a gente nunca sabe. Qualquer dia desses você pode topar com um cadáver, ou pode topar com uma travessa de ouro. E pode ser algo com centenas de anos, como aquele prato de ouro era, ou pode ser um cadáver de três ou quatro anos atrás, como Mary Lucas, que ficou desaparecida por quatro anos, pelo que dizem. Em algum lugar perto de Reigate ela foi encontrada. Ah, bem, essas coisas todas! É uma vida triste. Sim, é uma vida muito triste. A gente nunca sabe o que nos espera.

– Houve outra moça que morava aqui, não houve? – Miss Marple perguntou. – Que morreu.

– A senhorita se refere ao corpo que pensaram que era de Nora Broad mas não era? Sim. Não lembro agora o nome dela. Hope, acho que era. Hope ou Charity.* Um nome desses assim, a senhorita sabe como é. Costumavam usar muito nos tempos vitorianos, mas a gente não escuta mais tanto hoje em dia. Morava em Manor House, é. Tinha ficado lá por um tempo depois que os pais morreram.

– Os pais morreram num acidente, não?

– Isso mesmo. Num avião indo pra Espanha ou Itália, um desses lugares.

– E a senhora disse que ela veio morar aqui? Eram parentes dela?

– Não sei se eram parentes, mas a sra. Glynne, como ela se chama agora, era, creio eu, uma grande amiga da mãe dela, ou algo nesse sentido. A sra. Glynne, é claro, se casou e foi pro exterior, mas a srta. Clotilde... essa é a mais velha, a morena... ela gostava muito da garota. Levou ela pro exterior, para Itália e França e todos os tipos de lugares, e matriculou ela em cursos, um pouco de datilografia e estenografia e esse tipo de coisa, e aulas de arte também. Ela é muito artística, a srta. Clotilde. Ah, ela gostava da garota com todas as forças. Ficou de coração partido quando ela desapareceu. Bem diferente da srta. Anthea...

– A srta. Anthea é a mais nova, não é?

– Sim. Parece ter algum parafuso solto, as pessoas dizem. Meio biruta, sabe, na cabeça dela. Às vezes a gente a vê caminhando, falando sozinha, sabe, e jogando a cabeça de uma forma muito estranha. As crianças ficam com medo dela às vezes. Dizem que ela é meio esquisita

* "Caridade". (N.T.)

nas coisas que faz. Não sei. A gente ouve de tudo num vilarejo, não é? O tio-avô que morava aqui antes era um pouco estranho também. Costumava praticar tiro de revólver no jardim. Sem motivo algum, até onde qualquer um podia entender. Orgulhoso de sua perícia, ele dizia que era, seja lá o que for uma perícia.

– Mas a srta. Clotilde não é estranha?

– Ah, não, ela é inteligente, ela é. Sabe latim e grego, eu acredito. Teria gostado de ir pra universidade, mas teve que cuidar de sua mãe, que era inválida, por um longo tempo. Mas gostava muito da senhorita... ora, qual era o nome dela? Faith, talvez. Gostava muito dela e a tratava como filha. E aí lá vem esse jovem não sei o nome, Michael acho que era... Até que um dia a moça simplesmente some sem dizer uma palavra para ninguém. Não sei se a srta. Clotilde sabia que ela esperava um bebê.

– Mas a senhora sabia – disse Miss Marple.

– Ah, bem, eu tenho muita experiência. Eu geralmente sei quando uma moça está desse jeito. É mais do que evidente para quem olha. Não é só a forma, por assim dizer; dá para dizer pela expressão em seus olhos e pelo jeito de andar e sentar, e o tipo de ataque vertiginoso que elas sofrem, e os enjoos de quando em quando. Ah, sim, eu pensei comigo, eis aqui mais uma delas. A srta. Clotilde teve que ir identificar o corpo. Aquilo quase acabou com ela. Ela virou uma mulher diferente por semanas, depois. Amava bastante aquela garota, ela.

– E a outra... srta. Anthea?

– Por mais engraçado que pareça, sabe, achei que ela tinha uma espécie de expressão satisfeita, como se estivesse... sim, simplesmente satisfeita. Não é legal, hein? A filha do fazendeiro Plummer costumava ter essa expressão. Sempre ia ver os porcos sendo mortos. Gostava disso. Coisas engraçadas acontecem nas famílias.

Miss Marple se despediu, viu que ainda tinha mais dez minutos e seguiu para o correio. A agência de correios e principal loja de Jocelyn St. Mary ficava logo na saída do quarteirão do mercado.

Miss Marple entrou na agência, comprou alguns selos, conferiu alguns dos cartões-postais e então dirigiu sua atenção a vários livros de brochura. Uma mulher de meia-idade com um rosto bastante azedo presidia por trás do balcão. Ela ajudou Miss Marple a libertar um livro da estante expositora.

– Às vezes eles ficam meio presos. É que as pessoas não os colocam de volta direito...

Não havia ninguém mais na loja naquele momento. Miss Marple contemplou com desgosto a capa do livro – uma jovem nua com marcas sangrentas no rosto e um assassino de feições sinistras curvado sobre ela com uma faca manchada de sangue na mão.

– Francamente – ela comentou –, não me agradam esses livros de terror hoje em dia.

– Foram um pouco longe demais em algumas das capas, não é mesmo? – retrucou a sra. Azeda. – Nem todo mundo gosta. Hoje em dia, a violência faz sucesso em todos os sentidos, eu diria.

Miss Marple destacou um segundo livro.

– *O que terá acontecido a Baby Jane?* – ela leu. – Minha nossa, estamos vivendo num mundo triste.

– Ah, sim, eu sei. Vi no jornal ontem, uma mulher deixou seu bebê na porta de um supermercado e aí alguém apareceu e levou o carrinho embora. E fez isso sem nenhum motivo, até onde se pôde entender. A polícia o encontrou, claro. Todos parecem dizer a mesma coisa, não importa se roubaram um supermercado ou sumiram com um bebê. Não sabem o que lhes deu, dizem.

– Talvez realmente não saibam – Miss Marple sugeriu.

A sra. Azeda pareceu ficar mais azeda ainda.

– Eu teria que fazer muita força para acreditar nisso.

Miss Marple olhou em volta – a agência ainda estava vazia. Avançou até a janela.

– Se não está ocupada demais, eu gostaria de saber se a senhora poderia responder uma pergunta minha – Miss Marple falou. – Fiz algo extremamente estúpido. Nos últimos tempos, eu ando cometendo tantos erros... Foi um pacote endereçado a uma instituição de caridade. Eu lhes mando roupas, pulôveres e malhas para crianças, e fiz o embrulho, e o enderecei, e ele foi enviado, só que hoje de manhã me ocorreu, de repente, que eu havia cometido um erro e escrito o endereço errado. Não imagino que alguma lista seja mantida com os endereços dos pacotes, mas pensei que alguém poderia, por acaso, se lembrar dele. O endereço que eu quis colocar era Associação Beneficente dos Estaleiros do Tâmisa.

A sra. Azeda exibiu agora uma expressão bastante gentil, tocada pela evidente incapacidade de Miss Marple, por seu estado geral de senilidade e confusão.

– A senhora mesma que o trouxe?

– Não, não fui eu... Estou hospedada em The Old Manor House... e uma delas, a sra. Glynne, acho eu... disse que ela ou sua irmã o levariam ao correio. Muita bondade dela...

– Deixe-me ver, então. Deve ter sido na terça-feira, não? Não foi a sra. Glynne quem o trouxe, foi a mais nova, a srta. Anthea.

– Sim, sim, acho que foi esse o dia...

– Eu me lembro bem. Numa caixa de vestido de bom tamanho, e razoavelmente pesada, creio eu. Mas não era o que a senhora disse, Associação dos Estaleiros... não consigo me lembrar de nada parecido. Era para o reverendo Matthews, Campanha do agasalho de lã feminino e infantil de East Ham.

– Ah, claro – Miss Marple juntou as mãos num êxtase de alívio. – Que astuto da sua parte... Entendi agora como acabei fazendo isso. No Natal, eu *de fato* mandei algumas coisas à Campanha de East Ham, respondendo a um apelo especial por roupas tricotadas, então devo ter copiado o endereço errado. A senhora pode apenas repeti-lo?

Ela o registrou com cuidado num pequeno caderno de anotações.

– Receio que o pacote já tenha saído, no entanto...

– Ah, sim, mas eu posso lhes escrever, explicando o engano, e lhes pedir que encaminhem o pacote à Associação dos Estaleiros. *Muito* obrigada.

Miss Marple se foi.

A sra. Azeda pegou selos para o próximo cliente, comentando num aparte para uma colega:

– Biruta de primeira, a pobre velhinha. Deve fazer esse tipo de coisa o tempo inteiro.

Saindo do correio, Miss Marple topou com Emlyn Price e Joanna Crawford.

Joanna, ela notou, estava muito pálida e parecia aborrecida.

– Preciso prestar depoimento – ela disse. – O que será que vão me perguntar? Estou com tanto medo... Não... não gosto disso. Eu contei ao sargento da polícia, contei a ele o que achava que tínhamos visto.

– Não se preocupe, Joanna – disse Emlyn Price. – É só um inquérito, sabe... Ele é um bom homem, um médico, acredito. Ele só vai lhe fazer algumas perguntas e você vai dizer o que viu.

– Você viu também – Joanna falou.

– Sim, eu vi – disse Emlyn. – Pelo menos, vi que havia alguém lá em cima. Perto dos pedregulhos e tal. Mas vamos indo, Joanna.

– Eles vieram revistar os nossos quartos no hotel – Joanna disse. – Nos pediram permissão, mas tinham um mandado de busca. Vistoriaram os nossos quartos e os pertences na nossa bagagem.

– Acredito que queriam encontrar aquele pulôver xadrez que vocês descreveram. De todo modo, não há nenhum motivo para que fiquem preocupados. Se vocês mesmos tivessem um pulôver preto e escarlate, não o teriam mencionado, certo? Era preto e escarlate, não era?

– Não sei – Emlyn Price retrucou. – Eu realmente não guardo bem as cores das coisas. Acho que era uma cor chamativa. Isso é tudo que eu sei.

– Não encontraram nada – Joanna disse. – Afinal de contas, nenhum de nós trouxe muita coisa. A gente não costuma trazer, quando viaja de ônibus. Não havia nada parecido entre os pertences de todos. Em nenhum momento eu vi alguém... da nossa turma, eu quero dizer... usando qualquer coisa parecida. Não até aqui. Você viu?

– Não, não vi, mas suponho que... não sei bem se eu saberia se o *tivesse* visto – falou Emlyn Price. – Nem sempre consigo diferenciar o vermelho do verde.

– Não, você é um pouco daltônico, não? – Joanna retrucou. – Outro dia eu percebi isso.

– Como assim, você percebeu isso?

– A minha echarpe vermelha. Eu perguntei se você a tinha visto. Você disse que tinha visto uma verde em algum lugar e me trouxe a vermelha. Eu a tinha deixado na sala de jantar. Mas você realmente não sabia que era vermelha.

– Bem, não saia por aí dizendo que eu sou daltônico. Não gosto. Isso deixa as pessoas com um pé atrás, de alguma maneira.

– Os homens são daltônicos com mais frequência do que as mulheres – Joanna disse. – É uma dessas coisas ligadas à genética – acrescentou com ar de erudição. – Sabe como é, algo transmitido pela mulher que se manifesta no homem.

– Você fala como se fosse sarampo – disse Emlyn Price. – Bem, chegamos.

– Você parece não se importar – Joanna falou enquanto eles subiam os degraus.

– Bem, não me importo mesmo. Nunca estive num inquérito. As coisas são muito interessantes quando as fazemos pela primeira vez.

II

O dr. Stokes era um homem de meia-idade, de óculos, com cabelos ficando grisalhos. Os elementos de prova da polícia foram apresentados em primeiro lugar, depois a evidência médica, com detalhes técnicos das lesões de concussão que haviam causado a morte. A sra. Sandbourne forneceu pormenores sobre a excursão de ônibus, a expedição organizada para aquela tarde, e pormenores de como havia ocorrido a fatalidade. A srta. Temple, ela disse, embora não fosse jovem, era uma caminhante muito dinâmica. O grupo estava seguindo ao longo de uma trilha bastante conhecida que circundava uma colina, subindo devagar rumo à antiga Moorland Church, originalmente construída no período elisabetano, embora depois tivesse recebido reparos e acréscimos. Num topo contíguo ficava o chamado Bonaventure Memorial. Era uma subida razoavelmente íngreme, e as pessoas costumavam fazê-la em ritmos diferentes. Os mais jovens, com grande frequência, corriam ou se adiantavam e chegavam ao destino muito antes do que os demais. Os idosos iam devagar. Ela mesma costumava se manter na retaguarda do grupo para que pudesse, se necessário, sugerir às pessoas cansadas que poderiam, se quisessem, voltar. A srta. Temple estivera conversando com o sr. e a sra. Butler, e, embora já tivesse mais de sessenta anos, tinha ficado um pouco impaciente com o ritmo lento do casal e se distanciara, dobrara uma curva e avançara com bastante rapidez, algo que tinha feito várias vezes antes. Ela tendia a ficar impaciente quando precisava esperar por muito tempo para que as pessoas a alcançassem e preferia seguir seu próprio ritmo. Eles tinham escutado um grito à frente, e ela e os outros haviam corrido, dobrado uma curva na trilha e encontrado a srta. Temple caída no chão. Um grande pedregulho que se soltou da encosta acima, onde havia vários outros do mesmo tipo, por certo havia rolado pela encosta, eles tinham pensado, atingindo a srta. Temple enquanto ela passava pelo caminho abaixo. Um acidente muitíssimo infeliz e trágico.

– Não lhe passou pela cabeça que pudesse ter sido algo que não um acidente?

– Na verdade, não. Mal consigo imaginar como poderia ter sido algo que não um acidente.

– A senhora não viu ninguém mais acima, na encosta?

– Não. Aquela é a trilha principal circundando a colina, mas, claro, as pessoas perambulam lá pelo topo. Não vi ninguém naquela tarde em particular.

Então Joanna Crawford foi chamada. Após informações de seu nome e idade, o dr. Stokes perguntou:

– A senhorita não estava caminhando com o restante do grupo?

– Não, nós tínhamos saído da trilha. Tínhamos circundado a colina um pouco mais acima na encosta.

– A senhorita estava caminhando com um companheiro?

– Sim. Com o sr. Emlyn Price.

– Não havia mais ninguém, de fato, caminhando com vocês?

– Não. Nós estávamos conversando e estávamos olhando uma ou outra das flores. Elas pareciam ser de um tipo bastante incomum. Emlyn é interessado por botânica.

– Vocês estavam fora de vista para o resto do grupo?

– Não o tempo todo. Eles estavam caminhando pela trilha principal... isto é, um pouco abaixo de nós.

– Vocês viram a srta. Temple?

– Acho que sim. Ela estava andando na frente dos outros, e acho que a vi dobrando uma curva do caminho à frente, e depois disso nós não a vimos, porque o contorno do morro a escondeu.

– Viram alguém caminhando acima de vocês na encosta?

– Sim. Lá no alto, no meio de uma boa quantidade de pedregulhos. Há uma espécie de grande fileira de pedregulhos na encosta do morro.

– Sim – disse o dr. Stokes –, eu sei exatamente o lugar ao qual a senhorita se refere. Grandes pedregulhos de granito. As pessoas os chamam de carneiros, ou carneiros cinzentos às vezes.

– Acho que podem parecer ovelhas à distância, mas não estávamos tão longe assim deles.

– E vocês viram alguém lá em cima?

– Sim. Alguém estava mais ou menos no meio dos pedregulhos, inclinando-se sobre eles.

– Empurrando-os, na sua opinião?

– Sim. Foi o que pensei, e me perguntei por quê. Ele parecia estar empurrando um pedregulho da ponta da fileira perto da borda. Eram tão grandes e tão pesados que eu teria imaginado ser impossível empurrá-los. Mas o que ele... ou ela... estava empurrando parecia estar equilibrado numa espécie de alavanca.

– A senhorita disse primeiro *ele*, agora diz *ele* ou *ela*, srta. Crawford. Qual dos dois era, na sua opinião?

– Bem, eu pensei... eu suponho... suponho ter pensado que era um homem, mas eu não estava realmente pensando direito no momento. A pessoa estava... ele ou ela estava... usando calças e um pulôver, uma espécie de pulôver de homem com gola alta.

– De que cor era o pulôver?

– Um xadrez vermelho e preto bastante chamativo. E havia um cabelo meio comprido na parte de trás de uma espécie de boina, quase como se fosse o cabelo de uma mulher, mas, pensando melhor, poderia muito bem ser de homem.

– Certamente poderia – o dr. Stokes retrucou com alguma secura. – Identificar um vulto masculino ou feminino por seu cabelo certamente não é fácil nos dias de hoje.

Ele prosseguiu:

– O que aconteceu em seguida?

– Bem, a pedra começou a rolar. Ela meio que desabou sobre a borda, e em seguida começou a ganhar velocidade. Eu disse para Emlyn: "Ah, ela vai cair direto pela colina". Então ouvimos uma espécie de estrondo na queda. E acho que eu ouvi um grito lá de baixo, mas pode ter sido imaginação minha.

– E depois?

– Ah, nós corremos um pouco e dobramos a curva para ver o que havia acontecido com a pedra.

– E o que vocês viram?

– Nós vimos o pedregulho na trilha com um corpo por baixo... e as pessoas que vinham correndo pela curva.

– Foi a srta. Temple quem deu o grito?

– Acho que deve ter sido. Poderia ter sido uma das pessoas que estavam alcançando-a e dobrando a curva. Ah! Foi... foi horrível.

– Sim, tenho certeza de que foi. O que aconteceu com o vulto que a senhorita tinha visto acima? O homem ou a mulher com o pulôver vermelho e preto? Esse vulto ainda estava lá entre as pedras?

– Não sei. Não olhei para cima. Eu... eu me ocupei em olhar para o acidente, em descer a colina correndo para ver se alguém podia fazer algo. Cheguei a olhar para o alto, acho, mas não havia ninguém à vista. Só as pedras. Havia um monte de contornos, e você podia perder alguém de vista com bastante facilidade.

– Poderia ter sido alguém do seu grupo?

– Ah, não. Tenho certeza de que não era um de nós. Eu teria percebido, porque, quero dizer, você teria reconhecido a pessoa pelas roupas. Tenho certeza de que ninguém estava usando um pulôver preto e escarlate.

– Obrigado, srta. Crawford.

Emlyn Price foi chamado em seguida. Sua história foi praticamente uma réplica da de Joanna.

Foram acrescentados mais alguns elementos que não ajudaram muito.

O juiz investigador afirmou que não havia elementos suficientes para revelar como Elizabeth Temple tinha vindo a morrer e adiou o inquérito por duas semanas.

Capítulo 17

Miss Marple faz uma visita

I

Enquanto caminhavam para o Golden Boar, voltando do inquérito, quase ninguém falava. O professor Wanstead caminhava ao lado de Miss Marple, e, uma vez que esta não era uma caminhante muito rápida, os dois ficaram um pouco para trás em relação aos outros.

– O que vai acontecer em seguida? – Miss Marple perguntou por fim.

– A senhorita quer dizer legalmente ou para nós?

– Suponho que ambos – Miss Marple respondeu –, porque um certamente vai afetar o outro.

– Vai ser presumivelmente um caso de a polícia proceder a novas investigações, decorrentes do depoimento prestado por esses dois jovens.

– Sim.

– Uma investigação adicional será necessária. O inquérito estava fadado a ser suspenso. Dificilmente se podia esperar que o juiz desse um veredito de morte acidental.

– Não, eu entendo isso.

Ela disse:

– O que o senhor achou do depoimento deles?

O professor Wanstead lhe dirigiu um olhar penetrante de sob suas sobrancelhas salientes.

– Tem alguma ideia sobre o assunto, Miss Marple? – sua voz era sugestiva. – É claro – disse o professor Wanstead –, sabíamos de antemão o que os dois iam dizer.

– Sim.

– O que a senhorita quer dar a entender é que está perguntando o que eu acho sobre eles mesmos, seus sentimentos a respeito.

– Foi interessante – Miss Marple falou. – Muito interessante. O pulôver em xadrez vermelho e preto. Bem importante, penso eu, o senhor não concorda? Bem marcante?

– Sim, exatamente isso.

Ele lhe disparou mais uma vez aquele olhar de sob as sobrancelhas.

– O que isso lhe sugere ao exato?

– Eu acho – disse Miss Marple –, eu acho que essa descrição pode nos dar uma pista valiosa.

Eles chegaram ao Golden Boar. Era apenas cerca de meio-dia e meia, e a sra. Sandbourne sugeriu um pequeno refresco antes do almoço. Enquanto xerez e suco de tomate e outras bebidas eram consumidas, a sra. Sandbourne tratou de fazer certos anúncios.

– Eu me aconselhei – disse ela – tanto com o juiz investigador quanto com o inspetor Douglas. Uma vez que as provas médicas foram totalmente submetidas, haverá uma cerimônia fúnebre na igreja, amanhã de manhã, às onze horas. Vou arranjar tudo com o sr. Courtney, o vigário local. No dia seguinte será melhor, eu acho, retomarmos a nossa excursão. O programa será ligeiramente alterado, já que perdemos três dias, mas creio que pode ser reorganizado em linhas bastante simples. Ouvi de um ou dois integrantes do nosso grupo que eles prefeririam voltar para Londres, presumivelmente por via férrea. Consigo entender os sentimentos por trás disso, e não gostaria de tentar influenciá-los de modo algum. Essa morte foi um acontecimento muito triste. Ainda não consigo deixar de acreditar que a morte da srta. Temple *foi* resultado de um acidente. Algo parecido já ocorreu antes naquele caminho em particular, embora não pareçam ter existido, no atual caso, quaisquer condições geológicas ou atmosféricas para provocá-lo. Acho que uma boa dose de investigação adicional terá de ser feita. Claro, certo caminhante numa excursão a pé... esse tipo de coisa... pode ter ficado empurrando pedregulhos inocentemente, sem perceber que, no que ele ou ela estava fazendo, havia um perigo para alguém andando abaixo. Em caso afirmativo, se essa pessoa se apresentar, o negócio todo poderá ser esclarecido com bastante rapidez, mas concordo que não podemos contar com essa hipótese no presente momento. Parece improvável que a falecida srta. Temple possa ter tido qualquer inimigo, ou alguém que desejasse lhe causar malefícios de qualquer natureza. O que eu gostaria de sugerir é que paremos de discutir o acidente. As investigações serão feitas pelas autoridades locais, cuja função é essa. Creio que nós todos provavelmente desejaremos comparecer à cerimônia fúnebre na igreja amanhã. E, depois disso, no prosseguimento da excursão, espero que consigamos distrair nossas mentes do choque que tivemos. Restam algumas casas muito interessantes e famosas para ver, e algumas paisagens lindas também.

Com o almoço sendo anunciado logo em seguida, o assunto não voltou a ser discutido. Isto é, não abertamente. Após o almoço, enquanto tomavam café na sala de estar, as pessoas tendiam a se reunir em pequenos grupos, discutindo seus novos planos.

– A senhorita vai continuar com a excursão? – o professor Wanstead perguntou para Miss Marple.

– Não – respondeu Miss Marple, falando de modo pensativo. – Não, eu acho... acho que o acontecido me inclina a permanecer aqui mais um pouco.

– No Golden Boar ou em The Old Manor House?

– Isso depende muito de eu receber mais um convite para voltar a The Old Manor House. Não gostaria de sugeri-lo por minha conta, porque o meu convite original estendia-se às duas noites nas quais a excursão teria permanecido aqui originalmente. Creio que seria melhor, é bem possível, eu ficar no Golden Boar.

– Não tem vontade de voltar para St. Mary Mead?

– Ainda não – Miss Marple falou. – Há uma ou duas coisas que eu poderia fazer aqui, creio eu. Uma coisa eu já fiz – ela enfrentou o olhar curioso do professor Wanstead. – Se o senhor vai prosseguir – disse – com o resto do grupo, vou lhe contar o que pude colher e sugerir uma pequena segunda linha de investigação que poderia ser útil. A outra razão pela qual desejo permanecer eu vou lhe revelar mais adiante. Há certas investigações... investigações locais... que eu pretendo fazer. Pode ser que acabem não dando em nada, então prefiro não mencioná-las ao senhor agora. E o senhor?

– Eu gostaria de retornar para Londres. Tenho trabalho à minha espera por lá. Isto é, a menos que eu possa lhe ser útil por aqui...

– Não – Miss Marple retrucou –, acho que não, de momento. Imagino que o senhor deve ter várias investigações que deseja empreender pessoalmente.

– Eu vim nessa excursão para conhecê-la, Miss Marple.

– E, agora que já me conhece e sabe o que eu sei, ou praticamente tudo que eu sei, o senhor tem outras investigações para empreender. Entendo isso. Contudo, antes da sua partida, acho que há uma ou duas coisas... bem, que poderiam ser úteis, poderiam produzir algum resultado.

– Entendo. A senhorita tem certas ideias.

– Estou me lembrando do que o senhor falou.

– Talvez a senhorita tenha farejado o aroma do mal.

– É difícil – Miss Marple falou – saber ao certo o que realmente significa algo de errado no ar.

– Mas a senhorita de fato sente que há algo de errado no ar?

– Ah, sem dúvida. Com muita clareza.

– E sobretudo desde a morte da srta. Temple, que, claro, não foi um acidente, não importando quais sejam as esperanças da sra. Sandbourne.

– Não – falou Miss Marple –, não foi um acidente. O que não lhe contei, acho, é que a srta. Temple me disse numa ocasião que estava numa peregrinação.

– Interessante – comentou o professor. – Sim, interessante. Ela não lhe contou o que era essa peregrinação, para onde ou para quem?

– Não – disse Miss Marple. – Se ela tivesse vivido só um pouquinho mais, se não estivesse tão fraca, poderia ter me contado. Infelizmente, porém, a morte veio cedo demais.

– De modo que a senhorita não tem quaisquer outras ideias nesse tópico.

– Não. Apenas uma sensação, uma certeza de que sua peregrinação foi encerrada por um propósito maligno. Alguém queria impedi-la de ir aonde estava indo, ou impedi-la de ir ao encontro de quem quer que fosse. Só nos resta torcer para que o acaso ou a Providência possam lançar luz nessa questão.

– É por isso que a senhorita vai permanecer aqui?

– Não apenas por isso – Miss Marple disse. – Quero descobrir mais algumas coisas a respeito de uma moça chamada Nora Broad.

– Nora Broad – ele pareceu ficar levemente intrigado.

– A outra jovem que desapareceu mais ou menos na mesma época do sumiço de Verity Hunt. O senhor deve se lembrar de tê-la mencionado para mim. Uma moça que tinha namorados e era, segundo entendi, muito *propensa* a *ter* namorados. Uma mocinha tola, mas irresistível, aparentemente, para o sexo oposto. Acho – falou Miss Marple – que saber um pouco mais sobre ela poderia ajudar nas minhas investigações.

– Faça como preferir, detetive-inspetora Marple – disse o professor Wanstead.

II

A cerimônia foi realizada na manhã seguinte. Todos os integrantes da excursão estavam lá. Miss Marple olhou em volta na igreja. Vários dos habitantes locais encontravam-se ali também. A sra. Glynne viera com sua irmã Clotilde. A mais jovem, Anthea, não compareceu. Havia uma ou outra pessoa do vilarejo também, ela pensou. Provavelmente não conheciam a srta. Temple, mas estavam ali devido a uma curiosidade bastante mórbida em relação ao que agora era referido pelo termo "crime de morte". Havia também um clérigo idoso, de polainas, com bem mais de setenta anos, Miss Marple pensou, um velho de ombros largos, com uma nobre juba de cabelos brancos. Era um pouco incapacitado, encontrando dificuldade tanto para se ajoelhar quanto para ficar em pé. Tinha um belo rosto, Miss Marple pensou, perguntando-se quem seria ele. Algum velho amigo de Elizabeth Temple, ela presumiu, que poderia, talvez, ter vindo de uma longa distância para assistir à cerimônia.

Enquanto todos saíam da igreja, Miss Marple trocou algumas palavras com seus companheiros de viagem. Sabia muito bem, a essa altura, quem ia fazer o quê. Os Butler estavam voltando para Londres.

– Falei para Henry que eu simplesmente não conseguiria continuar – disse a sra. Butler. – Sabe... sinto o tempo inteiro que a qualquer minuto, bem quando estivermos caminhando em volta de uma curva, alguém, sabe, poderia nos dar um tiro ou jogar uma pedra em nós. Alguém que guarde algum rancor contra as Ilustres Casas da Inglaterra.

– Ora essa, Mamie, ora essa – falou o sr. Butler –, não deixe a sua imaginação ir tão longe assim!

– Bem, a gente simplesmente não sabe, hoje em dia. Com sequestros e raptos e tudo mais, eu não me sinto realmente protegida em lugar algum.

A velha srta. Lumley e a srta. Bentham prosseguiriam com a excursão, suas ansiedades dissipadas.

– Pagamos bem caro por essa excursão, e parece uma pena perder qualquer coisa só porque aconteceu esse acidente tão triste. Telefonamos para uma ótima vizinha nossa ontem à noite, e eles vão cuidar dos gatos, então não precisamos nos preocupar.

O ocorrido continuaria sendo um acidente no entender da srta. Lumley e da srta. Bentham. Elas haviam decidido que era mais confortável dessa maneira.

A sra. Riseley-Porter também permaneceria na excursão. O coronel e a sra. Walker haviam resolvido que nada os faria perder uma coleção particularmente rara de fúcsias no jardim com previsão de ser visitado dali a dois dias. O arquiteto, Jameson, também se guiou por seu desejo de ver várias construções de especial interesse para ele. O sr. Caspar, entretanto, partiria por via férrea, segundo disse. A srta. Cooke e a srta. Barrow pareciam estar indecisas.

– Há excelentes lugares para caminhar por aqui – disse a srta. Cooke. – Creio que vamos ficar por um tempo no Golden Boar. É o que a senhorita vai fazer, não é, Miss Marple?

– Acho que sim, de fato – retrucou Miss Marple. – Não me sinto muito capaz de continuar viajando e tudo mais. Creio que uns dois dias de descanso serão proveitosos para mim depois do que aconteceu.

Enquanto a pequena multidão se dispersava, Miss Marple seguiu por uma rota própria, menos ostensiva. De sua bolsa, tirou uma folha, arrancada do caderno de anotações, na qual registrara dois endereços. A primeira pessoa, a sra. Blackett, morava numa impecável casinha com jardim bem no final da estrada, onde esta descia para o vale. Uma mulherzinha também impecável abriu a porta.

– Sra. Blackett?

– Sim, sim, minha senhora, esse é o meu nome.

– Será que eu poderia entrar apenas por alguns minutos para conversar com a senhora? Acabo de voltar da cerimônia e estou me sentindo um pouquinho tonta. Se eu pudesse apenas me sentar por alguns minutos...

– Minha nossa, ah, minha nossa. Ah, lamento muito por isso. Entre agora mesmo, minha senhora, entre agora mesmo. Isso aí. Queira se sentar. Agora vou lhe buscar um copo de água... ou quem sabe prefere um pouco de chá?

– Não, obrigada – Miss Marple falou –, um copo de água vai resolver a minha situação.

A sra. Blackett voltou com um copo de água e uma prazerosa perspectiva de discutir moléstias e tonturas e outros temas.

– Sabe, eu tenho um sobrinho assim. Ele não devia ter isso na idade dele, ele nem passou muito dos cinquenta, mas de vez em quando ele fica todo tonto de uma hora para outra e, a não ser que se sente no mesmo instante... ora, veja só, às vezes ele cai desmaiado direto no chão. É terrível. Terrível. E os médicos parecem não ter capacidade de fazer nada nesse respeito. Eis aqui o seu copo de água.

– Ah, eu me sinto bem melhor – Miss Marple falou entre um gole e outro.

– Esteve na cerimônia, então, pela pobre senhora que mataram, como dizem alguns, ou se acidentou, como dizem outros. Eu diria que foi acidente com a maior convicção. Mas esses inquéritos, esses juízes investigadores, eles sempre querem fazer tudo ficar parecendo criminoso...

– Sem dúvida – Miss Marple retrucou. – Já me causou um grande pesar ouvir um monte de coisas assim no passado. Andei ouvindo um bocado a respeito de uma moça chamada Nora. Nora Broad, creio eu.

– Ah, Nora, sim. Bem, ela era filha da minha prima. Sim. Já faz um tempão. Saiu de casa e não voltou mais. Essas mocinhas, não tem como segurá-las. Eu falava várias vezes para Nancy Broad... é a minha prima... eu falava para ela: "Você fica trabalhando fora o dia todo". E falava: "O que é que Nora fica fazendo? Você sabe que ela é do tipo que gosta dos rapazes". "Bem", eu dizia, "vai dar problema. Você vai ver só se não vai dar." E dito e feito, eu estava mais do que certa.

– A senhora quer dizer...

– Ah, o de costume. Sim, ela esperava um bebê. Veja bem, não acredito que a minha prima Nancy já soubesse. Mas, claro, eu tenho 65, e sei como é isso e aquilo, e sei como fica a aparência de uma mocinha, e acho que sei quem foi, mas não tenho certeza. Pode ser que eu tenha pensado errado, porque ele continuou morando lá, e ficou bem arrasado quando Nora sumiu.

– Ela saiu de casa, é?

– Bem, ela aceitou uma carona de alguém... um estranho. Foi a última vez em que a viram. Não lembro agora o modelo do carro. Tinha um nome engraçado. Um Audit ou algo parecido. De qualquer forma, Nora já tinha sido vista uma ou outra vez nesse carro. E lá se foi ela. E disseram que era o mesmo carro no qual aquela pobre moça que acabou assassinada costumava sair passeando. Mas não acho que o mesmo aconteceu com Nora. Se Nora tivesse sido assassinada, o corpo já teria vindo à tona por essa altura. Não concorda?

– Seria o mais provável, por certo – Miss Marple disse. – Ela era uma garota que se saía bem na escola e tudo mais?

– Ah, não, não era. Ela era preguiçosa, e não se dava direito com os livros também. Não. Dos doze anos em diante, ela só quis saber dos rapazes. Acho que, no fim, deve fugido com esse ou aquele para não voltar mais. Mas ela nunca deixou ninguém saber. Nunca mandou sequer um cartão-postal. Fugiu, eu acho, com alguém que lhe prometeu coisas. Sabe como é. Outra moça que eu conheci... mas isso foi quando eu era jovem... fugiu com um desses africanos. Ele disse a ela que o pai dele era um *sheik*. Palavra meio engraçada, mas acho que era *sheik*. De qualquer forma, era em algum lugar na África, ou em Argel. Sim, foi em Argel. Em algum lugar lá. E ela ia ter todas as coisas mais incríveis e maravilhosas. O pai do rapaz tinha seis camelos, ela dizia, e um exército de cavalos, e ela ia morar numa casa maravilhosa, com tapetes pendurados nas paredes, o que me parece ser um lugar engraçado para colocar tapetes. E lá se foi ela. Voltou três anos depois. Sim. Teve uma experiência terrível, ela. Terrível. Eles moravam numa casinha repugnante feita de barro. Sim, isso mesmo. E pouquíssimo para comer a não ser o que eles chamam de cuscuz, que eu sempre pensei que fosse alface, mas parece que não é. Algo mais parecido com um pudim de sêmola. Ah, era terrível. E, no fim, o rapaz disse que ela não prestava para ele, e que ia se divorciar dela. Falou que só precisava dizer "Eu me divorcio de você" três vezes, e fez isso e foi embora, e, de um jeito ou de outro, alguma espécie de organização deles lá se encarregou dela e pagou a passagem para ela voltar à Inglaterra. E lá veio ela. Ah, mas isso foi uns trinta, quarenta anos atrás. Já no caso de Nora, isso foi só uns sete ou oito anos atrás. Mas acho que ela ainda vai voltar um dia desses, tendo aprendido sua lição e descobrindo que todas as belas promessas não deram em nada.

– Ela tinha alguém a quem recorrer aqui exceto sua... sua mãe... a prima da senhora, eu quero dizer? Alguém que...

– Bem, tinha muita gente que era bondosa com ela. Como as pessoas em The Old Manor House, sabe... A sra. Glynne não estava lá naquela época, mas a srta. Clotilde, essa era sempre boa com as garotas da escola. Sim, ela deu muitos presentes bonitos para Nora. Deu-lhe uma echarpe muito bonita, e um belo vestido uma vez. Muito bonito, ele era. Um vestido de verão, uma espécie de foulard de seda. Ah, ela era muito amável, a srta. Clotilde. Tentava fazer Nora se interessar mais pelos estudos. Várias coisas assim. Aconselhava ela contra o jeito como estava vivendo, porque, veja bem... ora, eu nem gostaria de dizer isso, afinal ela é filha da minha prima, se bem que, perceba, minha prima é só alguém que se casou com o meu primo... mas, quero dizer, era algo terrível o jeito como ela andava com todos os rapazes. Qualquer um conseguia ficar com ela. Uma tristeza e tanto. Eu diria que no fim ela acabava perdida nas ruas. Não acredito que ela tenha qualquer futuro que não esse. Não gosto de dizer essas coisas, mas é isso. De qualquer maneira, talvez seja melhor do que acabar assassinada como aconteceu com a srta. Hunt, essa que morou em The Old Manor House. Esse foi um caso cruel. Acharam que ela tinha fugido com alguém, e os policiais ficaram atarefados. Sempre fazendo perguntas e chamando os jovens que tinham andado com a moça para ajudá-los em suas investigações e tudo mais. Geoffrey Grant eles chamaram, Billy Thompson, e o Harry dos Langford. Todos desempregados... com vários empregos dando sopa se quisessem aceitar algum. As coisas não eram assim quando eu era nova. As moças tinham um comportamento decente. E os rapazes sabiam que precisavam trabalhar se quisessem conquistar alguma coisa.

Miss Marple falou mais um pouco, disse que agora já estava totalmente restabelecida, agradeceu à sra. Blackett e se foi.

Sua próxima visita foi a uma jovem que estava transplantando alfaces.

– Nora Broad? Ah, *ela* não aparece no vilarejo faz anos. Foi embora com alguém. Essa tinha uma queda pelos rapazes. Eu sempre me perguntei que fim ela teria. A senhorita gostaria de falar com ela por alguma razão em particular?

– Recebi uma carta de uma amiga do exterior – Miss Marple mentiu. – Uma ótima família, e eles estavam pensando em contratar uma moça chamada Nora Broad. Ela tinha passado por alguma espécie de apuro, creio eu. Casou-se com algum cafajeste que a abandonou e foi embora com outra mulher, e ela queria arranjar um emprego cuidando de crianças. Minha amiga não sabia nada sobre a moça, mas, segundo me consta, ela é deste vilarejo. Então eu fiquei pensando em encontrar alguém que pudesse... bem, que pudesse me falar um pouco sobre ela. A senhorita e ela estudaram na mesma escola, pelo que sei...

– Ah, sim, nós éramos colegas de classe. Veja bem, eu não aprovava tudo o que Nora saía aprontando. Ela só tinha os rapazes na cabeça. Bem, eu mesma tinha um namorado firme naquela época, e lhe falei que não lhe faria nenhum bem ficar saindo com todo e qualquer Fulano que lhe oferecesse uma carona de carro, ou a levasse para bares nos quais ela mentia sobre sua idade com toda certeza. Ela era uma mocinha desenvolvida, que parecia bem mais velha do que era.

– Morena ou loura?

– Ah, ela tinha cabelo escuro. Um cabelo bonito. Sempre meio solto, sabe, como as mocinhas gostam de usar.

– A polícia ficou preocupada quando ela desapareceu?

– Sim. Perceba, é que ela não deixou recado algum. Simplesmente saiu certa noite e não voltou. Foi vista entrando num carro, e ninguém viu mais o carro ou a viu de novo. Bem naquela época estavam acontecendo vários assassinatos, sabe... Não especificamente aqui nas redondezas, mas pelo interior todo. A polícia estava localizando um monte de jovens rapazes. Achamos que Nora podia ser um cadáver naquela época. Mas não era ela. Ela estava bem. Eu acharia bem provável ela estar ganhando um dinheirinho ainda em Londres, ou numa dessas cidades grandes, fazendo striptease, ou algo desse tipo. Ela era bem desse tipo.

– Não me parece – disse Miss Marple – que, se for a mesma pessoa, ela possa ser muito adequada para a minha amiga.

– Ela teria que mudar um pouquinho para poder ser adequada – retrucou a jovem.

Capítulo 18

O arquidiácono Brabazon

Quando Miss Marple – ligeiramente sem fôlego e bastante cansada – chegou de volta ao Golden Boar, a recepcionista saiu do balcão e foi ao encontro dela para cumprimentá-la.

– Ah, Miss Marple, temos alguém aqui que deseja falar com a senhorita. O arquidiácono Brabazon.

– O arquidiácono Brabazon? – Miss Marple repetiu com uma expressão intrigada.

– Sim. Ele estava tentando encontrá-la. Tinha ouvido falar que a senhorita estava participando dessa excursão, e queria encontrá-la antes da sua eventual partida para Londres. Eu lhe falei que alguns dos excursionistas voltariam para Londres no último trem hoje à tarde, mas ele está muito, muito ansioso para conversar com a senhorita antes da sua partida. Eu o deixei na sala da televisão. É mais tranquilo lá. A outra sala está muito barulhenta neste momento.

Um pouco surpresa, Miss Marple se dirigiu à sala indicada. O arquidiácono Brabazon revelou ser o clérigo idoso que ela notara na cerimônia fúnebre. Ele se levantou e veio ao encontro dela.

– Miss Marple. Miss Jane Marple?

– Sim, é o meu nome. O senhor desejava...

– Eu sou o arquidiácono Brabazon. Vim para cá nesta manhã para comparecer à cerimônia em memória de uma amiga muito antiga, a srta. Elizabeth Temple.

– Ah, é? – Miss Marple retrucou. – Queira se sentar.

– Obrigado, eu aceito. Já não sou tão forte quanto era.

Ele se acomodou com muito cuidado numa cadeira.

– E a senhorita...

Miss Marple sentou-se ao lado dele.

– Sim – ela disse –, o senhor queria falar comigo?

– Bem, preciso explicar como isso sucede. Sei bem que sou um completo estranho para a senhorita. Para falar a verdade, fiz uma breve visita ao hospital em Carristown e falei com a enfermeira-chefe antes de vir à igreja aqui. Foi ela quem me contou que, antes de morrer, Elizabeth pedira para ver uma companheira da excursão, Miss Jane Marple. E que Miss Jane Marple a visitara e lhe fizera companhia por um tempo brevíssimo antes de Elizabeth morrer.

Ele a fitava de modo ansioso.

– Sim – Miss Marple falou –, é isso mesmo. Fiquei surpresa com esse chamado.

– A senhorita é uma amiga antiga dela?

– Não – respondeu Miss Marple –, eu só a conheci nessa excursão. É por isso que fiquei surpresa. Nós havíamos trocado ideias, de vez em quando sentávamos lado a lado no ônibus, e tínhamos ficado quase íntimas. Mas fiquei surpresa por ela ter expressado um desejo de me ver na situação crítica em que se encontrava.

– Sim. Sim, posso imaginar. Ela era, como eu disse, uma amiga minha muito antiga. Na verdade, Elizabeth ia me ver, me fazer uma visita. Eu moro em Fillminster, que é onde o seu ônibus vai fazer uma parada depois de amanhã. E o combinado era que ela me visitasse lá; ela queria conversar comigo sobre diversos assuntos em relação aos quais julgava que eu poderia ajudá-la.

– Entendo – disse Miss Marple. – Posso lhe fazer uma pergunta? Espero que não seja uma pergunta muito íntima.

– Claro, Miss Marple. Pergunte-me o que quiser.

– Uma das coisas que a srta. Temple me disse era que sua presença na excursão não se devia meramente a um desejo de visitar casas e jardins históricos. Ela definia sua presença com uma palavra bastante incomum de se usar: peregrinação.

– Não diga... – retrucou o arquidiácono Brabazon. – Ora, é mesmo? Sim, isso é interessante. Interessante e, talvez, significativo.

– Então o que eu estou lhe perguntando é: no seu entender, a peregrinação da qual ela falava era sua visita ao senhor?

– Creio que deve ter sido – respondeu o arquidiácono. – É, acho que sim.

– Nós tínhamos conversado – Miss Marple disse – sobre uma jovem. Uma moça chamada Verity.

– Ah, sim. Verity Hunt.

– Eu não sabia o sobrenome dela. A srta. Temple, creio eu, a mencionou apenas como Verity.

– Verity Hunt está morta – disse o arquidiácono. – Morreu faz alguns anos. Sabia disso?

– Sim – disse Miss Marple. – Eu sabia. A srta. Temple e eu conversamos a respeito dela. A srta. Temple me contou algo de que eu não sabia. Falou que ela tinha ficado noiva do filho de um homem chamado sr. Rafiel. O sr. Rafiel é, ou, dizendo melhor, era um amigo meu. O sr. Rafiel teve a bondade de pagar as despesas da excursão. Julgo ser bem possível, no entanto, que ele quisesse, e de fato pretendesse, fazer com que eu conhecesse a srta. Temple na excursão. Ele deve ter pensado, acho, que ela poderia me fornecer certas informações.

– Certas informações a respeito de Verity?

– Sim.

– É por isso que ela estava vindo ao meu encontro. Queria se inteirar de certos fatos.

– Ela queria saber – Miss Marple falou – por que Verity rompeu seu noivado com o filho do sr. Rafiel.

– Verity – disse o arquidiácono Brabazon – não rompeu seu noivado. Tenho certeza disso. A máxima certeza que alguém pode ter sobre qualquer coisa.

– A srta. Temple não sabia disso, sabia?

– Não. Acho que estava intrigada e triste com o que acontecera, e estava vindo ao meu encontro para me perguntar por que razão o casamento não ocorreu.

– E não ocorreu por quê? – Miss Marple perguntou. – Por favor, não pense que estou sendo indevidamente curiosa. Não é uma vã curiosidade o que me instiga. Eu também me encontro... não numa peregrinação... mas no que devo chamar de missão. Eu também quero saber por que Michael Rafiel e Verity Hunt não se casaram.

O arquidiácono a examinou com atenção por alguns instantes.

– A senhorita está envolvida, em certo sentido – ele disse. – Entendo.

– Estou envolvida – Miss Marple retrucou – por força dos últimos desejos do pai de Michael Rafiel. O sr. Rafiel pediu que eu fizesse isso por ele.

– Não tenho nenhum motivo para não lhe contar tudo que eu sei – o arquidiácono falou devagar. – A senhorita está me perguntando o que Elizabeth Temple teria me perguntado, está me perguntando algo que, de minha parte, não sei. Esses dois jovens, Miss Marple, pretendiam se casar. Haviam tomado medidas para se casar. Eu iria casá-los. Pelo que sei, tratava-se de um casamento mantido em segredo. Eu conhecia ambos os jovens. Conhecia Verity, aquela querida criança, havia longo tempo. Preparei-a para sua confirmação, ministrei cerimônias na Quaresma, na Páscoa, e em outras ocasiões, na escola de Elizabeth Temple. E aquela era uma ótima escola. Ela era uma mulher excelente. Uma professora maravilhosa, com uma grande noção dos talentos de cada menina, daquilo que lhes era mais adequado nos estudos. Estimulava carreiras nas meninas que, em sua avaliação, apreciariam carreiras, e não forçava meninas que, segundo sentia, não eram realmente aptas nesse sentido. Era uma grande mulher e uma amiga muito querida. Verity era uma das crianças mais lindas... ou melhor, meninas... com que já me deparei. Linda em sua mente, no coração, bem como na aparência. Teve o grande infortúnio de perder os pais antes de chegar de fato à idade adulta. Morreram ambos num avião fretado, indo passar férias na Itália. Quando deixou a escola, Verity foi morar com uma mulher chamada Clotilde Bradbury-Scott, que a senhorita conhece, provavelmente, como moradora daqui. Clotilde tinha sido amiga íntima da mãe de Verity. São três irmãs, embora a segunda fosse casada e morasse no exterior, de modo que apenas duas delas moravam aqui. Clotilde, a mais velha, tornou-se extremamente apegada a Verity. Fazia tudo a seu alcance para lhe proporcionar uma vida feliz. Levou-a para o exterior uma ou duas vezes, deu-lhe cursos de arte na Itália, e lhe devotou um amor imenso e protetor em todos os sentidos. Verity, também, acabou amando-a provavelmente tanto quanto poderia ter amado sua própria mãe. Ela dependia de Clotilde. Clotilde era uma mulher educada e intelectual. Não impôs a Verity uma carreira universitária, mas isso se dava na verdade, deduzo eu, porque Verity não ansiava de fato por uma. A jovem morava aqui em The Old Manor House e levava, creio, uma vida muito feliz. Sempre parecia estar feliz. Naturalmente, não a vi mais depois de sua vinda para cá, pois Fillminster, em cuja catedral eu me encontrava, fica a quase cem quilômetros daqui. Eu escrevia-lhe no Natal e em outras datas festivas, e ela sempre se lembrava de mim com um cartão de Natal. Mas não voltei a vê-la até o dia em que ela apareceu de súbito, uma mulher belíssima e plenamente crescida por aquela altura, com um jovem atraente que por acaso eu conhecia um pouco, o filho do sr. Rafiel, Michael. Os dois vieram me procurar porque estavam apaixonados e queriam se casar.

– E o senhor concordou em casá-los?

– Sim, concordei. Talvez, Miss Marple, a senhorita possa pensar que eu não deveria ter feito isso. Eles haviam me procurado em segredo, era óbvio. Clotilde Bradbury-Scott, imagino, devia ter tentado desencorajar o romance entre os dois. Ela tinha todo o direito de fazer isso. Michael Rafiel, eu lhe digo com franqueza, não era o tipo de marido que alguém desejaria para qualquer filha ou parente. Ela era jovem demais, na verdade, para decidir algo assim, e Michael tinha sido uma fonte de problemas desde a mais tenra juventude. Já tinha sido levado ao tribunal de menores, tivera amigos indecentes, metera-se em várias atividades criminosas, danificara prédios e cabines telefônicas. Estabelecera relações íntimas com várias moças, tinha pensões alimentícias que era obrigado a pagar. Sim, era um malfeitor tanto com as moças quanto com tudo mais, mas era absolutamente irresistível, e elas caíam de amores por ele, comportando-se de um jeito extremamente tolo. O rapaz cumprira duas breves sentenças de prisão. Com efeito, tinha um histórico criminal. Eu conhecia o pai dele, embora não tivéssemos nenhuma intimidade, e acho que o pai fazia tudo que podia... tudo que um homem com a personalidade dele podia fazer... para ajudar o filho. Saía em seu socorro, arranjava-lhe empregos nos quais poderia ter tido êxito. Pagava suas dívidas, pagava indenizações. Fazia tudo isso. Não sei...

– Mas poderia ter feito mais, o senhor acha?

– Não – disse o arquidiácono –, eu cheguei a uma idade, agora, na qual sei que é preciso aceitar nossos semelhantes como sendo pessoas... como tendo a espécie de, digamos em linguagem moderna, constituição genética que lhes dá as personalidades que têm. Não creio que o sr. Rafiel sentisse carinho pelo filho, um grande carinho em qualquer momento. Dizer que ele era razoavelmente afeiçoado ao filho seria o máximo que poderíamos dizer. Não lhe devotava nenhum amor. Se teria sido melhor para Michael um apego amoroso por parte do pai, disso eu não sei. Talvez não tivesse feito diferença. Sendo como era, era uma tristeza. O rapaz não era burro. Tinha certa dose de intelecto e talento. Poderia ter se saído bem se tivesse desejado se sair bem, se tivesse se dado ao trabalho. Mas era, por natureza... e, vamos admitir com franqueza... um delinquente. Tinha certas qualidades admiráveis. Tinha senso de humor, em vários sentidos era generoso e gentil. Defendia os amigos, tirava os amigos de enrascadas. Tratava mal as namoradas, as colocava em apuros, como diz a expressão local, e aí mais ou menos as abandonava, tratando de arranjar outra. Então lá estava eu, diante daqueles dois, e... sim, concordei em casá-los. Expliquei a Verity, expliquei-lhe com a maior franqueza, qual era o tipo de rapaz com o qual ela queria se casar. Constatei que ele não tentara enganá-la de modo algum. Ele lhe contara que sempre se metera em confusões com a polícia, e de todas as maneiras possíveis. Dissera-lhe que, casando-se com ela, ia virar uma nova página. Tudo mudaria. Adverti-a que isso não aconteceria, ele não iria mudar. As pessoas não mudam. Ele até podia pretender mudar. Verity, creio eu, sabia disso quase tão bem quanto eu. Admitia sabê-lo. Falou: "Eu sei como Mike é. Sei que provavelmente ele vai sempre ser assim, mas eu o amo. Pode ser que eu seja capaz de ajudá-lo, e pode ser que não. Mas vou assumir esse risco". E eu vou lhe dizer o seguinte, Miss Marple. Eu sei... ninguém melhor do que eu, que lidei um bocado com jovens, casei um bocado de jovens e os vi fracassar, e os vi se dando inesperadamente bem... mas uma coisa eu sei e reconheço. Sei quando um casal está realmente apaixonado. E com isso não estou me referindo apenas à atração sexual. Há muito falatório sobre sexo, dedicam atenção demais a esse aspecto. Não estou querendo dizer que exista algo de errado com o sexo. Isso é bobagem. Mas o sexo não pode tomar o lugar do amor, ele acompanha o amor, mas não pode substituí-lo por si mesmo. Amar significa levar a sério as palavras da cerimônia do casamento. No melhor e no pior, na riqueza e na pobreza, na doença e na saúde. Isso é o que você assume quando ama e quer se casar. Aqueles dois se amavam muito. Amar e respeitar até que a morte os separe. E é nesse ponto – disse o arquidiácono – que a minha história se encerra. Não posso prosseguir porque *não sei o que aconteceu.* Sei apenas que concordei em fazer o que eles me pediram, que fiz os preparativos necessários; marcamos um dia, uma hora, uma época, um lugar. Creio que talvez eu seja culpado por concordar com o segredo.

– Eles não queriam que ninguém soubesse? – Miss Marple perguntou.

– Não. Verity não queria que ninguém soubesse e, na minha opinião, com toda certeza Mike não queria que ninguém soubesse. Tinham medo de ser impedidos. Em Verity, creio, além do amor, havia um sentimento de fuga. Algo natural, creio, devido às circunstâncias de sua vida. Ela perdera seus verdadeiros tutores, seus pais, iniciara sua nova vida depois da morte deles, numa idade na qual uma colegial começa a ter uma "paixonite" por alguém. Uma professora atraente. Qualquer uma, da professora de educação física à professora de matemática, ou uma monitora ou garota mais velha. Uma condição que não dura muito tempo, que é meramente uma parte natural da vida. Depois disso nós passamos ao estágio seguinte, quando percebemos que aquilo que desejamos ter na vida é aquilo que nos complementa. Uma relação entre um homem e uma mulher. Você começa, então, a procurar um parceiro. O parceiro que você quer ter na vida. E, se tiver sensatez, se não tiver pressa, você faz amigos, mas você está esperando, como as antigas babás costumavam dizer às crianças, que o príncipe encantado apareça. Clotilde Bradbury-Scott era excepcionalmente boa com Verity, e Verity, acho eu, dedicava-lhe o que posso chamar de veneração. Ela era uma personalidade enquanto mulher. Bonita, talentosa, interessante. Acho que Verity a adorava de uma maneira quase romântica, e acho que Clotilde passou a amar Verity como se fosse sua própria filha. E, assim, Verity chegou à maturidade numa atmosfera de adoração, vivia uma vida interessante, com assuntos interessantes para estimular seu intelecto. Era uma vida feliz, mas creio que, pouco a pouco, ela ficou ciente... ciente sem saber que estava ciente, digamos, de um desejo de fuga. Fugir de ser amada. Fugir, ela não sabia para o quê ou para *onde*. Mas Verity soube, depois de conhecer Michael. Queria fugir para uma vida onde masculino e feminino se unem para criar a próxima fase da vida neste mundo. Mas sabia que era impossível fazer Clotilde entender como ela se sentia. Sabia que Clotilde seria radicalmente contra ela levar a sério seu amor por Michael. E Clotilde, eu receio, estava certa em sua crença... Sei disso agora. Ele não era o marido que Verity devia ter escolhido ou tido. A estrada pela qual seguira não levava à vida, não levava a uma vida melhor e mais feliz. Levava ao choque, à dor, à morte. Veja bem, Miss Marple, eu tenho um doloroso sentimento de culpa. Minha motivação era boa, mas eu não sabia o que deveria saber. Eu conhecia Verity, *mas não conhecia Michael.* Entendi o desejo de Verity de manter sigilo, porque sabia o quanto era forte a personalidade de Clotilde Bradbury-Scott. Ela poderia ter exercido uma influência forte o bastante sobre Verity para convencê-la a desistir do casamento.

– O senhor acha, então, que foi isso que ela fez? Acha que Clotilde lhe contou o suficiente sobre Michael para convencê-la a desistir da ideia de se casar com ele?

– Não, não acredito nisso. Ainda não acredito. Verity teria me falado, nesse caso. Teria me comunicado.

– O que aconteceu de fato naquele dia?

– Não lhe contei isso ainda. O dia foi marcado. O momento, a hora e o lugar, e eu esperei. Esperei por uma noiva e um noivo que não vieram, que não mandaram nenhum aviso, nenhuma desculpa, *nada.* Eu não sabia por quê! Eu nunca *soube* por quê. Ainda me parece inacreditável. Inacreditável, quero dizer, não que não tenham vindo, isso poderia ser explicado com a maior facilidade, mas que não tenham mandado nenhum aviso. Alguma linha rabiscada. E é por isso que fiquei imaginando, esperando que Elizabeth Temple, antes de morrer, pudesse ter lhe contado algo. Transmitido à senhorita, talvez, alguma mensagem para mim. Se ela soubesse ou fizesse qualquer ideia de que estava morrendo, poderia ter desejado mandar uma mensagem para mim.

– Ela queria obter uma informação *com* o senhor – disse Miss Marple. – Esse, eu tenho certeza, era o motivo pelo qual ela estava indo ao seu encontro.

– Sim. Sim, isso provavelmente é verdade. Pareceu-me, veja bem, que Verity por certo não teria dito nada às pessoas que poderiam tê-la impedido, Clotilde e Anthea Bradbury-Scott, mas, por ter sempre respeitado muito Elizabeth Temple... e Elizabeth Temple tivera grande influência sobre ela... parece-me que ela por certo teria escrito e lhe transmitido alguma espécie de informação.

– Acho que ela fez isso – Miss Marple afirmou.

– Uma informação, a senhorita acha?

– A informação que ela deu para Elizabeth Temple – Miss Marple falou – foi a seguinte: que ela ia se casar com Michael Rafiel. A srta. Temple sabia disso. Foi uma das coisas que ela me contou. Ela disse: "Eu conhecia uma moça chamada Verity que ia se casar com Michael Rafiel". E a única pessoa que poderia ter lhe contado isso era a própria Verity. Verity deve ter escrito a ela, ou lhe mandado alguma mensagem. E então, quando eu perguntei "Por que ela não se casou ele?", a srta. Temple respondeu: "Ela morreu".

– Então chegamos a um beco sem saída – retrucou o arquidiácono Brabazon, suspirando. – Elizabeth e eu só temos conhecimento desses dois fatos. Elizabeth, que Verity ia se casar com Michael. E eu, que os dois iam se casar, que haviam planejado tudo e viriam num dia e numa hora marcados. Esperei por eles, mas não houve casamento. Nenhuma noiva, nenhum noivo, nenhum aviso.

– E o senhor não faz ideia do que aconteceu? – Miss Marple perguntou.

– Não consigo acreditar nem por um segundo que Verity ou Michael tenham definitivamente se separado, rompido.

– Mas *algo* deve ter acontecido entre eles... Algo que abriu os olhos de Verity, talvez, para certos aspectos do caráter e da personalidade de Michael que ela não tinha percebido ou conhecido antes.

– Essa não é uma resposta satisfatória, porque, mesmo assim, ela teria me avisado. Não teria me deixado esperando para uni-los no sagrado matrimônio. Levando em conta o lado mais ridículo, ela era uma jovem de magníficas maneiras, bem-educada. Teria mandado uma mensagem. Não. Receio que uma única coisa poderia ter acontecido.

– Morte? – Miss Marple retrucou.

Ela estava recordando uma palavra dita por Elizabeth Temple que soava como um profundo toque de sino.

– Sim – o arquidiácono Brabazon suspirou. – Morte.

– Amor – Miss Marple falou, pensativa.

– Com isso a senhorita quer dizer... – ele hesitou.

– Foi o que a srta. Temple me disse. Eu perguntei: "O que a matou?". E ela respondeu: "Amor". E que "amor" era a palavra mais assustadora do mundo. A palavra mais assustadora.

– Entendo – disse o arquidiácono. – Entendo... ou acho que entendo.

– Qual é a sua solução?

– Dupla personalidade – ele suspirou. – Algo que não é evidente para as outras pessoas, a menos que sejam tecnicamente qualificadas para observá-lo. Jekyll e Hyde são reais, sabe... não eram pura invenção de Stevenson. Michael Rafiel era... deve ter sido... esquizofrênico. Tinha uma dupla personalidade... Não tenho nenhum conhecimento médico, nenhuma experiência psicanalítica. Mas devem ter existido, nele, duas partes, duas identidades. Numa, um rapaz bem-intencionado, quase amável, um rapaz, talvez, cujo atrativo principal fosse seu desejo de felicidade. Mas havia também uma segunda personalidade, alguém que era forçado por alguma deformação mental, talvez, algo de que por enquanto não temos certeza... a matar... não um inimigo, mas a pessoa que ele amava, e assim ele matou Verity. Sem saber, talvez, *por que* tinha de fazer isso ou *o que* significava. Existem coisas muito assustadoras neste nosso mundo, peculiaridades mentais, doença mental ou deformidade no cérebro. Uma das minhas paroquianas foi um caso muito triste nesse aspecto. Duas mulheres idosas que moravam juntas, vivendo de pensão. Tinham sido amigas em serviço em algum lugar. Pareciam ser um casal feliz. No entanto, certo dia, uma delas matou a outra. Mandou chamar um amigo antigo, o vigário, e disse: "Eu matei Louisa. É muito triste", falou, "mas vi o diabo me encarando através de seus olhos, e eu soube que estava recebendo a ordem de matá-la." Coisas como essa, por vezes, nos fazem desesperar de viver. Perguntamos: por quê? E como? Contudo, um dia o conhecimento surge. Médicos descobrem ou constatam uma ínfima deformidade de um cromossomo ou gene. Alguma glândula que trabalha em excesso ou para de trabalhar.

– Então o senhor acha que foi isso que aconteceu? – Miss Marple perguntou.

– *Aconteceu.* O corpo não foi encontrado, eu sei, por algum tempo depois. Verity simplesmente desapareceu. Ela foi embora de casa e não voltou a ser vista...

– Mas deve *então* ter acontecido... naquele mesmo dia...

– Mas com certeza, no julgamento...

– O senhor quer dizer depois que o corpo foi encontrado, quando a polícia por fim prendeu Michael?

– Ele tinha sido um dos primeiros, sabe, a ser solicitado a vir e dar auxílio à polícia. Tinha sido visto andando com a moça, ela tinha sido flagrada no carro dele. Os investigadores tinham certeza o tempo todo de que Michael era o homem que queriam. Ele foi o primeiro suspeito, e nunca deixaram de suspeitar dele. Os outros rapazes que haviam conhecido Verity foram questionados, e todos, sem exceção, tinham álibis ou falta de provas. Continuaram a suspeitar de Michael, e, por fim, o corpo foi encontrado. Estrangulado, a cabeça e o rosto desfigurados por golpes violentos. Um ataque frenético, louco. Ele não estava em sã consciência quando desferiu esses golpes. O Mr. Hyde, digamos, assumiu o controle.

Miss Marple estremeceu.

O arquidiácono continuou, numa voz baixa e triste:

– No entanto, até mesmo agora, por vezes, espero e sinto que pode ter sido algum outro jovem que a matou. Alguém que tinha definitivamente um distúrbio mental, embora ninguém fizesse a menor ideia disso. Algum estranho, talvez, que ela tivesse conhecido na vizinhança. Alguém que ela conhecera por acaso, que havia lhe dado uma carona num carro, e então... – ele balançou a cabeça.

– Suponho que *poderia* ter sido a verdade – Miss Marple comentou.

– Mike causou uma má impressão no tribunal – disse o arquidiácono. – Contou mentiras tolas e absurdas. Mentiu sobre onde seu carro havia estado. Fez com que seus amigos lhe dessem álibis impossíveis. Estava assustado. Não falou nada sobre o plano de se casar. Creio que seu advogado era da opinião de que isso iria depor contra ele... que ela poderia tê-lo forçado a se casar com ela, e que ele não queria isso. Já faz muito tempo agora, não me lembro dos detalhes. Mas os indícios eram fortes contra ele. Michael era culpado... e parecia culpado. Sendo assim, a senhorita percebe, não é mesmo, Miss Marple, que sou um homem muito triste e infeliz. Fiz o julgamento errado, incentivei uma moça muito adorável a ir ao encontro de sua morte, porque eu não conhecia o bastante a natureza humana. Eu ignorava o perigo que ela estava correndo. Acreditava que, se tivesse tido qualquer medo, qualquer súbito conhecimento de algo maligno nele, Verity teria rompido sua promessa de se casar e me procurado e falado de seu medo, de seu novo conhecimento a respeito do rapaz. Mas nada disso jamais aconteceu. *Por que* ele a matou? Será que a matou porque, talvez, sabia que ela teria um filho? Porque, a essa altura, havia formado um enlace com outra jovem e não queria ser forçado a se casar com Verity? Não posso acreditar. Ou foi algum motivo totalmente diferente. Porque *ela* sentira de repente um medo dele, um conhecimento do perigo que ele representava, e rompera sua relação com o rapaz? Será que isso despertou sua ira, sua fúria, e o levou à violência e ao ato de matá-la? Não há como saber.

– O senhor não sabe? –Miss Marple falou. – Mas o senhor *ainda* sabe e acredita numa coisa, não?

– O que a senhorita quer dizer exatamente com "acredita"? Está falando do ponto de vista religioso?

– Não, não – Miss Marple retrucou –, eu não quis dizer isso. Quero dizer, parece haver no senhor, ou pelo menos é o que eu sinto, uma crença muito forte de que os dois se amavam, pretendiam se casar, mas que *algo* aconteceu para impedi-los. Algo que acarretou a morte dela; mas o senhor ainda acredita, realmente, que eles *estavam* vindo ao seu encontro para se casarem naquele dia?

– Tem toda razão, minha cara. Sim, não consigo deixar de acreditar, ainda, em dois apaixonados que desejavam se casar, que estavam dispostos a aceitar o outro para o melhor e o pior, na riqueza ou na pobreza, na saúde e na doença. Verity o amava e o teria aceitado para o melhor ou para o pior. Até onde avançara, ela o aceitou para o pior. Isso provocou sua morte.

– O senhor precisa continuar acreditando nisso – Miss Marple disse. – Acho, sabe, que *eu* acredito nisso também.

– Mas e aí?

– Não sei ainda – Miss Marple falou. – Não tenho certeza, mas acho que Elizabeth Temple sabia, ou estava começando a descobrir o que aconteceu. Uma palavra assustadora, ela disse. *Amor.* Achei que, ao falar isso, ela quisesse dar a entender que, devido a um caso de amor, Verity cometera suicídio. Por descobrir algo sobre Michael, ou porque algo sobre Michael de repente a perturbara e revoltara. Mas não poderia ter sido suicídio.

– Não – disse o arquidiácono –, não tinha como ser. As lesões foram descritas com todos os detalhes no julgamento. Você não comete suicídio esmagando a própria cabeça.

– Horrível! – Miss Marple exclamou. – Horrível! E você não poderia fazer isso a qualquer pessoa que amasse, mesmo que tivesse de matar "por amor", certo? Se ele a tivesse matado, não poderia ter feito isso dessa maneira. Estrangulamento, talvez, mas você não esmagaria o rosto e a cabeça de quem amava.

Ela murmurou:

– Amor, amor... uma palavra assustadora.

Capítulo 19

Despedidas

O ônibus foi estacionado em frente ao Golden Boar na manhã seguinte. Miss Marple havia descido e estava dando adeus a vários amigos. Encontrou a sra. Riseley-Porter num estado de grande indignação.

– Francamente, as moças de hoje em dia – ela disse. – Nenhum vigor. Nenhuma energia.

Miss Marple lhe lançou um olhar interrogativo.

– Eu me refiro a Joanna. A minha sobrinha.

– Minha nossa... Ela não está bem?

– Bem, ela afirma que não. Não consigo ver nada de mais nela. Ela diz que está com dor de garganta, sente que uma febre pode estar a caminho. Tudo bobagem, eu acho.

– Ah, eu sinto muito – Miss Marple falou. – Existe alguma coisa que eu possa fazer? Cuidar dela?

– Eu a deixaria sozinha, se fosse a senhorita – disse a sra. Riseley-Porter. – Se quer saber a minha opinião, não passa de uma desculpa.

Miss Marple lhe lançou mais um olhar interrogativo.

– As moças são tão bobas... Sempre se apaixonando.

– Emlyn Price? – Miss Marple retrucou.

– Ah, então a senhorita já percebeu isso também. Sim, eles realmente estão chegando a um estágio em que não se desgrudam mais. Não ligo muito para ele, de qualquer maneira. Um desses estudantes de cabelo comprido, sabe... Sempre participando de "manis" ou algo assim. Por que não podem dizer "manifestação" do jeito certo? Odeio abreviações. E como é que eu vou me virar? Ninguém para cuidar de mim, carregar minha bagagem, tirá-la, trazê-la. Francamente. Estou pagando tudo nessa viagem, do início ao fim.

– Achei que ela parecia tão atenciosa com a senhora... – disse Miss Marple.

– Bem, não nos últimos dois ou três dias. As mocinhas não entendem que as pessoas precisam ter um pouco de ajuda quando chegam à meia-idade. Parecem estar acalentando certa ideia absurda... ela e esse rapaz Price... de ir visitar alguma montanha ou algum marco. Mais ou menos uns doze quilômetros entre ida e volta.

– Mas, com toda certeza, se ela está com dor de garganta e febre...

– A senhorita vai ver, assim que o ônibus partir a dor de garganta vai melhorar e a febre vai diminuir – falou a sra. Riseley-Porter. – Ah, minha nossa, precisamos embarcar agora. Ah, adeus, Miss Marple, foi bom ter conhecido a senhorita. Lamento que não esteja vindo conosco.

– Eu mesma fico muito triste – Miss Marple retrucou –, mas na verdade, sra. Riseley-Porter, já não sou tão jovem e vigorosa como a senhora, e realmente sinto, depois de todo esse... bem, esse choque e tudo mais nos últimos dias, eu realmente preciso de um descanso completo de 24 horas.

– Bem, espero voltar a vê-la no futuro.

Apertaram as mãos. A sra. Riseley-Porter entrou no ônibus.

Uma voz por trás do ombro de Miss Marple falou:

– *Bon voyage* e já vai tarde.

Voltando-se, ela viu Emlyn Price. O rapaz sorria.

– Isso foi dirigido à sra. Riseley-Porter?

– Sim. Quem mais?

– Lamento muito saber que Joanna está indisposta nesta manhã.

Emlyn Price sorriu de novo para Miss Marple.

– Ela vai ficar bem – falou – tão logo esse ônibus partir.

– Não diga! – Miss Marple exclamou – O senhor quer dizer...

– Sim, quero dizer isso mesmo – Emlyn Price afirmou. – Joanna já está farta dessa tia lhe dando ordens o tempo inteiro.

– Então o senhor também não vai seguir com o ônibus?

– Não. Vou continuar aqui por alguns dias. Vou dar umas voltinhas, fazer alguns passeios. Não me olhe com essa cara de censura, Miss Marple. A senhorita não está realmente me censurando tanto assim, está?

– Bem – disse Miss Marple –, tenho lembrança de coisas assim acontecendo na minha própria juventude. As desculpas podem ter sido diferentes, e acho que tínhamos menos chance de nos safar das situações do que vocês têm hoje.

O coronel e a sra. Walker se aproximaram e apertaram calorosamente a mão de Miss Marple.

– Foi tão bom ter conhecido a senhorita, com todas as nossas encantadoras conversas de horticultura – disse o coronel. – Acredito que, depois de amanhã, teremos um verdadeiro deleite, se nada mais acontecer. De fato, é muito triste esse lamentável acidente. Devo dizer, de minha parte, que julgo *ter sido* um acidente. Realmente acho que o juiz investigador foi além da conta em suas impressões a respeito do caso.

– Parece muito estranho – Miss Marple falou – que ninguém tenha se apresentado, se havia alguém lá em cima, empurrando pedras e pedregulhos e assim por diante... que não tenha se apresentado para dizer isso.

– A pessoa acha que vai ser responsabilizada, é claro – disse o coronel Walker. – Vai ficar quietinha, isso é o que ela vai fazer. Bem, adeus. Vou lhe mandar uma muda daquela *magnolia highdownensis* e uma de *mahonia japonica* também. Embora eu não tenha muita certeza se ela se adaptaria bem onde a senhorita mora.

Eles, por sua vez, entraram no ônibus. Miss Marple se virou. Ao se virar, viu o professor Wanstead acenando para o ônibus que partia. A sra. Sandbourne saiu, despediu-se de Miss Marple, e entrou no ônibus, e Miss Marple pegou o professor Wanstead pelo braço.

– Preciso do senhor – ela disse. – Podemos ir para algum lugar onde possamos conversar?

– Podemos. Que tal o lugar onde sentamos no outro dia?

– Por aqui há uma varanda muito agradável, eu acho.

Os dois contornaram o canto do hotel. Ouviu-se um alegre som de buzina, e o ônibus partiu.

– Eu gostaria, de certa forma, sabe... – falou o professor Wanstead – que a senhorita não ficasse para trás. Preferiria tê-la visto seguir seu caminho em segurança no ônibus.

Ele a encarou bruscamente.

– Por que vai permanecer aqui? Esgotamento nervoso ou algo diferente?

– Algo diferente – Miss Marple respondeu. – Não me sinto particularmente exausta, embora isso seja uma desculpa perfeitamente natural para alguém da minha idade.

– Eu sinto, na verdade, que deveria permanecer aqui para ficar de olho na senhorita.

– Não – Miss Marple retrucou –, não há necessidade de fazer isso. Há outras coisas que o senhor deveria estar fazendo.

– Que coisas? – ele a encarou. – A senhorita tem alguma ideia ou conhecimento?

– Acho que tenho algum conhecimento, mas vou ter de verificá-lo. Há certas coisas que não posso fazer por minha conta. Creio que o senhor vai ajudar a fazê-las, porque tem contato com o que eu chamo de autoridades.

– Ou seja, Scotland Yard, chefes de polícia e os diretores de prisões?

– Isso. Um ou outro, ou todos eles. O senhor pode ter o ministro do Interior como trunfo também.

– A senhorita certamente tem ideias! Bem, o que quer que eu faça?

– Antes de mais nada, quero lhe dar este endereço.

Miss Marple sacou um caderno de anotações, arrancou uma página e a entregou para ele.

– O que é isso? Ah, sim, uma instituição de caridade bem conhecida, não?

– Uma das melhores, acredito. Eles fazem muitas ações boas. A gente lhes envia roupas – disse Miss Marple –, roupas infantis e roupas femininas. Casacos. Pulôveres, todos os tipos de coisas.

– Bem, a senhorita quer que eu contribua para eles?

– Não, não é um apelo por caridade, é um pouco do que diz respeito ao que nós estamos fazendo. O que o senhor e eu estamos fazendo.

– De que forma?

– Quero que o senhor faça investigações acerca de um pacote que foi enviado dois dias atrás, postado no correio local.

– Quem postou... a senhorita?

– Não – Miss Marple respondeu. – Não, mas assumi a responsabilidade por ele.

– Como assim?

– Da seguinte maneira – Miss Marple retrucou com um leve sorriso. – Fui ao correio e expliquei de uma forma bastante atrapalhada, e... bem, como a típica velhota que sou... que eu havia cometido a grande tolice de pedir para alguém que levasse um pacote para mim ao correio, tendo colocado nele o endereço errado. Estava muito aborrecida com isso. A agente do correio, muito gentil, disse que se lembrava do pacote, mas o endereço nele não era o que eu estava mencionando. Era este, este que acabei de dar ao senhor. Expliquei que cometera uma grande tolice e escrevera nele o endereço errado, confundindo-o com outro para o qual às vezes mando coisas. Ela me disse que era tarde demais para que se pudesse fazer algo a respeito, porque o pacote, naturalmente, já tinha sido despachado. Falei que não havia problema, que eu mandaria uma carta para aquela específica instituição à qual o pacote tinha sido despachado, explicando que ele tinha sido endereçado a eles por engano. Será que eles fariam a grande gentileza de encaminhá-lo à caridade à qual eu pretendera destiná-lo?

– Essa parece ser uma estratégia bastante tortuosa.

– Bem – Miss Marple falou –, é preciso dizer *alguma coisa*. Não vou fazer isso em absoluto. O senhor vai lidar com a questão. Precisamos saber o que há dentro daquele pacote! Não tenho dúvida de que o senhor encontrará um meio.

– Haverá, dentro do pacote, algo indicando quem efetivamente o mandou?

– Eu tendo a pensar que não. Pode haver uma tira de papel dizendo "de amigos", ou pode haver um nome fictício e um endereço... algo do tipo "Sra. Pippin, Westbourne Grove, 14"... e, se alguém for investigar, não haverá nenhuma pessoa com esse nome morando lá.

– Ah! Alguma alternativa?

– Poderia, possivelmente... é muito improvável, mas é possível... haver uma etiqueta dizendo "Da srta. Anthea Bradbury-Scott".

– Foi ela...?

– Ela o levou ao correio – Miss Marple disse.

– E a senhorita lhe pedira que o levasse?

– Não, não – Miss Marple respondeu. – Eu não tinha pedido a ninguém que postasse coisa alguma. Vi o pacote pela primeira vez quando Anthea passou pelo jardim do Golden Boar, onde o senhor e eu estávamos conversando, carregando-o.

– Mas a senhorita foi ao correio e fingiu que o pacote era seu.

– Sim – disse Miss Marple –, o que não era nem um pouco verdade. Mas os correios são cuidadosos. E, veja bem, eu queria descobrir para onde o pacote tinha sido enviado.

– A senhorita queria descobrir se esse pacote tinha sido enviado e se tinha sido enviado por uma das Bradbury-Scott... ou, em especial, a srta. Anthea?

– Eu sabia que seria Anthea – Miss Marple disse –, porque nós a tínhamos visto.

– Pois bem – o professor Wanstead pegou o papel das mãos dela. – Sim, eu consigo colocar isso em prática. A senhorita acha que esse pacote vai ser interessante?

– Acho que o conteúdo poderia ser bem importante.

– A senhorita gosta de guardar seus segredos, não é? – comentou o professor Wanstead.

– Não exatamente segredos – disse Miss Marple –, são apenas *probabilidades* que estou explorando. Não gostamos de fazer afirmações definitivas, a menos que tenhamos um conhecimento um pouco mais definido.

– Algo mais?

– Acho que... Acho que, quem quer que seja o encarregado dessas coisas, deveria ser avisado de que pode haver um segundo corpo para encontrar.

– A senhorita quer dizer um segundo corpo, ligado ao específico crime que estamos considerando? Um crime que ocorreu há dez anos?

– Sim – falou Miss Marple. – Tenho certeza disso, para falar a verdade.

– Outro corpo. Corpo de quem?

– Bem – disse Miss Marple –, é só a minha ideia, por enquanto...

– Alguma ideia de onde esse corpo está?

– Ah, sim! – Miss Marple exclamou. – Tenho certeza de que sei onde ele *está*, mas preciso de um pouco mais de tempo antes de poder lhe dizer isso.

– Que tipo de corpo? De homem? De mulher? De criança? De menina?

– Há outra moça que está sumida – Miss Marple afirmou. – Uma moça chamada Nora Broad. Ela desapareceu daqui e nunca mais tiveram notícia dela. Acho que seu corpo pode estar num determinado lugar.

O professor Wanstead a encarou.

– Sabe, quanto mais a senhorita fala, menos eu gosto de deixá-la aqui – ele retrucou. – Tendo todas essas ideias... e, possivelmente, fazendo algo tolo... No caso de... – ele se interrompeu.

– No caso de ser tudo bobagem? – Miss Marple falou.

– Não, não, eu não quis dizer isso... Mas, no caso de a senhorita saber demais... o que poderia ser perigoso... Acho que vou permanecer aqui para ficar de olho na senhorita...

– Não, não vai – disse Miss Marple. – O senhor precisa ir para Londres e colocar certas coisas em andamento.

– A senhorita falou como se soubesse um bocado, Miss Marple.

– Acho que, agora, eu sei um bocado. Mas preciso ter certeza.

– Sim, só que, se a senhorita se certificar, essa poderá ser a última coisa de que terá certeza! Não queremos um terceiro corpo. O seu.

– Ah, eu não estou esperando nada semelhante a isso – Miss Marple falou.

– Pode haver perigo, sabe, se algumas das suas ideias estiverem certas. Está suspeitando de alguma pessoa em particular?

– Creio que tenho certo conhecimento quanto a uma pessoa. Preciso descobrir... Preciso ficar aqui. O senhor me perguntou, em certo momento, se eu sentia uma atmosfera maligna. Bem, essa atmosfera é perceptível, sem dúvida, uma atmosfera maligna, de perigo, se o senhor preferir... de grande infelicidade, de medo... preciso fazer algo a respeito disso. O melhor que eu puder fazer. Mas uma velha como eu não consegue fazer muito.

O professor Wanstead contou baixinho:

– Uma... duas... três... quatro.

– O que o senhor está contando? – Miss Marple perguntou.

– As pessoas que saíram no ônibus. Provavelmente a senhorita não tem interesse por elas, já que as deixou partirem e vai permanecer aqui.

– Por que razão eu estaria interessada nelas?

– Porque a senhorita disse que Rafiel a mandara no ônibus por um motivo especial, e a mandara nesta excursão por um motivo especial, e a mandara para The Old Manor House por um motivo especial. Pois bem. A morte de Elizabeth Temple tem um elo com alguém no ônibus. A sua permanência aqui tem um elo com The Old Manor House.

– O senhor não está de todo certo – falou Miss Marple. – Há conexões entre as duas coisas. Quero que alguém me dê certas respostas.

– Acha que pode fazer com que alguém lhe dê certas repostas?

– Acho que eu conseguiria. O senhor vai perder seu trem se não sair depressa.

– Trate de se cuidar – pediu o professor Wanstead.

– Eu pretendo me cuidar.

A porta do saguão se abriu e duas pessoas saíram. A srta. Cooke e a srta. Barrow.

– Olá – disse o professor Wanstead –, achei que vocês tinham partido com o ônibus.

– Bem, nós mudamos de ideia no último minuto – falou a srta. Cooke, animada. – Sabe, acabamos de descobrir que existem uns passeios muito agradáveis aqui perto, e há um ou dois lugares que estou morrendo de vontade de ver. Uma igreja com uma pia batismal saxônica, muito incomum. Fica a uns meros sete quilômetros daqui, e dá para chegar lá na maior facilidade com o ônibus local, creio eu. Veja bem, não são só as casas e os jardins. Tenho muito interesse pela arquitetura de igrejas.

– E eu também – disse a srta. Barrow. – Há também Finley Park, que tem uma belíssima plantação hortícola não muito longe daqui. Nós realmente concluímos que seria bem mais prazeroso continuar aqui por um ou dois dias.

– Vão permanecer aqui no Golden Boar?

– Sim. Tivemos a sorte de conseguir que nos dessem um ótimo quarto duplo. Realmente melhor do que o quarto que ocupamos nos últimos dois dias.

– O senhor vai perder o seu trem – Miss Marple repetiu.

– Eu gostaria – disse o professor Wanstead – que a senhorita...

– Vou ficar absolutamente bem – Miss Marple falou com urgência. – Um homem tão gentil – comentou enquanto ele desaparecia pelo lado da casa –, que realmente se importa tanto comigo... Eu até poderia ser uma tia-avó dele ou algo assim...

– Tudo isso foi um grande choque, não é mesmo? – disse a srta. Cooke. – Talvez seja do seu agrado vir conosco quando formos visitar St. Martin no campo.

– É muita bondade sua – Miss Marple retrucou –, mas não creio que hoje eu esteja me sentindo forte o suficiente para expedições. Talvez amanhã, se houver algo interessante para ver.

– Bem, precisamos deixá-la, então.

Miss Marple sorriu para ambas e entrou no hotel.

Capítulo 20

Miss Marple tem ideias

Tendo almoçado no salão das refeições, Miss Marple se dirigiu ao terraço para tomar seu café. Estava bebericando sua segunda xícara quando uma figura alta e magra apareceu subindo os degraus e se aproximou, falando meio sem fôlego. Constatou que era Anthea Bradbury-Scott.

– Ah, Miss Marple, Miss Marple, acabamos de ficar sabendo que a senhorita não foi embora no ônibus, afinal de contas. Nós pensávamos que fosse continuar com a excursão. Não fazíamos a menor ideia de que ia permanecer aqui. Clotilde e Lavinia ambas me mandaram vir aqui lhe dizer que gostaríamos muito que a senhorita voltasse para The Old Manor House e ficasse conosco. Estou certa de que lá vai ser muito mais agradável para a senhorita. Aqui há sempre tanta gente entrando e saindo, sobretudo durante o fim de semana e assim por diante. De modo que nós ficaríamos muito, muito contentes... realmente ficaríamos... se a senhorita voltasse à nossa casa.

– Ah, é muita bondade da sua parte – Miss Marple falou. – De fato muita bondade, mas estou certa... quero dizer, veja bem, era só uma visita de dois dias. Eu pretendia, originalmente, seguir com o ônibus. Isto é, após esses dois dias. Se não fosse esse acidente tão, tão trágico... Bem, eu realmente senti que não conseguiria mais prosseguir. Achei que precisava ter no mínimo, bem, no mínimo uma noite de descanso.

– Mas, quero dizer, seria tão melhor se a senhorita viesse ficar conosco. Nós faríamos o possível para deixá-la confortável.

– Ah, quanto a isso não há o que questionar – Miss Marple falou. – Minha estadia com vocês foi extremamente confortável. Sim, sim, eu adorei. Uma casa tão linda... E tudo lá é tão encantador... A porcelana, sabe, e os cristais e os móveis. É tão prazeroso ficar numa casa e não num hotel...

– Então a senhorita precisa vir comigo agora. Sim, precisa mesmo. Eu poderia arrumar a sua mala.

– Ah... ora, é muita bondade sua. Eu mesma posso fazer isso.

– Bem, posso subir para lhe dar uma ajuda?

– Seria muita bondade – Miss Marple respondeu.

As duas se dirigiram para o quarto dela, onde Anthea, de uma maneira um pouco descuidada, começou a guardar os pertences de Miss Marple na mala. Miss Marple, que tinha seu próprio sistema para dobrar as coisas, teve de morder o lábio para manter um ar de complacência no rosto. Realmente, pensou, ela não consegue dobrar *nada* direito.

Anthea chamou um carregador do hotel e levou a mala, dobrando a esquina e descendo a rua na direção de The Old Manor House. Miss Marple lhe deu uma gorjeta adequada e, ainda proferindo pequenas manifestações agitadas de agradecimento e prazer, juntou-se de novo às irmãs.

"As três irmãs!", estava pensando, "aqui estamos nós de novo". Ela sentou-se na sala de visitas e fechou os olhos por um minuto, respirando de maneira bastante rápida. Parecia estar um pouco sem fôlego. Era mais do que natural em sua idade, ela sentia, e, com Anthea e o carregador do hotel tendo estabelecido um passo tão acelerado... Mas, na verdade, Miss Marple estava tentando absorver, através de seus olhos fechados, que sentimento ela experimentava voltando àquela casa. Havia nela algo de sinistro? Não, não tanto sinistro quanto infeliz. Uma infelicidade profunda. Em tal medida que era quase assustador.

Abriu os olhos de novo e contemplou outras duas ocupantes da sala. A sra. Glynne acabara de chegar da cozinha, carregando uma bandeja de chá da tarde. Apresentava a mesma aparência de sempre. Confortável, sem quaisquer emoções ou sentimentos definidos. Talvez quase desprovida demais deles, Miss Marple pensou. Por acaso ela tinha se acostumado a uma vida, talvez, de alguma tensão e dificuldade, de modo a não revelar nada ao mundo exterior, manter uma reserva e não deixar ninguém saber quais eram seus sentimentos íntimos?

Transferiu seu olhar para Clotilde. Esta tinha uma aparência de Clitemnestra, como já pensara antes. Ela certamente não assassinara seu marido, pois nunca tivera um marido para assassinar, e parecia ser improvável que tivesse assassinado a moça a quem, segundo se dizia, havia sido muito apegada. Isso, Miss Marple tinha certeza, era verdade. Ela vira antes como as lágrimas haviam brotado dos olhos de Clotilde quando a morte de Verity tinha sido mencionada.

E quanto a Anthea? Anthea havia levado aquela caixa de papelão ao correio. Anthea viera buscá-la. Anthea – ela tinha muitas dúvidas quanto a Anthea. Caduca? Caduca demais para sua idade. Olhos que vagavam e voltavam para você. Olhos que pareciam ver coisas que outras pessoas talvez não vissem, por cima do nosso ombro. Ela está assustada, Miss Marple pensou. Assustada com alguma coisa. Ela estava assustada com o quê? Teria ela, talvez, um distúrbio mental de algum tipo? Estaria assustada, talvez, com a ideia de voltar a certa instituição ou estabelecimento onde poderia ter passado parte de sua vida? Assustada com o sentimento de suas duas irmãs de que não era sensato ela permanecer em liberdade? Por acaso estavam incertas, aquelas duas, quanto àquilo que sua irmã Anthea poderia fazer ou dizer?

Havia *certa* atmosfera ali. Ela se perguntava, enquanto bebericava o resto de seu chá, o que a srta. Cooke e a srta. Barrow estariam fazendo. Teriam ido visitar aquela igreja mesmo, ou era só conversa, conversa furada? Era estranho. Estranha a maneira como tinham aparecido para olhá-la em St. Mary Mead, a fim de reconhecê-la no ônibus, mas não admitindo que jamais a tivessem visto ou encontrado antes.

Havia várias coisas difíceis acontecendo. Dentro em pouco, a sra. Glynne retirou a bandeja de chá, Anthea saiu para o jardim e Miss Marple ficou a sós com Clotilde.

– Creio – disse Miss Marple – que a senhorita conhece um arquidiácono chamado Brabazon, não?

– Claro – Clotilde respondeu –, ele estava na igreja ontem, na cerimônia. A senhorita o conhece?

– Não, não – disse Miss Marple –, mas ele foi ao Golden Boar e me procurou lá para conversar. Ao que parece, esteve no hospital e andava investigando sobre a morte da pobre srta. Temple. Queria saber se a srta. Temple lhe deixara alguma mensagem. Tudo indica que ela estava pensando em lhe fazer uma visita. Mas, claro, contei-lhe que, embora eu tivesse ido até lá para o caso de poder fazer algo, não havia nada que se pudesse fazer, exceto sentar junto ao leito da pobre srta. Temple. Ela estava inconsciente, sabe... Não pude fazer nada para ajudá-la.

– Ela não falou... não falou nada... não deu nenhuma explicação sobre o que acontecera? – Clotilde perguntou.

Ela perguntava sem muito interesse. Miss Marple tentou adivinhar se ela estava mais interessada do que deixava transparecer, mas, de um modo geral, julgou que não. Julgou que os pensamentos de Clotilde estavam ocupados com algo bem diferente.

– A senhorita acha que *foi* um acidente? – Miss Marple perguntou. – Ou acha que existe algo naquela história que a sobrinha da sra. Riselcy-Porter contou? Sobre ter visto alguém empurrando um pedregulho?

– Bem, suponho que, se aqueles dois disseram isso, então devem ter visto.

– Sim. Ambos disseram isso, não é mesmo? – Miss Marple falou. – Contudo, não exatamente nos mesmos termos. Mas talvez isso seja algo bastante natural.

Clotilde encarou-a com curiosidade.

– A senhorita parece estar intrigada com isso.

– Bem, é que me parece tão absolutamente improvável – Miss Marple disse –, uma história improvável, a menos que...

– A menos que o quê?

– Bem, eu só fiquei me perguntando... – Miss Marple continuou.

A sra. Glynne entrou de novo na sala.

– Ficou se perguntando o quê? – ela indagou.

– Estamos falando sobre o acidente, ou o não acidente – disse Clotilde.

– Mas quem...

– A história que eles contaram parece muito esquisita – Miss Marple disse de novo.

– Tem alguma coisa neste lugar – Clotilde falou de súbito. – Algo no ar. Nunca nos livramos dessa sensação aqui. Nunca. Em nenhum momento desde... desde a morte de Verity. Já se passaram vários anos, mas a sensação não vai embora. Há uma sombra por aqui – ela olhou para Miss Marple. – A senhorita não concorda? Não sente uma sombra por aqui?

– Bem, eu sou de fora – Miss Marple respondeu. – É diferente para a senhorita e suas irmãs, que moravam aqui e conheciam a moça morta. Ela era, segundo parece, como disse o arquidiácono Brabazon... uma moça linda e encantadora.

– Ela era uma jovem adorável. Uma criança muito querida também – disse Clotilde.

– Eu gostaria de tê-la conhecido melhor – falou a sra. Glynne. – Claro, eu estava morando no exterior naquela época. Eu e meu marido voltamos de licença numa ocasião, mas ficamos em Londres na maior parte do tempo. Não descíamos para cá com frequência.

Anthea chegou do jardim. Carregava um grande feixe de lírios.

– Flores fúnebres – afirmou. – É o que deveríamos ter aqui hoje, não? Vou colocá-las num vaso grande. Flores fúnebres...

Ela começou a rir de repente. Um risinho esquisito e histérico.

– Anthea – falou Clotilde –, não... não faça isso. Não é... não é correto.

– Vou colocá-las na água – Anthea disse com animação, saindo da sala.

– Francamente – a sra. Glynne comentou. – Anthea! Acho mesmo que ela está...

– Está piorando – Clotilde completou.

Miss Marple adotou uma postura de não estar prestando atenção ou escutando. Pegou uma caixinha esmaltada e a contemplou com admiração.

– Ela provavelmente vai quebrar um vaso agora – disse Lavinia.

Ela saiu da sala. Miss Marple perguntou:

– A senhorita está preocupada com a sua irmã, com Anthea?

– Bem, sim, ela sempre foi um tanto desequilibrada. É a mais nova, e era um tanto frágil na infância. Porém, nos últimos tempos, creio eu, ficou definitivamente pior. Ela não faz a menor ideia, creio, da gravidade das coisas. Fica tendo esses ataques bobos de histeria. Risos histéricos diante de coisas que deveriam ser levadas a sério. Nós não queremos... bem, interná-la num lugar qualquer ou... sabe como é... Ela deveria passar por um tratamento, creio, mas acho que não gostaria de sair de casa. Este é o lar dela, afinal de contas. Ainda que às vezes seja... seja muito difícil.

– A vida fica difícil às vezes – Miss Marple comentou.

– Lavinia fala em ir embora – disse Clotilde. – Fala em ir morar no exterior de novo. Em Taormina, creio eu. Ela passou bastante tempo lá com seu marido, os dois eram muito felizes. Ela já está em casa conosco faz muito anos, mas parece sentir uma ânsia por ir embora e viajar. Às vezes acho... às vezes acho que ela não gosta de morar com Anthea.

– Minha nossa... – Miss Marple falou. – Sim, já ouvi falar de casos assim, nos quais essas dificuldades surgem mesmo.

– Ela tem medo de Anthea – disse Clotilde. – Definitivamente tem medo dela. E, de fato, fico lhe repetindo que não há nada para temer. Anthea é apenas um tanto boba de vez em quando. Sabe, fica tendo ideias esquisitas e dizendo coisas esquisitas. Mas não creio que exista qualquer perigo de ela... bem, quero dizer, de... ah, não sei o que eu quero dizer. Fazer alguma coisa perigosa, ou estranha, ou esquisita.

– Nunca houve nenhum problema desse tipo? – Miss Marple indagou.

– Não, não. Nunca houve nada. Ela tem ataques nervosos ou de raiva de vez em quando, e muito de súbito sente aversão por certas pessoas. É muito ciumenta, sabe, em relação às coisas. Muito ciumenta de... bem, quando fazem alvoroço em relação a diferentes pessoas. Não sei. Às vezes acho que seria melhor vender esta casa e abandoná-la de uma vez por todas.

– É triste para vocês, não? – Miss Marple disse. – Consigo entender, acho, que deve ser muito triste, para vocês, viver aqui com a memória do passado.

– A senhorita entende, não? Sim, percebo que a senhorita entende. Não dá para evitar. O pensamento se volta para o passado, para aquela criança querida, adorável. Ela era como uma filha para mim. Era filha, de todo modo, de uma das minhas melhores amigas. Era muito inteligente, também. Uma jovem astuta. Era uma boa artista. Estava se saindo muito bem com seus estudos de arte e desenho. Já tinha uma bela produção de desenhos. Eu tinha muito orgulho dela. E, então, aquela relação desgraçada, aquele rapaz terrível, com problemas mentais.

– A senhorita se refere ao filho do sr. Rafiel, Michael Rafiel?

– Sim. Se ele nunca tivesse aparecido aqui... Aconteceu justamente que ele estava passando um tempo nesta região, e o pai dele sugeriu que viesse nos visitar, e ele veio para uma refeição conosco. Sabia ser muito encantador... Mas sempre tinha sido um delinquente digno de pena, com maus antecedentes. Já tinha estado na prisão duas vezes, e um péssimo histórico com mocinhas. Mas nunca me passou pela cabeça que Verity... só um caso de paixão passageira. Creio que costuma acontecer com moças dessa idade. Teve uma paixonite por ele. Insistia que tudo que lhe acontecera não tinha sido culpa dele.

Sabe como é, essas coisas que as mocinhas falam. "Todo mundo está contra ele"; é o que sempre dizem. Todo mundo está contra ele. Ninguém lhe fazia concessões. Ah, a gente acaba cansando de ouvir coisas assim. Será que ninguém consegue colocar um pouco de juízo na cabeça das garotas?

– Elas não costumam ser muito sensatas, concordo – disse Miss Marple.

– Ela não queria nem ouvir. Eu... eu tentei impedir a presença dele na casa. Disse-lhe que não deveria voltar aqui. Isso, claro, foi uma estupidez. Eu me dei conta disso depois. A única consequência foi que Verity saía para encontrá-lo fora de casa. Não sei onde. Os dois tinham vários locais de encontro. O rapaz costumava buscá-la de carro num local combinado e trazê-la para casa tarde da noite. Numa ou outra ocasião, só a trouxe para casa no dia seguinte. Tentei lhe dizer que aquilo precisava parar, precisava terminar por completo, mas eles não queriam nem ouvir. Verity não queria nem ouvir. Ele eu não esperava que ouvisse, é claro.

– Ela pretendia se casar com ele? – Miss Marple perguntou.

– Bem, não creio que jamais tenha chegado tão longe assim. Não creio que ele jamais tenha desejado se casar com ela, ou sequer pensado em tal coisa.

– Lamento muito por vocês – Miss Marple disse. – Vocês devem ter sofrido um bocado.

– Sim. O pior foi a necessidade de ir identificar o corpo. Isso foi algum tempo depois... depois de ela desaparecer daqui. Pensávamos, é claro, que Verity tinha fugido com ele, e pensávamos que, em algum momento, teríamos notícia dos dois. Eu sabia que a polícia parecia estar levando o caso muito a sério. Pediram que Michael fosse à delegacia para lhes dar auxílio nas investigações, e o relato do próprio jovem não parecia condizer com o que os moradores daqui estavam dizendo. Então a encontraram. Bem longe daqui. A uns cinquenta quilômetros de distância. Numa espécie de vala escondida por arbustos, perto de uma ruela erma pela qual quase ninguém passava. Sim, eu precisei ir lá olhar o corpo no necrotério. Uma coisa terrível de se ver. A crueldade, a força que tinha sido empregada. Por que foi que ele quis fazer aquilo com ela? Não era suficiente que a tivesse estrangulado. Estrangulou-a com a echarpe da própria Verity. Não consigo... não consigo falar mais a respeito disso. Não suporto, não suporto.

Lágrimas rolaram de súbito por seu rosto.

– Lamento muito por vocês – disse Miss Marple. – Lamento muitíssimo.

– Sei que lamenta – Clotilde a encarou de repente. – E nem mesmo a senhorita sabe o pior de tudo.

– Em que sentido?

– Não sei... não sei quanto a Anthea.

– Como assim, quanto a Anthea?

– Ela estava tão esquisita naquela época... Ela se mostrava... ela se mostrava muito ciumenta. De repente, pareceu se voltar contra Verity. Olhar para ela como se a odiasse. Às vezes eu pensava... pensava que, talvez... não, não, é uma coisa horrível de se pensar, você não pode pensar isso sobre a sua própria irmã... ela chegou a atacar alguém certa vez. Sabe, ela costumava ter essas explosões de raiva. Eu me perguntava se *podia* ter sido... ah, não devo dizer coisas desse tipo. Não há hipótese de algo assim. Por favor, esqueça o que eu disse. Não há nada de mais, nada em absoluto. Mas... mas... bem, ela não é totalmente normal. Preciso encarar isso. Quando ela era bem nova, coisas esquisitas aconteceram uma ou outra vez... com animais. Tínhamos um papagaio. Um papagaio que falava coisas bobas que os papagaios falam, e ela lhe torceu o pescoço, e eu nunca mais me senti como antes desde então. Nunca mais senti que podia confiar nela. Nunca mais me senti segura. Nunca mais me senti... Ah, Deus, estou ficando histérica também.

– Ora, ora – disse Miss Marple –, não pense nessas coisas.

– Não. Já é ruim o bastante saber... saber que Verity morreu. Morreu daquela maneira horrível... De qualquer forma, as outras moças estão a salvo daquele rapaz. Recebeu prisão perpétua, ele. Ainda está na prisão. Não vão deixá-lo sair para fazer algum mal a qualquer outra pessoa. No entanto, porque não conseguiram atribuir algum problema mental... responsabilidade reduzida... uma dessas coisas que são usadas hoje em dia... Ele devia ter ido para Broadmoor. Tenho certeza de que não era responsável por nada do que fazia.

Ela se levantou e saiu da sala. A sra. Glynne, voltando, passou pela irmã no vão da porta.

– A senhorita não deve dar nenhuma atenção a Clotilde – falou. – Ela nunca se recuperou completamente daquele negócio medonho de anos atrás. Sentia um grande amor por Verity.

– Ela parece estar preocupada com a sua outra irmã.

– Com Anthea? Anthea está bem. Ela é... hã... ela é meio biruta, sabe. É um pouco... histérica. Tem uma propensão a ficar alvoroçada com isso e aquilo, e tem ideias esquisitas, imagina coisas. Mas acho que não há nenhum motivo para Clotilde se preocupar tanto. Minha nossa, quem está passando ali pela porta de vidro?

Dois vultos envergonhados se mostraram de súbito na porta.

– Ah, por favor, queira nos desculpar – disse a srta. Barrow –, estávamos apenas dando a volta na casa para ver se conseguíamos encontrar Miss Marple. Ficamos sabendo que ela viera para cá com a senhora, e... ah, eis aí a senhorita, minha querida Miss Marple. Eu queria lhe dizer que não fomos ver aquela igreja hoje à tarde, no fim das contas. Aparentemente, está fechada para limpeza, de modo que, creio eu, teremos de abrir mão de qualquer outra expedição hoje e participar de alguma amanhã. Espero mesmo que a senhora não se importe com a nossa invasão dessa maneira. Eu de fato toquei a campainha na porta da frente, mas ela parecia não estar funcionando.

– Receio que ela não funcione de vez em quando – falou a sra. Glynne. – Sabe, ela é um tanto temperamental. Às vezes toca, e às vezes não toca. Mas sentem-se, por favor, e conversem um pouco conosco. Eu não fazia ideia de que vocês não haviam seguido com o ônibus.

– Não, achamos que seria bom ver alguns lugares aqui nos arredores, já que tínhamos vindo até aqui, e continuar com o ônibus seria realmente um tanto... bem, um tanto doloroso depois do que aconteceu há pouquíssimo tempo.

– Preciso lhes servir um pouco de xerez – disse a sra. Glynne.

Ela saiu da sala e pouco depois retornou. Anthea a acompanhava, agora bastante calma, trazendo taças e um decantador de xerez, e as duas se sentaram juntas.

– Não consigo reprimir a vontade de saber – falou a sra. Glynne – o que realmente vai acontecer nessa história. Quero dizer, no caso da pobre srta. Temple. Ou melhor, parece tão absolutamente impossível saber o que a polícia pensa. Eles ainda parecem estar no comando, e, quero dizer, com o inquérito tendo sido suspenso, é tão óbvio que não estão satisfeitos... Não sei se é possível deduzir algo devido ao tipo de ferimento.

– Eu diria que não – afirmou a srta. Barrow. – Isto é, uma pancada na cabeça, uma concussão forte... bem, quero dizer, isso veio do pedregulho. A única questão, Miss Marple, é se o pedregulho rolou por si só ou se alguém o rolou.

– Ah – retrucou a srta. Cooke –, mas certamente você não acha que... quem diabos iria querer rolar um pedregulho morro abaixo, fazer esse tipo de coisa? Sempre existem arruaceiros por aí, suponho. Jovens estrangeiros ou estudantes... Eu realmente fico me perguntando, sabe, se... bem...

– A senhorita quer dizer – Miss Marple falou – que fica se perguntando se esse alguém foi um dos nossos companheiros de viagem?

– Bem, eu... eu não disse isso – respondeu a srta. Cooke.

– Mas, sem dúvida – disse Miss Marple –, não há como evitar... bem, que pensemos nesse tipo de coisa. Quero dizer, deve haver alguma explicação. Se a polícia parece estar certa de que não foi um acidente, bem, então deve ter sido causado por alguém, e... bem, quero dizer, a srta. Temple era uma estranha por aqui. Não parece que alguém pudesse ter feito isso... algum morador daqui, eu quero dizer. Então somos obrigados a nos voltar... bem, quero dizer, a todos nós que estávamos no ônibus, não é mesmo?

Ela deu uma risada meio relinchante, fraca, típica de uma velhinha.

– Ah, sem dúvida!

– Não, suponho que eu não deveria dizer coisas assim. Mas, veja bem, os crimes são de fato muito interessantes. Por vezes, coisas das mais extraordinárias aconteceram.

– A senhorita, por sua vez, tem alguma sensação definida, Miss Marple? Tenho interesse em saber – disse Clotilde.

– Bem, a gente fica pensando, de fato, em possibilidades.

– O sr. Caspar – falou a srta. Cooke. – Sabe, desde o começo não fui com a cara daquele homem. Ele me pareceu... bem, achei que ele poderia ter alguma ligação com espionagem ou algo assim. Sabem como é, talvez tivesse vindo à Inglaterra em busca de segredos atômicos ou algo do gênero.

– Não creio que tenhamos quaisquer segredos atômicos por aqui – disse a sra. Glynne.

– Claro que não temos – disse Anthea. – Talvez tenha sido alguém que a estivesse seguindo. Talvez tenha sido alguém que estivesse no encalço da srta. Temple porque ela era alguma espécie de criminosa.

– Bobagem – falou Clotilde. – Ela era a diretora aposentada de uma escola de grande renome, era uma excelente intelectual. Por que razão alguém iria querer ficar no encalço *dela*?

– Ah, não sei. Ela poderia ter feito algo bizarro, sei lá.

– Estou certa – disse a sra. Glynne – de que Miss Marple tem algumas ideias.

– Bem, eu tenho algumas ideias – Miss Marple retrucou. – Parece-me que... bem, as únicas pessoas que poderiam ser... Minha nossa, é tão difícil dizer isso... Mas, quero dizer, há duas pessoas que vêm à lembrança de imediato como possibilidades lógicas. Veja bem, não acredito que seja o caso em absoluto, porque, tenho certeza, são ambas ótimas pessoas, mas, quero dizer, não há ninguém mais de quem, pela lógica, realmente possamos suspeitar, eu diria.

– Como assim? Isso é muito interessante.

– Bem, nem sei se eu deveria dizer algo nesse sentido. É apenas uma... uma espécie de conjectura exagerada.

– Quem, na sua opinião, poderia ter rolado aquele pedregulho morro abaixo? Quem, na sua opinião, poderia ter sido a pessoa que Joanna e Emlyn Price viram?

– Bem, o que eu pensei, na verdade, foi que... que talvez eles não tivessem visto ninguém.

– Não entendi direito – disse Anthea –, eles não tinham visto alguém?

– Bem, talvez os dois possam ter inventado tudo.

– Como assim, sobre ter visto alguém?

– Bem, isso é possível, não é?

– A senhorita quer dizer, como uma espécie de brincadeira, ou uma espécie de ideia cruel? *O que* a senhorita quer dizer?

– Bem, suponho que... a gente de fato ouve falar de jovens fazendo as coisas mais extraordinárias hoje em dia – Miss Marple falou. – Enfiando coisas nos olhos dos cavalos, quebrando janelas da embaixada e agredindo pessoas. Atirando pedras em pessoas... e geralmente isso é feito por alguém jovem, não? E os dois eram os únicos jovens, não?

– A senhorita quer dizer que Emlyn Price e Joanna poderiam ter rolado aquele pedregulho?

– Bem, eles são as únicas pessoas mais ou menos óbvias, não são? – Miss Marple perguntou.

– Imagine só! – Clotilde exclamou. – Ah, eu nunca teria pensado nisso... Mas percebo... sim, percebo agora que pode haver sentido no que a senhorita está dizendo. Claro, não sei como eram esses dois. Não estive viajando com eles.

– Ah, eram muito simpáticos – Miss Marple falou. – Joanna me pareceu ser uma moça particularmente... capaz.

– Capaz de fazer qualquer coisa? – Anthea perguntou.

– Anthea, fique quieta, por favor – Clotilde pediu.

– Sim. Muito capaz – Miss Marple respondeu. – Afinal de contas, se a pessoa vai fazer algo que pode resultar em um assassinato, ela teria de ser bastante capaz de modo a evitar ser vista ou algo assim.

– Mas os dois devem ter agido juntos – sugeriu a srta. Barrow.

– Ah, claro – Miss Marple disse. – Os dois agiram juntos e contaram mais ou menos a mesma história. Eles são os... são os suspeitos óbvios, é tudo que posso afirmar. Estavam fora de vista para os outros. Todas as outras pessoas estavam na trilha mais abaixo. Os dois poderiam ter subido até o topo da colina, poderiam ter balançado aquele pedregulho. Talvez não pretendessem matar a srta. Temple em específico. Podem ter pretendido apenas... bem, apenas cometer um ato de anarquia, esmagar algo ou alguém... qualquer pessoa, na verdade. Fizeram rolar a pedra. E aí, claro, contaram a história de ter visto alguém lá. Certo traje muito excêntrico, o que também me parece muito improvável, e... bem, eu não deveria estar afirmando nada disso, mas *andei* pensando a respeito.

– Parece-me ser uma ideia bem interessante – a sra. Glynne comentou. – O que você acha, Clotilde?

– Acho que é uma possibilidade. Eu mesma jamais teria pensado nisso.

– Bem – disse a srta. Cooke, botando-se de pé –, precisamos voltar ao Golden Boar agora. Volta conosco, Miss Marple?

– Não, não – Miss Marple respondeu. – Creio que vocês não sabem. Esqueci de lhes contar. A srta. Bradbury-Scott teve a grande gentileza de me convidar a voltar para ficar mais uma noite... ou duas noites... aqui.

– Ah, entendo. Bem, tenho certeza de que isso será ótimo para a senhorita. Bem mais confortável. O grupo que chegou ao Golden Boar neste fim de tarde parece ser um tanto barulhento.

– Não querem aparecer para tomar um café conosco depois do jantar? – Clotilde sugeriu. – A noite está bem quente. Não podemos lhes oferecer um jantar porque, receio, não temos o suficiente em casa, mas, se quiserem vir para tomar um café conosco...

– Isso seria ótimo – respondeu a srta. Cooke. – Sim, por certo nós vamos nos valer da sua hospitalidade.

Capítulo 21

O relógio bate três horas

I

A srta. Cooke e a srta. Barrow chegaram com grande pontualidade, às 8h45. Uma usava renda bege, e a outra, um tom verde-oliva. Durante o jantar, Anthea questionara Miss Marple a respeito das duas damas.

– Parece muito esquisito, da parte delas – comentou –, que desejem permanecer aqui.

– Ah, não acho – Miss Marple retrucou. – Creio, na verdade, que é bastante natural. As duas têm um plano bem meticuloso, imagino.

– Como assim, um plano? – a sra. Glynne perguntou.

– Bem, eu diria que as duas estão sempre preparadas para diversas eventualidades, e têm um plano para lidar com elas.

– A senhorita quer dizer... – Anthea perguntou com certo interesse. – Quer dizer que tinham um plano para lidar com um assassinato?

– Eu gostaria – disse a sra. Glynne – que você não se referisse à morte da pobre srta. Temple como um assassinato.

– Mas é claro que foi assassinato – Anthea falou. – Só me intriga o seguinte: quem desejava assassiná-la? Provavelmente, eu diria, alguma aluna dela da escola que sempre a odiou e tratou de se vingar.

– A senhorita acha que o ódio pode durar tanto assim? – Miss Marple perguntou.

– Ah, eu diria que sim. Eu diria que você poderia odiar alguém por anos a fio.

– Não – Miss Marple retrucou –, creio que o ódio tende a se extinguir. Você poderia tentar mantê-lo vivo artificialmente, mas acho que fracassaria. Não é uma força tão poderosa quanto o amor – acrescentou.

– Não lhe parece que a srta. Cooke ou a srta. Barrow, ou ambas as damas, poderiam ter cometido esse assassinato?

– Por que fariam isso? – perguntou a sra. Glynne. – Ora essa, Anthea! As duas me pareceram ser mulheres muito queridas.

– Acho que há algo um tanto misterioso no comportamento delas – Anthea falou. – Não concorda, Clotilde?

– Creio que talvez você tenha razão – disse Clotilde. – Elas me pareceram ser um pouco artificiais, se você me entende.

– Acho que há algo de muito sinistro nessas duas – Anthea disse.

– Você sempre tem tanta imaginação – falou a sra. Glynne. – De qualquer forma, elas estavam andando pela trilha inferior, não estavam? A senhorita viu as duas lá, não? – perguntou para Miss Marple.

– Não posso dizer que as tenha notado em particular – Miss Marple respondeu. – Na verdade, não tive a oportunidade de notá-las.

– Como assim?

– Ela não estava lá – Clotilde falou. – Estava aqui, no nosso jardim.

– Ah, claro. Eu tinha esquecido.

– Foi um dia ótimo, muito sereno – Miss Marple disse. – Gostei bastante. Amanhã de manhã, gostaria de sair para olhar de novo aquela profusão de flores brancas desabrochando no fundo do jardim, perto daquele montículo elevado. Estavam mal começando a florescer no outro dia. A essa altura já deve haver uma profusão de flores. Isso sempre será uma recordação da minha visita aqui...

– Eu detesto aquilo – Anthea disse. – Quero que arranquem tudo. Quero construir uma estufa lá de novo. Por certo, se pouparmos dinheiro suficiente, poderemos fazer isso, não é, Clotilde?

– Vamos deixar como está – Clotilde falou. – Não quero que mexam naquilo. Uma estufa agora nos serve para quê? Levaria anos até que as videiras dessem fruto de novo.

– Ora – disse a sra. Glynne –, não podemos continuar discutindo por causa disso. Passemos à sala de visitas. Nossas convidadas chegarão em breve para o café.

Foi naquele momento que as convidadas chegaram. Clotilde trouxe a bandeja do café. Encheu as xícaras e as distribuiu. Colocou uma diante de cada convidada e então levou uma para Miss Marple. A srta. Cooke se curvou à frente.

– Ah, por favor me desculpe, Miss Marple, mas realmente, se eu fosse a senhorita, não tomaria. O café, quero dizer, a esta hora da noite. Não vai conseguir dormir direito.

– Ah, a senhorita acha? – Miss Marple falou. – Estou bastante acostumada a tomar café de noite.

– Sim, mas este aqui é bom, muito forte. Aconselho não tomá-lo.

Miss Marple observou a srta. Cooke. O rosto da srta. Cooke se mostrava muito sério, o cabelo louro de aspecto artificial caindo sobre um olho. O outro olho piscava de leve.

– Compreendo o que quer dizer – disse Miss Marple. – Talvez a senhorita esteja certa. Deve saber um pouco sobre dieta, imagino.

– Ah, claro, sou praticamente uma estudiosa do assunto. Tenho alguma experiência como enfermeira, sabe, e uma ou outra coisa.

– Não diga! – Miss Marple empurrou a xícara de lado. – Por acaso não há nenhuma fotografia daquela moça? – perguntou. – Verity Hunt, ou como era mesmo o nome dela? O arquidiácono andou me falando sobre ela. Parece que gostava muito dela.

– Acho que gostava. Ele gostava de todos os jovens – Clotilde afirmou.

Ela se levantou, atravessou a sala e abriu a tampa de uma escrivaninha. Tirou dali uma fotografia e a trouxe para mostrá-la a Miss Marple.

– Esta era Verity – falou.

– Um belo rosto – Miss Marple comentou. – Sim, um rosto lindo e incomum. Pobre criança.

– É um horror hoje em dia – Anthea disse –, essas coisas parecem estar acontecendo o tempo inteiro. Mocinhas saindo com todos os tipos de rapazes. Ninguém se preocupando nem um pouco em cuidar delas.

– Elas precisam cuidar de si mesmas hoje em dia – Clotilde falou –, e não têm a menor ideia de como fazer isso, que o céu as proteja!

Ela esticou a mão para pegar de volta a fotografia que Miss Marple segurava. Nesse gesto, sua manga se prendeu na xícara de café e a derrubou no chão.

– Minha nossa! – Miss Marple exclamou. – Foi culpa minha? Bati no seu braço?

– Não – disse Clotilde –, foi a minha manga. É uma manga um tanto esvoaçante. Talvez a senhorita queira um pouco de leite quente, se está receosa de tomar café.

– Seria muita gentileza – Miss Marple disse. – Um copo de leite quente antes de deitar seria muito relaxante, de fato, e sempre garante uma boa noite de sono.

Após mais um pouco de conversa superficial, a srta. Cooke e a srta. Barrow se despediram. Uma despedida bastante atrapalhada, na qual primeiro uma e depois a outra voltaram para buscar algo que haviam esquecido. Uma echarpe, uma bolsa e um lenço de bolso.

– Que atrapalhação – Anthea comentou quando as duas já tinham partido.

– De certo modo – falou a sra. Glynne –, concordo com Clotilde que essas duas não parecem *verdadeiras*, se a senhorita me entende – disse para Miss Marple.

– Sim – Miss Marple retrucou –, *de fato* eu concordo com vocês. Elas *não* parecem ser muito verdadeiras. Já especulei um bocado a respeito delas. Isto é, especulei sobre por que tomaram parte na excursão e se estavam mesmo se divertindo. E qual seria o motivo para terem vindo.

– E descobriu as respostas para tudo isso? – Clotilde perguntou.

– Acho que sim – Miss Marple disse, suspirando. – Descobri as respostas para um monte de coisas – acrescentou.

– Espero que tenha se divertido até aqui – Clotilde falou.

– Estou contente por ter abandonado a excursão agora – Miss Marple disse. – Creio que já não iria me divertir muito daqui por diante.

– Não. Compreendo perfeitamente.

Clotilde foi pegar um copo de leite quente na cozinha e acompanhou Miss Marple até seu quarto.

– Tem algo mais que eu possa lhe trazer? – perguntou. – Qualquer coisa que quiser.

– Não, obrigada – Miss Marple respondeu. – Tenho tudo de que preciso. Tenho minha bolsinha noturna aqui, veja, de modo que não preciso tirar mais nada da mala. Obrigada – disse –, é muita bondade sua e das suas irmãs me acolherem de novo nesta noite.

– Ora, era o mínimo que poderíamos fazer, tendo recebido a carta do sr. Rafiel. Ele era um homem muito atencioso.

– Sim – disse Miss Marple –, o tipo de homem que... bem, que pensa em tudo. Um cérebro privilegiado, eu diria.

– Creio que ele era um empresário eminente.

– Tanto no aspecto financeiro quanto em outros, ele pensava numa porção de coisas – Miss Marple disse. – Ah, bem, fico contente por já estar me deitando. Boa noite, srta. Bradbury-Scott.

– Devo lhe mandar o café da manhã? Gostaria de tomá-lo na cama?

– Não, não, eu não lhe daria esse incômodo por nada no mundo. Não, não, prefiro descer. Seria ótimo tomar uma xícara de chá, talvez, mas quero passear no jardim. Em particular, quero ver aquele montículo todo coberto de flores brancas, tão belas e tão triunfantes...

– Boa noite – disse Clotilde –, durma bem.

II

No saguão de The Old Manor House, o relógio de pêndulo ao pé da escada bateu duas horas. Os relógios da casa não batiam todos em uníssono, e alguns, de fato, nem sequer batiam. Manter uma casa cheia de relógios antigos funcionando direito não era fácil. Às três horas, o relógio do patamar do primeiro andar badalou três vezes com suavidade. Uma débil fresta de luz transparecia pela dobradiça da porta.

Miss Marple sentou-se na cama e tocou com os dedos o interruptor do abajur junto à cama. A porta se abriu muito suavemente. Agora já não havia luz do lado de fora, mas um passo suave adentrou o quarto pela porta. Miss Marple acendeu a luz.

– Ah – ela disse –, olá, srta. Bradbury-Scott. Aconteceu algo?

– Só vim ver se a senhorita não precisava de nada – falou a srta. Bradbury-Scott.

Miss Marple observou-a. Clotilde usava um longo robe roxo. Que mulher bonita, Miss Marple pensou. O cabelo lhe emoldurando a testa, uma figura trágica, uma figura dramática. Miss Marple pensou de novo em peças gregas. Em Clitemnestra mais uma vez.

– Tem certeza de que não há nada que eu possa lhe trazer?

– Não, obrigada – Miss Marple respondeu. – Receio – desculpou-se – não ter bebido meu leite.

– Minha nossa, por que não?

– Achei que não ia me fazer muito bem – Miss Marple disse.

Clotilde ficou ali parada, ao pé da cama, olhando-a.

– Não seria muito salutar, sabe? – Miss Marple falou.

– Com isso a senhorita quer dar a entender o quê? – a voz de Clotilde era ríspida agora.

– Creio que a senhorita sabe o que quero dar a entender – Miss Marple respondeu. – Creio que soube a noite inteira. Talvez até antes.

– Não tenho a menor ideia do que a senhorita está falando.

– Não? – havia um leve tom satírico no monossílabo interrogador.

– Receio que o leite já tenha esfriado. Vou levá-lo e lhe trazer um quente.

Clotilde esticou a mão e pegou o copo de leite na mesinha de cabeceira.

– Não se dê o trabalho – Miss Marple disse. – Mesmo que o trouxesse para mim, eu não o beberia.

– Eu realmente não consigo entender aonde a senhorita quer chegar com isso que está dizendo. Realmente – Clotilde falou, encarando-a. – Que pessoa extraordinária a senhorita é. Que espécie de mulher a senhorita é? Por que está falando desse jeito? Quem é a senhorita?

Miss Marple puxou para baixo o volume de lã cor-de-rosa que envolvia sua cabeça, um xale de lã cor-de-rosa semelhante àquele que usara, certa vez, nas Índias Ocidentais.

– Um dos meus nomes – ela disse – é Nêmesis.

– Nêmesis? E o que isso significa?

– Acho que a senhorita sabe – Miss Marple falou. – A senhorita é uma mulher bastante culta. Nêmesis às vezes demora demais, mas no fim aparece.

– Do que é que a senhorita está falando?

– De uma linda jovem que a senhorita matou – Miss Marple respondeu.

– Quem eu matei? Como assim?

– Eu me refiro à jovem Verity.

– E por que motivo eu a teria matado?

– Porque a amava – Miss Marple disse.

– É claro que eu a amava. Tinha adoração por ela. E ela também me amava.

– Alguém me disse, não muito tempo atrás, que "amor" era uma palavra muito assustadora. A senhorita amava Verity demais. Ela representava tudo neste mundo para a senhorita. Tinha adoração pela senhorita até que outra coisa apareceu em sua vida. Um tipo diferente de amor apareceu em sua vida. Ela se apaixonou por um rapaz, por um jovem. Não era um jovem muito adequado, não era um bom espécime, não era alguém com bons antecedentes, mas ela o amava, e ele a amava, ela queria fugir. Fugir do fardo da escravidão amorosa que estava vivenciando com a senhorita. Queria uma vida normal de mulher. Viver com o homem escolhido por ela, ter filhos com ele. Queria casamento e a felicidade de um cotidiano normal.

Clotilde se mexeu. Foi até uma cadeira e se sentou, encarando Miss Marple.

– Pois é – comentou –, a senhorita parece ter entendido muito bem.

– Sim, entendi mesmo.

– O que a senhorita afirma é verdade. Não vou negar. Não faz diferença eu negar ou não.

– Não – Miss Marple retrucou –, a senhorita tem toda razão quanto a isso. Não vai fazer diferença.

– Por acaso sabe... consegue imaginar... o quanto eu sofri?

– Sim – disse Miss Marple –, consigo imaginar. Sempre fui capaz de imaginar coisas.

– Por acaso imagina a agonia, a agonia de pensar, de saber que você vai perder aquilo que mais ama no mundo? E eu a estava perdendo para um delinquente desgraçado, depravado. Um homem indigno da minha linda e esplêndida menina. Eu precisava dar um fim naquilo. Precisava... precisava.

– Sim – disse Miss Marple. – Em vez de deixá-la partir, optou por matá-la. Por amá-la, a senhorita a assassinou.

– Acha que eu jamais seria capaz de fazer algo assim? Acha que eu poderia estrangular a menina que eu amava?

Acha que eu conseguiria destroçar seu rosto, esmagar sua cabeça até virar polpa? Só um homem perverso e depravado seria capaz de fazer algo assim.

– Não – disse Miss Marple –, a senhorita não faria isso. A senhorita amava Verity e não seria capaz de fazer isso.

– Pois bem, então, o que está dizendo é absurdo.

– A senhorita não fez isso com ela. A moça com quem isso aconteceu não era a moça que a senhorita amava. Verity ainda está aqui, não está? Está aqui, no jardim. Creio que a senhorita não a estrangulou. Creio que lhe deu um café ou leite para beber, deu-lhe uma overdose indolor de algum sonífero. E aí, quando ela morreu, levou-a para o jardim, afastou os tijolos caídos da estufa e fez uma cripta ali para ela, embaixo do piso com os tijolos, e a cobriu. E, depois, o polygonum foi plantado ali e vem florescendo desde então, ficando maior e mais forte a cada ano. Verity permaneceu aqui com a senhorita. A senhorita nunca deixou-a partir.

– Sua idiota! Sua velha idiota e louca! Acha que vai conseguir escapar para contar essa história?

– Acho que vou – Miss Marple disse. – Não tenho certeza. A senhorita é uma mulher forte, bem mais forte do que eu.

– Fico feliz com esse reconhecimento.

– E a senhorita não teria nenhum escrúpulo – Miss Marple continuou. – Sabe, ninguém para no primeiro assassinato. Constatei isso no decorrer da minha vida e nos crimes que pude observar. A senhorita matou duas moças, não? Matou a moça que amava e também matou outra moça.

– Eu matei uma vagabundinha boba, uma prostituta adolescente. Nora Broad. Como sabia sobre ela?

– Eu fiquei especulando... – Miss Marple respondeu. – Não me pareceu, pela minha observação, que a senhorita pudesse ter suportado estrangular e desfigurar a moça que amava. Mas outra moça também desapareceu por aquela época, uma moça cujo corpo nunca foi encontrado. Mas pensei: o corpo *tinha* sido encontrado, só que ninguém sabia que o corpo era de Nora Broad. Estava vestido com as roupas de Verity, foi identificado como o corpo de Verity pela pessoa a quem se deveria recorrer primeiro, a pessoa que a conhecia melhor do que qualquer outra. A senhorita precisou ir lá dizer se o corpo encontrado era o corpo de Verity. A senhorita o reconheceu. Afirmou que o cadáver era de Verity.

– E eu faria isso por quê?

– Porque desejava que o rapaz que lhe roubara Verity, o rapaz que Verity amara e que amara Verity... desejava vê-lo julgado por assassinato. Portanto, ocultou esse segundo corpo num lugar no qual não seria descoberto com facilidade. Quando fosse descoberto afinal, seria atribuído à moça errada. A senhorita iria garantir que fosse identificado de acordo com o seu plano. Vestiu-o com as roupas de Verity, colocou sua bolsa ao lado, uma ou outra carta, um bracelete, uma pequena cruz numa correntinha... e lhe desfigurou o rosto. Há uma semana, a senhorita cometeu um terceiro assassinato, o assassinato de Elizabeth Temple. Matou-a porque ela estava vindo para esta região, e temia o que ela poderia saber em função do que Verity poderia ter lhe escrito ou contado, e pensou que, se Elizabeth Temple se encontrasse com o arquidiácono Brabazon, os dois poderiam, com os conhecimentos que tinham, chegar a uma dedução da verdade. Não se podia permitir que Elizabeth Temple encontrasse o arquidiácono. A senhorita é uma mulher de grande vigor. Poderia ter feito aquele pedregulho rolar morro abaixo. Isso deve ter exigido algum empenho, mas a senhorita é uma mulher muito forte.

– Forte o bastante para dar um jeito na senhorita – disse Clotilde.

– Não acredito – Miss Marple retrucou – que lhe será permitido fazer isso.

– Como assim, sua velha desgraçada?

– Sim – Miss Marple disse –, eu não passo de uma velhota, e tenho pouca força nos braços ou nas pernas. Pouca força em qualquer parte do corpo. Mas sou, a meu próprio modo, uma emissária da justiça.

Clotilde riu.

– E quem vai me impedir de acabar com a senhorita?

– Creio – Miss Marple respondeu – que o meu anjo da guarda.

– Confiando no seu anjo da guarda, é? – Clotilde falou, rindo de novo.

Ela avançou na direção da cama.

– Possivelmente dois anjos da guarda – Miss Marple continuou. – O sr. Rafiel sempre fez tudo numa escala exuberante.

Sua mão se enfiou por baixo do travesseiro e saiu de novo. Junto veio um apito, que ela levou aos lábios. Era uma espécie de sensação em matéria de apitos. Tinha uma fúria estridente capaz de atrair um policial na esquina. Duas coisas aconteceram de maneira quase simultânea. A porta do quarto se abriu. Clotilde se virou. A srta. Barrow estava parada no vão da porta. No mesmo instante, o enorme guarda-roupa se abriu e a srta. Cooke saiu de dentro dele. Havia nas duas um austero ar profissional, bastante notável, em contraste com seu afável comportamento social do início daquela noite.

– Dois anjos da guarda – Miss Marple disse com alegria. – O sr. Rafiel me encheu de orgulho, como se costumava dizer.

Capítulo 22

Miss Marple conta sua história

– Quando foi que a senhorita descobriu – perguntou o professor Wanstead – que essas duas mulheres eram agentes secretas acompanhando-a para sua proteção?

Ele se inclinou à frente em sua cadeira, contemplando, pensativo, a velha senhora de cabelos brancos que se mantinha em posição empertigada na cadeira oposta. Encontravam-se num prédio oficial do governo em Londres e havia outras quatro pessoas presentes.

Um funcionário do gabinete da Promotoria Pública; o comissário assistente da Scotland Yard, sir James Lloyd; o diretor do presídio de Manstone, sir Andrew McNeil. A quarta pessoa era o ministro do Interior.

– Só na última noite – Miss Marple respondeu. – Até então não tinha plena certeza. A srta. Cooke aparecera em St. Mary Mead, e constatei com razoável rapidez que ela não era quem representava ser, isto é, uma mulher especialista em jardinagem que havia ido até lá para ajudar uma amiga com seu jardim. De modo que me restou decidir qual tinha sido seu verdadeiro objetivo, depois de se familiarizar com a minha aparência, e obviamente só podia ter sido isso o que a fizera ir até lá. Quando a reconheci de novo no ônibus, precisei escolher: ou ela estava acompanhando a excursão no papel de guardiã, ou então as duas mulheres eram inimigas recrutadas por aquilo que eu poderia definir como o outro lado. Só fiquei de fato segura naquela última noite, quando a srta. Cooke me impediu, com palavras muito distintas de advertência, de tomar a xícara de café que Clotilde

Bradbury-Scott acabara de colocar na minha frente. Ela se expressou com muita sutileza, mas a advertência era clara. Mais tarde, enquanto eu me despedia das duas, uma delas pegou a minha mão entre as suas, dando-me um aperto particularmente amigável e afetuoso. Ao fazer isso, passou à minha mão algo que, quando o examinei mais tarde, constatei ser um apito de alta potência. Levei-o comigo para a cama, aceitei o copo de leite que a minha anfitriã insistiu em me oferecer e lhe dei boa-noite, tomando o cuidado de não alterar minha postura simples e cordial.

– A senhorita não bebeu o leite?

– Claro que não – Miss Marple respondeu. – Por quem o senhor me toma?

– Perdão – falou o professor Wanstead. – É surpreendente, para mim, que a senhorita não tenha trancado a porta.

– Isso teria sido um grande erro – Miss Marple retrucou. – Eu queria que Clotilde Bradbury-Scott entrasse. Queria ver o que ela iria dizer ou fazer. Julguei ser quase certo que ela *entraria* quando um tempo suficiente já tivesse passado, para se certificar de que eu bebera o leite e afundara num sono inconsciente do qual, era de se presumir, jamais despertaria.

– A senhorita ajudou a srta. Cooke a se esconder no guarda-roupa?

– Não. Foi uma completa surpresa quando ela saiu dali de repente. Suponho – Miss Marple falou, pensativa, relembrando –, suponho que ela tenha se esgueirado ali quando saí pelo corredor para ir ao... hã... ao banheiro.

– Sabia que as duas mulheres estavam na casa?

– Achei que estariam por perto, em algum lugar, depois de me darem o apito. Não creio que fosse uma casa de difícil acesso, não havia janelas com venezianas ou alarme contra ladrões ou qualquer coisa desse tipo. Uma delas voltou com o pretexto de ter esquecido uma bolsa e uma echarpe. Agindo juntas, provavelmente conseguiram deixar uma janela destrancada, e, imagino, entraram de novo na casa tão logo saíram, enquanto as moradoras lá dentro estavam subindo para se deitar.

– A senhora assumiu um grande risco, Miss Marple.

– Torci pelo melhor desfecho – Miss Marple falou. – Não se pode passar a vida sem correr certos riscos, quando estes são necessários.

– O seu palpite sobre o pacote despachado para aquela instituição de caridade, a propósito, provou ser totalmente exitoso. O pacote continha um suéter masculino novo em folha, de gola alta, num xadrez chamativo, vermelho e preto. Absolutamente gritante. Como foi que lhe ocorreu isso?

– Bem – Miss Marple respondeu –, isso foi realmente muito simples. A descrição que Emlyn e Joanna fizeram do vulto que tinham visto dava uma impressão quase certa de que as cores chamativas e as roupas gritantes tinham como *propósito* chamar atenção, e que, portanto, seria muito importante que não ficassem escondidas no local ou guardadas entre os próprios pertences pessoais. Precisavam sumir o mais depressa possível. E, de fato, só existe uma maneira de fazer desaparecer algo com sucesso. Isto é, pelo correio. Qualquer coisa em matéria de roupa pode ser facilmente despachada para caridades. Imaginem o contentamento das pessoas que coletam agasalhos de inverno para as Mães Desempregadas, ou seja qual for o nome da caridade, ao toparem com um suéter de lã praticamente novo em folha. Só precisei descobrir o endereço da instituição destinatária.

– E a senhorita *perguntou* isso na agência do correio? – o ministro do Interior parecia estar levemente chocado.

– Não diretamente, é claro. Quero dizer, eu tive de parecer um pouco afobada e explicar como havia colocado o endereço errado em certas roupas que estava mandando para uma caridade, e se, por acaso, não poderiam me dizer se o pacote que uma das minhas gentis anfitriãs trouxera ali já tinha sido enviado. E uma mulher muito simpática, lá, fez o melhor que pôde e lembrou que havia sido enviado *não* para o endereço que eu esperava, e me deu o endereço que ela *tinha* notado. Não desconfiou, creio eu, de que eu desejasse a informação por qualquer outro motivo a não ser o fato de eu ser... bem, um tanto atrapalhada, idosa e bastante preocupada com a destinação do meu pacote de roupas usadas.

– Ah – disse o professor Wanstead –, percebo, Miss Marple, que além de atriz a senhorita é também uma justiceira.

Depois ele perguntou:

– Quando começou a descobrir o que acontecera dez anos atrás?

– No começo – Miss Marple falou –, achei tudo muito difícil, quase impossível. Na minha mente, não parava de recriminar o sr. Rafiel por não ter deixado as coisas claras para mim. Mas agora vejo que ele foi muito prudente em seu método. Realmente, ele *tinha* uma inteligência extraordinária. Hoje compreendo como ele podia ser um empresário tão bem-sucedido, ganhando tanto dinheiro com tamanha facilidade. Ele traçava seus planos muito bem. E me transmitiu as informações em pequenas doses, na medida necessária. Eu fui, por assim dizer, guiada. Primeiro, meus anjos da guarda foram orientados a reconhecer minha aparência. Depois fui guiada rumo à excursão e a seus passageiros.

– A senhorita chegou a suspeitar, se posso usar essa palavra, de algum dos participantes da excursão a princípio?

– Só como possibilidades.

– Nenhuma sensação de algo maligno?

– Ah, o senhor se lembrou disso. Não, não me pareceu que houvesse qualquer atmosfera definida de malignidade. Não me informaram quem era o meu contato ali, mas *ela* se apresentou a *mim*.

– Elizabeth Temple?

– Sim. Foi como um holofote – Miss Marple disse – iluminando as coisas numa noite escura. Até ali, percebam, eu tinha estado no escuro. Havia certas coisas evidentes, que eram lógicas, quero dizer, por causa das indicações que o sr. Rafiel fizera. Deviam existir uma vítima em algum lugar e um assassino em algum lugar. Sim, havia indicação de um assassino, já que essa era a minha única ligação com o sr. Rafiel. Havia ocorrido um assassinato nas Índias Ocidentais. Nós dois estivemos envolvidos, e tudo que ele sabia a meu respeito era minha relação com aquilo. Portanto, não podia ser nenhum outro tipo de crime. E não podia, tampouco, ser um crime eventual. Tinha de ser um crime deliberado. Só podia ser algo que se mostrasse definitivamente como obra de alguém que aceitara o mal. O mal em lugar do bem. Pareciam estar indicadas duas vítimas. Tinha de haver alguém que fora assassinado, e tinha de haver claramente uma vítima de injustiça. Uma vítima acusada de um crime que ele ou ela não havia cometido. De modo que agora, enquanto ponderava sobre essas coisas, eu não contei com nenhuma iluminação até conversar com a srta. Temple. Ela era muito intensa, muito convincente. Surgiu o primeiro vínculo que eu tinha com o sr. Rafiel. Ela me falou de uma moça que havia conhecido, uma moça que certa vez tinha sido noiva do filho do sr. Rafiel. Eis que apareceu meu primeiro raio de luz. Dali a pouco, ela também me contou que a moça não se casara com ele. Perguntei por quê, e ela respondeu: "Porque ela morreu". Perguntei, então, como ela tinha morrido, o que havia matado a jovem, e ela disse com muita intensidade, muito ímpeto... ainda consigo ouvir sua voz, foi como um profundo dobre de sino... ela disse: "Amor". E disse depois que "a palavra mais assustadora que pode haver é 'amor'". Não entendi direito, naquele momento, o que ela queria dizer. Na verdade, a primeira ideia que me ocorreu foi que a moça tivesse cometido suicídio por causa de uma decepção amorosa. Isso acontece com bastante frequência, e é uma tragédia muito triste quando de fato acontece. Foi o máximo que eu soube na ocasião. Isso e o fato de que a viagem que ela mesma empreendia não era uma simples excursão de prazer. A srta. Temple estava fazendo, segundo me falou, uma peregrinação. Rumo a certo lugar ou certa pessoa. Na ocasião, não descobri quem era essa pessoa, essa informação só veio depois.

– O arquidiácono Brabazon?

– Sim. Eu nem sabia, naquele momento, da existência dele. Mas dali por diante eu senti que os personagens principais... os atores principais... do drama, ou seja lá como queiram definir, não estavam na excursão. Não eram integrantes do grupo do ônibus. Hesitei apenas por um breve tempo, hesitei quanto a certas pessoas em particular. Hesitei considerando Joanna Crawford e Emlyn Price.

– Por que se fixar neles?

– Por causa da juventude deles – Miss Marple respondeu. – Porque a juventude é inúmeras vezes associada ao suicídio, à violência, ao ciúme intenso e ao amor trágico. Um homem mata sua namorada... isso acontece. Sim, minha mente se concentrou neles, mas não me parecia que houvesse ali qualquer associação.

Nenhuma sombra de maldade, de desespero, de aflição. Usei a ideia desses dois, mais adiante, como uma espécie de insinuação falsa quando estávamos bebendo xerez em The Old Manor House naquela última noite. Salientei como eles podiam ser os suspeitos mais evidentes na morte de Elizabeth Temple. Quando eu reencontrá-los – Miss Marple afirmou, escrupulosa –, vou lhes pedir desculpa por tê-los usado como personagens úteis para desviar a atenção das minhas verdadeiras ideias.

– E o que houve a seguir foi a morte de Elizabeth Temple?

– Não – Miss Marple falou. – Na verdade, o que houve a seguir foi a minha chegada em The Old Manor House. A gentileza da minha recepção, o incentivo à minha estadia sob aquele teto hospitaleiro. Isso, mais uma vez, tinha sido arranjado pelo sr. Rafiel. Assim, eu sabia que devia ficar lá, mas não o motivo pelo qual deveria ficar lá. Poderia ser meramente um lugar no qual mais informações chegariam ao meu conhecimento para me levar adiante na minha missão. Sinto muito – Miss Marple falou de súbito, voltando a sua postura normal, embaraçada e levemente atrapalhada –, estou falando demais. Realmente não devo lhes forçar a ouvir tudo que pensei e...

– Por favor, continue – pediu o professor Wanstead. – Talvez a senhorita não saiba, mas o que está contando é particularmente interessante para mim. Tem ligação com muitas coisas que já verifiquei e observei no trabalho que eu faço. Continue relatando as sensações que teve.

– Sim, continue – falou Sir Andrew McNeil.

– *Eram* sensações – disse Miss Marple. – Não se tratava, na verdade, de uma dedução lógica... Tudo se baseava numa espécie de reação emocional ou suscetibilidade a... bem, ao que só posso chamar de atmosfera.

– Sim – retrucou Wanstead –, a atmosfera existe. Atmosfera nas casas, atmosfera nos lugares, no jardim, na floresta, num bar, num chalé.

– As três irmãs. Foi o que eu pensei, senti e disse a mim mesma quando entrei em The Old Manor House. Fui recebida com tamanha gentileza por Lavinia Glynne... Há uma impressão nessa frase... as três irmãs... que explode na sua mente como algo sinistro. Remete às três irmãs da literatura russa, às três bruxas na charneca de Macbeth. Pareceu-me que ali havia uma atmosfera de pesar, de profunda infelicidade, e também uma atmosfera de medo e uma espécie de atmosfera diferente, forçada, que só posso descrever como uma atmosfera de normalidade.

– Sua última palavra me interessa – Wanstead comentou.

– Foi por causa, talvez, da sra. Glynne. Foi ela quem me procurou quando o ônibus chegou e explicou o convite. Era uma mulher totalmente normal e simpática, viúva. Não era muito feliz, mas, quando digo que não era muito feliz, isso não tinha nada a ver com pesar ou profunda infelicidade, era só que ela vivia na atmosfera errada para seu próprio temperamento. Levou-me junto com ela e fui apresentada às outras duas irmãs. No dia seguinte, eu tomaria conhecimento, através de uma criada idosa que me trouxe o chá de manhã cedo, da história de uma tragédia antiga, de uma moça que tinha sido assassinada pelo namorado. De várias outras moças da vizinhança que também tinham sido vítimas de violência ou de agressão sexual. Eu precisava fazer minha segunda avaliação. Já descartara os passageiros do ônibus por não estarem pessoalmente ligados à minha busca. Em algum lugar existia, ainda, um assassino. Eu precisava me perguntar se uma possível assassina não estaria ali. Ali, naquela casa, para onde me haviam mandado. Clotilde, Lavinia, Anthea. Três nomes de três irmãs bizarras... três felizes... infelizes... sofredoras... assustadas... o que eram elas? A primeira que me chamou a atenção foi Clotilde. Uma mulher alta, bonita. Uma mulher de personalidade. Bem como Elizabeth Temple também tinha sido. Senti que ali, onde o campo era limitado, eu precisava pelo menos recapitular tudo que pudesse a respeito das três irmãs. As três Moiras. Qual poderia ser uma assassina? Que tipo de assassina? Que tipo de assassinato? Comecei a sentir então, intensificando-se bem devagar, bem devagar como um miasma, uma atmosfera. Acredito que não há palavra para expressar isso melhor do que "maligno". Não que qualquer uma das três fosse necessariamente maligna, mas elas certamente viviam numa atmosfera na qual acontecera algo maligno, algo que deixara sua sombra ou ainda as ameaçava. Clotilde, a mais velha, foi a primeira que considerei. Era bonita, era forte, e era, eu pensava, uma mulher de um intenso sentimento emocional. Eu a imaginei, admito, como uma possível Clitemnestra. Recentemente – Miss Marple retomou seu tom habitual –, eu tinha sido levada muito gentilmente para ver uma peça grega representada numa conhecida escola de meninos não muito longe da minha casa. Tinha ficado muito, muito impressionada com a interpretação de Agamêmnon, e sobretudo com a performance do menino que interpretara Clitemnestra. Uma performance fantástica. Pareceu-me que, em Clotilde, eu conseguia imaginar uma mulher capaz de planejar e executar o assassinato de um marido durante o banho.

Por alguns instantes, o professor Wanstead fez o possível para conter o riso. Era a seriedade no tom de Miss Marple. Ela lhe piscou de leve o olho.

– Sim, dito assim soa um tanto bobo, não é mesmo? Mas eu conseguia enxergá-la desse jeito, isto é, interpretando esse papel. Para minha grande infelicidade, ela não tinha marido. Nunca tivera um marido e, portanto, não matara um marido. Então considerei a minha guia na casa, Lavinia Glynne. Ela parecia ser uma mulher extremamente agradável, simpática, saudável. Porém, certas pessoas que matam costumam causar essa mesma impressão no mundo em volta. São pessoas sedutoras. Muitos assassinos são homens encantadores e agradáveis... as pessoas ficam atônitas. São o que chamo de assassinos respeitáveis. Aqueles que cometem assassinatos por motivos totalmente utilitários. Sem emoção, mas para obter um planejado fim. Não achei que fosse muito plausível, e eu ficaria incrivelmente surpresa se fosse o caso, mas não podia deixar a sra. Glynne de fora. Ela tivera um marido. Era viúva, ficara viúva alguns anos antes. Podia ser. Deixei por isso. E aí cheguei à terceira irmã, Anthea. Esta era uma personalidade inquietante. Um tanto descoordenada, me pareceu, desmiolada, e numa condição de certa emoção que no meu entender, de um modo geral, era medo. Ela estava assustada com algo. Intensamente assustada com algo. Bem, isso também se encaixava. Se havia cometido alguma espécie de crime, um crime que julgasse estar enterrado no passado, podia ter havido certo recrudescimento, certo reacender de velhos problemas, algo talvez relacionado às investigações sobre Elizabeth Temple; talvez temesse que reavivassem ou descobrissem um crime antigo. Tinha um costume curioso de olhar a gente e depois virar a cabeça bruscamente para um lado a para outro, olhando por cima do ombro, como se visse alguma coisa parada atrás de si. Alguma coisa que lhe dava medo. Portanto, ela também era uma explicação possível. Uma assassina com certo distúrbio mental, talvez, que poderia ter matado por se considerar perseguida. Porque estava com medo. Tudo isso era só suposição. Era só uma avaliação um pouco mais acentuada das possibilidades que eu já levantara no ônibus. Mas a atmosfera da casa me oprimia mais do que nunca. No dia seguinte, caminhei pelo jardim com Anthea. No fim do principal caminho relvado havia um montículo. Um montículo formado pelo desabamento de uma velha estufa. Devido à falta de consertos e de jardineiros ao fim da guerra, ela caíra em desuso, se despedaçara, os tijolos amontoados ficaram cobertos de terra e vegetação, e plantaram ali certa trepadeira. Uma trepadeira bem comum, usada para esconder ou cobrir alguma construção feia nos jardins. O nome é polygonum. É um dos arbustos que florescem mais rápido, e que engole, mata, seca e elimina tudo por onde vai crescendo. Cresce por cima de tudo. De certo modo, é uma planta um tanto assustadora. Dá lindas flores brancas, bonitas, e pode ficar com uma aparência adorável. Ainda não estava florescendo, mas faltava pouco. Fiquei ali parada com Anthea, e ela parecia estar absolutamente triste pela perda da estufa. Falou que a estufa tinha videiras adoráveis, parecia ser a coisa que mais recordava de sua infância em relação ao jardim. E ela queria, desesperadamente, ter dinheiro suficiente a fim de escavar o montículo, nivelar o terreno e reconstruir a estufa, abastecendo-a com videiras de moscatel e pêssego, como a estufa tinha sido no passado. Ela sentia uma terrível nostalgia do passado. Mais do que isso. Outra vez, com muita clareza, senti uma atmosfera de medo. Algo naquele montículo a deixava assustada. No momento, não consegui imaginar o que era. Vocês sabem o que aconteceu em seguida. Foi a morte de Elizabeth Temple, e não havia dúvida, pela história contada por Emlyn Price e Joanna Crawford, que só podia existir uma única conclusão. Não era acidente. Era um assassinato deliberado.

"Creio que foi dali em diante" – prosseguiu Miss Marple – "que eu passei a compreender. Cheguei à conclusão de que haviam ocorrido três assassinatos. Ouvi a história completa do filho do sr. Rafiel, o rapaz delinquente, o ex-presidiário, e achci que ele era tudo isso, mas nada indicava que fosse um assassino ou um assassino plausível. Todas as evidências estavam contra ele. Ninguém tinha dúvida de que ele havia matado a moça cujo nome, como agora eu sabia, era Verity Hunt. Mas o arquidiácono Brabazon me forneceu, por assim dizer, a peça que faltava. Ele havia conhecido aqueles dois jovens, que tinham ido procurá-lo contando que desejavam se casar, e ele havia tomado a decisão de que deviam se casar. Achou que talvez não fosse um casamento sensato, mas era um casamento que se justificava pelo fato de que os dois se amavam. A moça amava o rapaz com o que ele chamou de amor verdadeiro. Um amor tão verdadeiro quanto o nome dela. E achou que o rapaz, apesar de toda sua má reputação sexual, se apaixonara verdadeiramente pela moça, com plena intenção de lhe ser fiel e de tentar regenerar algumas de suas tendências malignas. O arquidiácono não era otimista. Não acreditava, acho, que aquele seria um casamento de todo feliz, mas tratava-se, na definição dele, de um casamento necessário. Necessário porque, quando você ama o bastante, você arca com as consequências, mesmo que as consequências sejam a decepção e certa dose de infelicidade. Mas de uma coisa eu tinha certeza. Aquele rosto desfigurado, aquela cabeça esmagada não poderia ter sido obra de um rapaz que de fato amasse a moça. Não era uma história de agressão sexual. Naquele caso de amor, o amor estava impregnado de ternura. A palavra do arquidiácono nesse aspecto me parecia mais do que convincente. Mas eu sabia, também, ter a meu dispor a pista certa, a pista que Elizabeth Temple me dera. Ela dissera que a causa da morte de Verity era o Amor... uma das palavras mais assustadoras que existem.

"Ficou então bastante claro" – Miss Marple continuou. – "Acho que eu já sabia por algum tempo, na verdade. Era só que as pequenas coisas não se encaixavam. Mas agora se encaixavam. Com o que Elizabeth Temple dissera. A causa da morte de Verity. Primeiro ela tinha dito apenas uma palavra, "Amor", e depois que "o Amor podia ser a coisa mais assustadora que havia". Tudo ficou esboçado de modo tão evidente, então... O amor avassalador que Clotilde sentira por aquela moça. A veneração que a jovem lhe devotava, sua dependência em relação a ela, e depois, à medida que foi ficando mais velha, seus instintos normais entraram em jogo. Ela queria Amor. Queria a liberdade de amar, se casar, ter filhos. E eis que apareceu o rapaz que ela podia amar. Ela sabia que o rapaz não era confiável, sabia que ele era o que chamam tecnicamente de cafajeste, mas isso – Miss Marple comentou num tom de voz mais natural – não é o que afasta uma moça de um rapaz. Não. Mocinhas gostam de cafajestes. Sempre gostaram. Elas se apaixonam pelos cafajestes. Têm plena certeza de que conseguem mudá-los. E os maridos bons, carinhosos, fiéis e confiáveis dos meus tempos de moça recebiam a resposta de que eram como "um irmão", o que nunca os deixava nem um pouco satisfeitos. Verity se apaixonou por Michael Rafael, e Michael Rafiel estava preparado para virar uma nova página e se casar com aquela moça, e tinha certeza de que nunca mais iria querer olhar para outra. Não digo que teria sido uma história do tipo felizes para sempre, mas *era*, como falou o arquidiácono com grande certeza, um amor verdadeiro. E, assim, os dois planejaram se casar. E acho que Verity escreveu para Elizabeth e lhe contou que ia se casar com Michael Rafiel. Tudo foi combinado em segredo porque, acho eu, Verity sabia que o que estava fazendo era essencialmente uma fuga. Estava fugindo de uma vida que não queria mais viver, de alguém que amava muito, mas não da maneira como amava Michael. E não lhe seria autorizado fazê-lo. A permissão não seria dada de bom grado, todos os obstáculos seriam colocados no caminho deles. Assim, como outros jovens, eles iam fugir. Não era necessário viajar para Gretna Green, eles tinham idade suficiente para se casar. Então ela recorreu ao arquidiácono Brabazon, velho amigo que havia ministrado sua confirmação... que era um verdadeiro amigo. E o casamento foi planejado, o dia, a hora, provavelmente ela até comprou em segredo algum vestido para usar no grande dia. Combinaram de se encontrar em algum lugar, sem dúvida. De chegarem separados ao local de encontro. Acho que ele apareceu, mas ela *não* apareceu. O rapaz ficou esperando, talvez. Esperou e então tentou descobrir, talvez, por que razão ela não aparecera. Creio que então uma mensagem pode ter lhe chegado às mãos, inclusive uma carta. Enviada, é bem possível, numa imitação da caligrafia de Verity, dizendo que ela mudara de ideia. Estava tudo acabado, e ela se afastaria por um tempo para tentar superar o trauma. Não sei. Mas acho que nem em sonho lhe ocorreu a verdadeira razão pela qual ela não viera, pela qual ela não mandara notícia. Ele não imaginara nem por um segundo que Verity tinha sido eliminada de um modo deliberado, cruel, talvez quase louco. Clotilde não ia perder a pessoa que amava. Não ia deixá-la fugir, não ia deixá-la correr ao encontro do jovem que ela, de sua parte, detestava e abominava. Ela ficaria com Verity para si, ficaria com ela a seu próprio modo. Mas numa coisa eu não conseguia acreditar... não conseguia acreditar que ela tivesse estrangulado a moça e então tivesse desfigurado seu rosto. Acho que ela não teria suportado fazer isso. Acho que ela tinha refeito a disposição dos tijolos da estufa desabada e jogara um monte de terra e vegetação por cima. A moça já tinha recebido algo para beber, provavelmente uma overdose de sonífero. No estilo da tradição grega, por assim dizer. Um cálice de cicuta... mesmo que não fosse cicuta. E ela enterrou a jovem ali, no jardim, empilhou os tijolos por cima com a terra e a vegetação..."

– Nenhuma das outras irmãs suspeitou de nada?

– A sra. Glynne não estava lá na ocasião. Seu marido ainda não morrera, e ela ainda estava no exterior. Mas Anthea estava lá. Creio que Anthea sabia *um pouco*, de fato, o que estava se passando. Não sei se suspeitou da morte a princípio, mas ela sabia que Clotilde andava se ocupando com a elevação de um montículo nos fundos do jardim que seria coberto com arbustos florescentes, que seria uma beleza para os olhos. Creio que a verdade foi lhe ocorrendo pouco a pouco. E então Clotilde, tendo aceitado o mal, feito o mal, se rendido ao mal, não hesitou quanto ao que faria em seguida. Gostou, acho eu, de elaborar seu plano. Ela exercia certa dose de influência sobre uma mocinha maliciosa e sensual do vilarejo que a procurava mendigando benefícios de vez em quando. Acho que foi fácil, para ela, marcar um dia para levar a mocinha num piquenique ou numa expedição a uma longa distância de casa. Uns cinquenta ou sessenta quilômetros. Escolhera o lugar de antemão, creio eu. Estrangulou a moça, desfigurou-a, ocultou-a sob a terra revolvida com folhas e galhos. Por que alguém jamais suspeitaria dela que tivesse feito algo assim? Colocou junto a bolsa de Verity, e uma correntinha que Verity costumava usar no pescoço, e possivelmente a vestiu com roupas pertencentes a Verity. Esperando que o crime não fosse descoberto muito depressa, no meio-tempo espalhou rumores de que Nora Broad tinha sido vista por lá no carro de Michael, passeando com ele. Possivelmente, espalhou uma história de que Verity rompera o noivado por causa da infidelidade dele com essa mocinha. Pode ter dito as maiores barbaridades, e se divertiu, creio eu, com tudo que disse, a pobre coitada.

– Por que "pobre coitada", Miss Marple?

– Porque – Miss Marple respondeu – não consigo imaginar algo maior do que a agonia sofrida por Clotilde durante todo esse tempo... já são dez anos... vivendo numa eterna tristeza. Vivendo, vejam bem, com aquilo com que *teve* de viver. Ela ficara com Verity, ficara com ela em The Old Manor House, no jardim, ficara com ela lá para sempre. Não percebera, num primeiro momento, o que isso significava. Seu desejo ardente de que a moça voltasse à vida. Não creio que jamais tenha sentido remorso. Não creio que tenha tido sequer esse consolo. Simplesmente sofreu... continuou sofrendo, ano após ano. E eu entendo, agora, o que Elizabeth quis dizer. Melhor, talvez, do que ela mesma. O amor *é* uma coisa terrível. É presa fácil para o mal, pode ser uma das coisas mais malignas que existem. E, assim, ela teve de viver com isso dia após dia, ano após ano. Acho que Anthea ficou assustada com isso. Foi percebendo com mais clareza, ao longo desse tempo todo, o que Clotilde fizera, e achava que Clotilde sabia que ela sabia. E tinha medo do que Clotilde poderia fazer. Clotilde pediu que Anthea levasse aquele pacote ao correio, o pacote com o pulôver. Contou-me certas coisas a respeito de Anthea, que ela tinha um distúrbio mental, que Anthea, sofrendo de ciúme ou mania de perseguição, era capaz de fazer qualquer coisa. Acho... sim... que num futuro não muito distante... algo poderia ter acontecido com Anthea... um suicídio armado, atribuído a uma consciência pesada...

– E mesmo assim a senhorita sente pena dessa mulher? – sir Andrew perguntou. – A perversidade maligna é como um câncer... um tumor maligno. Gera sofrimento.

– É claro – Miss Marple retrucou.

– Suponho que tenham lhe contado o que aconteceu naquela noite – falou o professor Wanstead –, quando a senhorita já tinha sido tirada de lá por seus anjos da guarda.

– O senhor se refere a Clotilde? Ela pegou o meu copo de leite, eu me lembro. Ainda o segurava quando a srta. Cooke me tirou do quarto. Suponho que... que o tenha bebido, não?

– Sim. A senhorita sabia que isso poderia acontecer?

– Não, isso não me ocorreu, não naquele momento. Talvez me ocorresse, se eu tivesse pensado a respeito.

– Ninguém a teria impedido. Ela foi muito rápida, e ninguém se deu conta de que havia algo de errado com o leite.

– Então ela o bebeu.

– Isso a surpreende?

– Não, isso decerto lhe pareceu ser a saída natural, não é realmente algo espantoso. Àquela altura, ela chegara ao ponto de querer fugir... de todas as coisas com as quais tinha de viver. Bem como Verity quisera fugir da vida que estava levando ali. É muito esquisito, não? A punição que a pessoa aplica a si mesma se assemelha tanto ao que a causou...

– A senhorita parece ter mais pena dela do que teve da moça que morreu.

– Não – Miss Marple disse –, é um tipo diferente de compadecimento. Sinto pena de Verity por tudo que ela perdeu, tudo que ela estava tão perto de conquistar. Uma vida de amor e devoção e dedicação ao homem que escolhera e verdadeiramente amava. Na mais pura verdade. Ela perdeu tudo isso, e nada lhe pode ser devolvido. Sinto pena dela por causa do que ela *não* teve. Mas Verity escapou do que Clotilde teve de sofrer: pesar, tristeza, medo e um crescente e absorvente cultivo do mal. Clotilde precisou viver com tudo isso. Pesar, o amor frustrado que nunca mais poderia recuperar, a obrigação de viver com duas irmãs que suspeitavam, que sentiam medo dela, e a obrigação de viver com a jovem que ela guardara para si.

– A senhorita se refere à Verity?

– Sim. Sepultada no jardim, sepultada no túmulo que Clotilde havia preparado. Ela estava lá, em The Old Manor House, e, a meu ver, Clotilde *sabia* que ela estava lá. Pode ser que até mesmo a visse, ou pensasse que a visse quando, por vezes, ia colher um ramo de flores de polygonum. Devia se sentir muito próxima de Verity nessas ocasiões. Nada pior do que isso poderia lhe acontecer, certo? Nada pior...

Capítulo 23

Cenas finais

I

– Essa velha me dá arrepios – comentou sir Andrew McNeil, depois de se despedir e de agradecer a Miss Marple.

– Tão branda... e tão implacável – falou o comissário assistente.

O professor Wanstead desceu com Miss Marple até a entrada, onde o carro dele já os esperava, e então retornou para trocar algumas palavras finais.

– Qual é a sua opinião sobre ela, Edmund?

– A mulher mais assustadora que já conheci – respondeu o ministro do Interior.

– Implacável? – perguntou o professor Wanstead.

– Não, não é o que quero dizer, mas... bem, uma mulher muito assustadora.

– Nêmesis – o professor Wanstead falou, pensativo.

– Aquelas duas mulheres... – disse o sujeito da Promotoria. – Vocês sabem, as duas agentes de segurança que estavam cuidando dela... elas fizeram uma descrição extraordinária de Miss Marple naquela noite. Elas entraram na casa com a maior facilidade, esconderam-se em um quartinho no térreo até que todo mundo subiu para o andar de cima, e então uma entrou no quarto e no guarda-roupa, enquanto a outra ficou do lado de fora do quarto, vigiando. A que estava dentro do quarto disse que, quando escancarou a porta do guarda-roupa e saiu, topou com a velhinha sentada na cama com um xale felpudo cor-de-rosa enrolado no pescoço e uma expressão perfeitamente plácida, gorjeando e falando como se fosse uma professora idosa de escola rural. Elas duas disseram que tomaram o maior susto...

– Um xale felpudo cor-de-rosa – repetiu o professor Wanstead. – Sim, sim, eu me lembro...

– Se lembra do quê?

– Do velho Rafiel. Ele me falou a respeito dela, sabe, e aí começou a rir. Disse que de uma coisa ele nunca iria se esquecer pelo resto da vida: do momento em que uma das velhotas mais engraçadas e estabanadas que ele jamais tinha conhecido adentrou seu quarto, nas Índias Ocidentais, com um xale felpudo cor-de-rosa enrolado no pescoço, dizendo-lhe que ele precisava se levantar e fazer algo para impedir um assassinato. E ele perguntou: "Que diabos acha que está fazendo?". E ela falou que se chamava Nêmesis. Nêmesis! Ele não conseguia imaginar nada menos parecido, segundo me contou. Gosto do detalhe de um xale de lã cor-de-rosa – disse o professor Wanstead, pensativo. – Sim, esse detalhe me agrada muito.

II

– Michael – falou o professor Wanstead –, quero apresentá-lo a Miss Jane Marple, que se mostrou muito ativa em seu benefício.

O jovem de 32 anos fitou com uma expressão ligeiramente incrédula aquela velhinha de cabelos brancos e um tanto questionável.

– Ah... hã... – ele começou –, bem, acho que já ouvi falar da senhorita. Muito obrigado.

Ele olhou para Wanstead.

– É verdade, então, que vão me dar um indulto ou alguma idiotice parecida?

– É. Teremos uma ordem de soltura muito em breve. Você será um homem livre daqui a bem pouco tempo.

– Ah! – Michael parecia ligeiramente incrédulo.

– Vai ser necessário que se acostume um pouco, imagino – Miss Marple comentou, afável.

Ela o encarou, pensativa. Tentando vê-lo no passado, tal como ele poderia ter sido mais ou menos dez antes. Ainda muito atraente – embora revelasse todos os sinais da tensão pela qual passara. Atraente, sim. Devia ter sido, ela pensou, muito atraente no passado. Por certo existira nele uma qualidade alegre, charmosa. Havia perdido isso agora, mas talvez ainda conseguiria recuperá-la. Uma boca frágil, olhos de formato sedutor que sabiam olhar direto no rosto e que provavelmente sempre tinham sido úteis ao extremo para contar mentiras nas quais realmente gostaríamos de acreditar. Bem parecido com... quem era mesmo? Miss Marple mergulhou em memórias do passado. Jonathan Birkin, é claro. Ele cantava no coro. Uma voz de barítono realmente encantadora. E como as mocinhas o adoravam! Um belo trabalho, ele tinha, como funcionário na firma dos senhores Gabriel. Uma pena que tivesse ocorrido aquele pequeno problema com os cheques.

– Ah! – Michael exclamou.

Ele falou, ainda mais constrangido:

– Foi muita bondade sua, sem dúvida, ter se dado todo esse trabalho.

– Foi um prazer para mim – Miss Marple retrucou. – Bem, fico feliz por tê-lo conhecido. Adeus. Espero que bons ventos o levem a partir de agora. Nosso país se encontra numa situação ruim no momento, mas o senhor provavelmente vai encontrar um trabalho ou outro que seja do seu agrado.

– Ah, claro. Obrigado, muito obrigado. Eu... eu realmente fico muito grato, sabe...

Seu tom de voz ainda era inseguro ao extremo.

– Não é a mim que o senhor deveria ficar agradecido – disse Miss Marple. – Deveria ficar grato ao seu pai.

– Meu pai? Meu pai nunca deu a mínima para mim.

– O seu pai, quando já estava moribundo, determinou-se a garantir que lhe fosse feita justiça.

– Justiça – Michael Rafiel repetiu, ponderando.

– Sim, seu pai achava que a Justiça era muito importante. Ele mesmo era, creio eu, um homem muito justo. Na carta que me escreveu, pedindo-me para aceitar sua proposta, ele me orientou com uma citação: "Que a justiça corra como as águas. E a retidão, como um riacho perpétuo".

– Ah! Quer dizer o quê? É Shakespeare?

– Não, é da Bíblia... é preciso pensar a respeito... eu precisei.

Miss Marple desembrulhou um pacote que tinha nas mãos.

– Me deram isto aqui – falou. – Acharam que eu talvez desejasse guardar para mim... porque eu tinha ajudado a descobrir a verdade sobre o que realmente acontecera. Acredito, no entanto, que o senhor é a pessoa que devia ter a prioridade... isto é, se de fato quiser guardar para si. Mas talvez o senhor *não* queira...

Ela entregou-lhe a fotografia de Verity Hunt que Clotilde Bradbury-Scott lhe mostrara certa vez na sala de visitas de The Old Manor House.

Ele a pegou... e ficou imóvel, contemplando a foto... Seu rosto se alterou, os traços de sua expressão se atenuaram, depois se enrijeceram. Miss Marple o observava sem falar. O silêncio prolongou por um breve tempo. O professor Wanstead também observava... observava os dois, a dama idosa e o rapaz.

Ocorreu-lhe que aquilo era, em certo sentido, uma crise – um momento capaz de afetar todo um novo modo de viver a vida.

Michael Rafiel suspirou... estendeu o braço e devolveu a fotografia para Miss Marple.

– Não, a senhorita está certa, não quero esse retrato. Toda essa vida já se foi... ela se foi... não posso guardá-la comigo. Tudo que vou fazer agora precisa ser novo... precisa avançar. A senhorita... – ele hesitou. – A senhorita entende?

– Sim – Miss Marple respondeu. – Eu entendo... Acho que o senhor está certo. E lhe desejo boa sorte na vida que vai começar agora.

Ele se despediu e saiu.

– Bem – disse o professor Wanstead –, não é um jovem muito entusiasmado. Poderia ter lhe agradecido com um pouco mais de entusiasmo por tudo que a senhorita fez por ele.

– Ah, não faz mal – Miss Marple falou. – Eu nem esperava isso dele. Ele só teria ficado mais constrangido ainda. Sabe – ela acrescentou –, é muito embaraçoso quando precisamos agradecer às pessoas, começar uma nova vida e ver tudo sob um ângulo diferente e tudo mais. Acho que ele pode se sair bem. Não tem rancor. Isso é o melhor de tudo. Entendo perfeitamente bem por que razão aquela moça o amava.

– Bem, talvez ele se endireite dessa vez.

– Isso já é bastante duvidoso – Miss Marple retrucou. – Não sei se ele será capaz de segurar, a menos... É claro – ela disse –, a principal esperança que devemos ter é que ele conheça uma jovem realmente boa.

– O que me agrada na senhorita – disse o professor Wanstead – é o seu encantador senso prático.

III

– Ela vai chegar daqui a pouco – o sr. Broadribb falou para o sr. Schuster.

– Sim. O negócio todo é simplesmente extraordinário, não?

– Nem consegui acreditar, a princípio – Broadribb disse. – Sabe, quando o nosso coitado Rafiel estava morrendo, cheguei a pensar que o negócio todo era... bem, senilidade ou algo assim. Não que ele fosse velho a esse ponto.

A campainha tocou. O sr. Schuster levantou o interfone.

– Ah, ela chegou, é? Pode trazê-la – pediu. – Ela chegou – disse. – E eu fico ponderando agora. Ora, é a coisa mais estranha que eu já vi na vida. Mandar uma velhinha sair escarafunchando pelo interior, procurando por algo que ela nem sabe o que é... A polícia acha, sabe, que aquela mulher cometeu não apenas um assassinato, mas três. Três! Veja só! O corpo de Verity Hunt estava embaixo daquele montículo no jardim, bem onde a velhinha disse que estava. Não tinha sido estrangulada, e o rosto não estava desfigurado.

– Eu me espanto que a própria velhinha não tenha sido apagada – falou o sr. Broadribb. – Velha demais para conseguir se cuidar.

– Ela tinha uma dupla de detetives, ao que parece, tomando conta dela.

– O quê, *dois*?

– Sim, eu nem sabia disso.

Miss Marple foi introduzida na sala.

– Meus parabéns, Miss Marple – disse o sr. Broadribb, levantando-se para cumprimentá-la.

– Felicitações. Trabalho esplêndido – acrescentou o sr. Schuster, apertando-lhe a mão.

Miss Marple se sentou serenamente do lado oposto da mesa.

– Como lhes falei na minha carta – disse –, creio que cumpri os termos da proposta que me foi apresentada. Tive êxito no que me foi solicitado.

– Ah, eu sei. Sim, já ficamos sabendo. Ficamos sabendo através do professor Wanstead e do departamento jurídico e das autoridades policiais. Sim, foi um trabalho esplêndido, Miss Marple. Nossos parabéns.

– Eu temia – disse Miss Marple – não ser capaz de fazer o que era exigido de mim. Pareceu-me dificílimo, quase impossível no começo.

– É verdade. A mim parece impossível. Não sei como conseguiu, Miss Marple.

– Ah, bem – disse Miss Marple –, sem perseverança não chegamos a lugar nenhum, certo?

– Agora, quanto à soma de dinheiro em nosso poder... Está à sua disposição para quando quiser a partir de agora. Não sei se prefere que a depositemos no seu banco, ou se gostaria de nos consultar, talvez, quanto a um investimento? É uma soma bem considerável.

– Vinte mil libras – disse Miss Marple. – Sim, é uma enorme soma de dinheiro, no meu entender. Absolutamente extraordinária – acrescentou.

– Se quiser ser apresentada aos nossos corretores, eles poderiam, talvez, lhe passar algumas ideias de investimento.

– Ah, não pretendo investir nada.

– Mas por certo seria...

– Não faz sentido poupar na minha idade – Miss Marple retrucou. – Quero dizer, a razão de ser desse dinheiro... estou certa de que era esse o desejo do sr. Rafiel... é que eu possa desfrutar de algumas coisas que jamais pensaria em desfrutar por não ter dinheiro suficiente.

– Bem, eu entendo o seu ponto de vista – falou o sr. Broadribb. – Sendo assim, a sua instrução é que depositemos essa soma de dinheiro no seu banco?

– Banco Middleton, High Street, 132, St. Mary Mead – Miss Marple disse.

– Imagino que a senhorita tenha uma poupança para depósito. Devemos fazer o depósito na conta poupança?

– Certamente não – Miss Marple respondeu. – Coloquem na minha conta-corrente.

– A senhorita não acha...

– Sem dúvida acho – Miss Marple retrucou. – Quero esse dinheiro na minha conta-corrente.

Ela se levantou e lhes apertou as mãos.

– A senhorita poderia se aconselhar com o gerente do seu banco, Miss Marple... É realmente... A gente nunca sabe se não é melhor guardar algo para um tempo mais tempestuoso.

– Se o tempo ficar tempestuoso, só vou precisar do meu guarda-chuva – Miss Marple falou.

Ela lhes apertou as mãos de novo.

– Muito obrigada, sr. Broadribb. E ao senhor também, sr. Schuster. Foram muito gentis comigo, passando-me todas as informações de que eu precisava.

– A senhorita realmente quer todo esse dinheiro na sua conta-corrente?

– Sim – Miss Marple respondeu. – É que vou gastá-lo... Vou me divertir um pouco com ele.

Junto à porta, ela lhes voltou o rosto e riu. Por um breve instante, o sr. Schuster, que era um homem mais imaginativo do que o sr. Broadribb, teve a vaga impressão de ver uma moça bonita apertando a mão do vigário numa festa ao ar livre no interior. Constatou, no momento seguinte, que se tratava de uma recordação de sua própria juventude. Mas Miss Marple o fizera lembrar, por alguns instantes, aquela específica moça, jovem, feliz, prestes a se divertir.

– O sr. Rafiel teria gostado de me ver fazendo festa – Miss Marple falou.

Ela saiu pela porta.

– Nêmesis – disse o sr. Broadribb. – Era como Rafiel a chamava. Nêmesis! Nunca vi uma pessoa menos parecida com Nêmesis, você já viu?

O sr. Schuster sacudiu a cabeça.

– Deve ter sido mais uma das brincadeiras do sr. Rafiel – disse o sr. Broadribb.

IMPRESSÃO:
PALLOTTI
GRÁFICA
Santa Maria - RS | Fone: (55) 3220.4500
www.graficapallotti.com.br